Os 99 NAMORADOS de MICAH SUMMERS

ADAM SASS

Os 99 NAMORADOS de MICAH SUMMERS

ADAM SASS

Tradução
Vitor Martins

Copyright © 2022 by Dovetail Fiction, uma divisão da Working Partners Limited
Copyright da tradução © 2023 by Editora Globo S.A.

Publicado originalmente nos Estados Unidos por Viking, um selo da Penguin Random House LLC, 2022

Criado por Dovetail Fiction, uma divisão da Working Partners Limited, 9 Kingsway, 4th Floor, Londres WC2B 6XF, Inglaterra

Todos os direitos reservados. Nenhuma parte desta edição pode ser utilizada ou reproduzida — em qualquer meio ou forma, seja mecânico ou eletrônico, fotocópia, gravação etc. — nem apropriada ou estocada em sistema de banco de dados sem a expressa autorização da editora.

Título original: *The 99 Boyfriends of Micah Summers*

Editora responsável **Paula Drummond**
Assistente editorial **Agatha Machado**
Preparação de texto **João Pedroso**
Diagramação **Renata Vidal**
Projeto gráfico original **Laboratório Secreto**
Revisão **Luiza Miceli**
Ilustrações de miolo © 2022 by Anne Pomel
Arte de capa original © 2022 by Anne Pomel
Design de capa original **Kaitlin Yang**
Adaptação de capa **Renata Vidal**

Texto fixado conforme as regras do Acordo Ortográfico da Língua Portuguesa (Decreto Legislativo nº 54, de 1995)

CIP-BRASIL. CATALOGAÇÃO NA PUBLICAÇÃO
SINDICATO NACIONAL DOS EDITORES DE LIVROS, RJ

S264n

Sass, Adam
  Os 99 namorados de Micah Summers / Adam Sass ; ilustração Anne Pomel ; tradução Vitor Martins. - 1. ed. - Rio de Janeiro : Globo Alt, 2023.

  Tradução de: The 99 boyfriends of Micah Summers
  ISBN 978-65-88131-81-7

  1. Romance americano. I. Pomel, Anne. II. Martins, Vitor. III. Título.

22-81845   CDD: 813
                                                 CDU: 82-31(73)

Meri Gleice Rodrigues de Souza - Bibliotecária - CRB-7/6439

1ª edição, 2023

Direitos de edição em língua portuguesa para o Brasil
adquiridos por Editora Globo S.A.
R. Marquês de Pombal, 25
20.230-240 – Rio de Janeiro – RJ – Brasil
www.globolivros.com.br

*Para David, que defendeu muito
o namorado certo neste livro*

Capítulo 1
O GAROTO 100

Como sei que é amor? Bom, eu já vomitei duas vezes e nem cheguei a chamá-lo para sair. Embora meus amigos fossem sobreviver sem esta informação, eles concordam que meus problemas de estômago provocados pela ansiedade são a desculpa perfeita para matar aula e convidar um garoto para um encontro pela primeira vez.

Quem teria foco para aprender sobre escândalos da história presidencial dos Estados Unidos num dia como este? Os sinais de que já passou da hora de eu fazer alguma coisa estão por toda a parte: aquele típico amontoado de nuvens cinzentas finalmente cedeu no horizonte de Chicago e abriu espaço para um céu azul-Tiffany esperançoso. É o primeiro dia quente em seis meses, o que é perfeito para a minha missão atual, já que posso usar minha regata preta favorita, a que faz parecer que tenho braços sarados (surpresa: não tenho!). Não me sinto culpado por matar aulas. Já terminei a maioria das provas finais e a segunda série do ensino médio praticamente já acabou, fora que metade dos alunos da terceira nem estará no colégio hoje.

Tipo Andy McDermott.

Passei o mês inteiro rondando Andy com os olhos de aço de um tubarão cercando um marinheiro afogado. Ele namorou uma garota da minha turma de cerâmica por quase um ano, mas ela o traiu durante as férias, os dois terminaram e Andy começou a frequentar as reuniões do clube LGBTQIA+ do colégio.

Como secretário do clube, a única coisa que registrei na ata daquele dia foi MDS O ANDY TÁ AQUI.

Hannah, minha melhor amiga (e melhor espiã), deu um jeito de descobrir que Andy faltaria aula para ir até o Grant Park gravar TikToks para a banda dele. E é para lá que estou indo, o mais rápido que meu mini cruiser consegue me levar.

O skate em miniatura rosa-choque enverga com o peso da minha bolsa transversal lotada, mas recupero o equilíbrio com facilidade. Afinal de contas, sou um boneco de palitinho com dezessete anos e carinha de doze. O vento da primavera chicoteia meu rosto conforme deslizo pela ponte cor-de-ferrugem que fica entre a minha casa, na Gold Coast, e o centro da cidade. Quando chego ao lago, percebo que a cidade inteira decidiu tirar folga: donos de barcos, ciclistas, corredores, o povo do piquenique — todo mundo desesperado para tirar vantagem do primeiro calorzinho desde outubro.

Ainda assim, a brisa fresca não ajuda nem um pouco a acalmar o ácido borbulhante no meu estômago.

Hoje é o dia em que Micah Summers vai chamar um garoto para sair pela primeira vez. É agora ou nunca.

Espero que não seja nunca!

Quando finalmente freio o skate na frente de um muro de pedra que dá na entrada do Grand Park, uma pontada de sorte me atinge: Andy McDermott já está aqui. E sozinho. Sei nem dizer como é raro encontrar Andy sem seu grupinho de amigos intimidadores.

Mas aqui está ele, sem mais ninguém e na fila de um carrinho de cachorro-quente.

Andy parece ter saído de um conto de fadas — mas daquele jeito mais ou menos punk, tipo *Descendentes*. Ele tem cabelo escuro cacheado pintado de verde-água nas pontas, uma constelação de sardas nas bochechas levemente bronzeadas, usa um brinco de pedrinha e está com uma camisa de flanela amarrada na cintura e anéis prateados em todos os dedos. A vibe ideal para um videoclipe retrô.

Controlando a respiração, passo a língua pela boca para molhar os lábios, prendo o skate na bolsa e me junto a Andy na fila.

Ele ainda não me viu. Meu coração não sossega.

A vendedora de cachorro-quente — uma mulher branca animada até demais vestindo produtos do time Chicago Bulls da cabeça aos pés — aponta para Andy e anota o pedido dele.

Como vou puxar assunto? E, quando conseguir pensar em alguma, como faço para chamá-lo para sair de um jeito que seja casual o bastante para não parecer inconveniente e, ao mesmo tempo, direto o bastante para que nosso encontro não acabe sendo uma saída entre amigos sem nenhuma paixão?

Na vida real, garotos não são como príncipes de contos de fada; eles são criaturas aterrorizantes e desconhecidas que acenam de dentro das florestas do mistério.

Não dá tempo de respirar. Pego o celular e peço ajuda para Hannah: Socorro! McDermott está na minha frente na fila do cachorro-quente. O que eu faço?

Ela responde na mesma hora: Chama ele pra sair!

Quase estraçalho o telefone. Desde o sétimo ano, Hannah tem namorado um garoto perfeito e popular atrás do outro — e são sempre eles que tomam a iniciativa —, então não sei por que pensei que qualquer conselho dela serviria para mim, um garoto gay com menos experiência em namoros do que qualquer pessoa do ensino fundamental.

Valeu, Hannah, mas como?, respondo.

Só pergunta se ele quer comer cachorro-quente com você. Mas, tipo, faz PARECER que "cachorro-quente" é outra coisa.

Eu aqui morrendo e você fazendo piada!

Se oferece para pagar o almoço dele!

Finalmente um primeiro passo concreto e possível! Hannah perfeita sem defeitos.

— Completão, pode colocar tudo — diz Andy para a vendedora com sua voz rouca e grave.

— Dá quatro e cinquenta — responde ela.

Eu avanço com o cartão de crédito estendido antes que Andy consiga pegar a própria carteira.

— Cháqueupago! — cuspo tudo numa palavra só.

Com o choque estampado em seu rosto com barba por fazer, Andy cambaleia para trás.

Ah, não. Fui rápido demais.

— Desculpa! — Levanto os braços em rendição, sei lá por quê. — Deixa que eu, hum… pago?

Andy bate os cílios longos, e sua expressão de susto vira um sorriso astuto. O que é bom. O ar volta para meus pulmões.

— Ah, oi — diz ele. — Micah? Daquele clube da escola, né?

Ele me reconhece!

— Isso, hum... — digo, entregando o cartão para a vendedora.

Meus olhos saltam por toda a parte, se concentrando em qualquer coisa menos Andy. O plano é me afastar rápido. Para Andy, esse branquelo mala aqui que ele mal conhece apareceu do nada e não explicou o porquê.

— Meu anjo, você vai querer um também ou só vai pagar o dele? — a mulher pergunta.

A calçada está rodopiando. Nunca que eu conseguiria comer alguma coisa agora.

— Só o dele — murmuro.

— Nossa, valeu — diz Andy em um tom amigável que não me relaxa em nada.

Com um esforço sobrenatural, encaro os olhos dele — castanho-escuros com riscos dourados. Ele está sorrindo.

É atenção demais. Meu estômago vira do avesso.

Dá um sorriso, Micah. Eu obedeço. *Não precisa mostrar todos os dentes!* Fecho os lábios. *Assim parece que você está passando mal.* Mas eu estou passando mal! O sorriso de Andy começa a se desfazer. *Ele está perdendo o interesse!*

— Não sei o que você vai fazer hoje à noite — digo.

Andy arqueia a sobrancelha em que tem um piercing.

— Você... Não sabe o que vou fazer hoje à noite?

A frase deveria ter sido *Não sei o que você vai fazer hoje à noite, mas, se estiver livre, quer sair para jantar/ver um filme/qualquer coisa?* Mas, é óbvio, eu amarelei na parte mais importante e acabei soando como um maníaco.

— Seu cartão, querido — diz a vendedora, antes de entregar a Andy um cachorro-quente enrolado em papel alumínio e um saco de batatas fritas.

A mulher atrás de mim cutuca o filho para fazer o pedido e eu e Andy saímos da fila juntos.

Sério, o que estou fazendo? Será que agora fico simplesmente seguindo o garoto pelo restante do dia feito um fantasma?

— Quer dizer, se você não estiver ocupado hoje à noite... Hum... — gaguejo.

Ainda bem que Andy sabe onde estou querendo chegar. Fazendo uma careta quase imperceptível, ele se aproxima.

— Olha, Micah ... Fico muito lisonjeado, mas...

— Sem problemas! — grito. — Boa formatura, bom cachorro-quente, tchau!

Saio correndo na direção oposta com a intensidade de uma gazela prestes a virar almoço de onça. Não paro de correr até a poça tóxica de ácido dentro de mim desaparecer.

Meu coração murcha. Mais uma vez, não consegui.

Assim que coloco uns bons quarteirões entre mim e Andy, jogo o mini cruiser no chão e vou de skate até o Millennium Park — coisa de turista, mas, pelo menos, aqui consigo desaparecer no meio da multidão. Desaparecer é exatamente do que eu preciso agora. Depois de saltar do skate, o coloco debaixo do braço e me sento no chão de pernas cruzadas na frente do Feijão — uma instalação de arte gigante e espelhada no formato de, bom, um feijão.

Abro a bolsa e pego um lápis de grafite e um caderno Moleskine. Assim que meus dedos sentem a textura do papel, o calor da humilhação começa a arder.

Eu me arrisquei — mais ou menos —, mas fui rejeitado — mais ou menos também.

Que pena. Hora de superar essa loucura e desenhar Andy para esquecê-lo.

Começando com traços compridos e grosseiros, faço um esboço de Andy McDermott, mas não do jeito que ele é — do jeito como ele fez eu me sentir. Exagero nas características: o cabelo verde-água ganha comprimento até a altura dos ombros; os olhos se tornam luas brilhantes e douradas; a camisa de flanela vira uma capa medieval rasgada e esvoaçante.

Ele é um pirata, como Westley, de *A princesa prometida*. Ou um lobisomem de um daqueles livros de romance que eu costumava roubar da mesinha de cabeceira da minha mãe.

Um lobo-pirata.

Acrescento alguns detalhes, como uma floresta noturna tatuada no braço esquerdo. Um brinco de argola em vez da pedrinha que ele geralmente usa. Um par de presas aparecendo por baixo do bigode grosso.

Ele não se parece em nada com o Andy McDermott da vida real. Na fantasia, o Andy lobo-pirata me leva para sua casa, nas profundezas de uma floresta assombrada. Não preciso chamá-lo para sair nem me atrapalhar com as palavras — sou apenas um cativo voluntário deste lobo-pirata. Nesta fantasia, não sou um garoto de dezessete anos que nunca teve um encontro de verdade...

Diferente dos meus amigos, nunca deixei os contos de fadas para trás, porque não os acho bobos ou mentirosos. Para garotos gays solitários, eles podem ser tão reais quanto qualquer outra coisa — ou até mais, já que quem controla a história sou eu. Na vida real, sou um desastre. Não consigo falar. Nem sequer olhar os garotos de quem eu gosto nos olhos. Não controlo nada. Já nos contos de fadas, posso idealizar o amor do jeito que eu quiser. Posso ser quem eu quiser.

Quando desenho, sou eu mesmo.

Abro o Instagram e meu coração ganha forças novamente. Embora minha conta de ilustrações, a @InstaLoveInChicago, tenha passado a semana inteira às moscas enquanto eu terminava as provas finais, mais mil pessoas começaram a me seguir. Já são quase 50 mil! Tento não ler os comentários, então não sei se são positivos ou negativos, mas lembrar que esse tanto de gente está vendo minha arte é tudo que eu preciso depois da decepção de hoje.

"Fico muito lisonjeado, mas..." Nem consegui deixar Andy terminar de me rejeitar, como se a rejeição fosse doer menos se parasse na metade. Independentemente do final da frase ser "mas não estou interessado" ou "mas não estou pronto depois do meu término", ele não sente o mesmo que eu. Como um cadarço se desamarrando, o sentimento que eu acreditei ser amor acabou mostrando o que realmente é: uma paixonite não correspondida. Amor é uma via de mão dupla.

Enfim. Mais um erro para Micah Summers.

Assim como os outros noventa e nove erros (ou quase-acertos, como gosto de chamar, todo otimista), o fantasma do meu crush ganha vida num desenho romântico do que poderia ter acontecido.

Quando ganhei este caderno de presente de aniversário, dois anos atrás, ele tinha 208 páginas em branco. Até o momento, noventa e nove delas contêm rascunhos finalizados dos meus Namorados Inventados, cada um coberto com uma camada de verniz em spray.

Selados. Postados no Instagram. Perfeitos.

Noventa e nove namorados.

Ainda bem que ninguém sabe que sou eu por trás dos desenhos. Minha família participou de um reality show há alguns anos (e todo mundo conhece o meu pai), então a última coisa que eu quero é que a internet inteira saiba quantos crushes flopados Micah Summers já teve. Manter meus namorados no anonimato faz com que a conta seja sobre arte, não sobre fofoca. Me dá espaço para praticar e encontrar minha voz artística.

Dou uma olhada nas notificações das DMs — uma coluna infinita de mensagens não lidas dos fãs. Pelas prévias, dá para ver que todas são variações da mesma pergunta:

Cadê o Garoto 100?

Quando você vai postar o Garoto 100?

Garoto 100 QUANDO?

Quando meu príncipe vai chegar?

Sinto um aperto no peito de novo. Noventa e nove crushes e não chamei nenhum para sair.

A semana inteira fiquei pensando que Andy seria o Garoto 100 — aquele que finalmente se tornaria algo mais. Porém o destino decidiu que o Garoto 100 continua por aí, esperando por mim assim como eu estou esperando por ele.

Capítulo 2
O PRÍNCIPE

Pelo olfato, o lobo-pirata percebe que você está com medo, mas o seu desconforto é algo que ele não consegue suportar.

> "Não precisa dizer nada", ele sussurra. "Sei de um lugar onde podemos ficar sozinhos". Você olha bem nos olhos dourados e selvagens dele e, imediatamente, se sente em segurança. Este estranho desgrenhado sabe exatamente do que você precisa. Ele sabe como ser gentil com seus sentimentos, mas não tem medo de zombar de você na medida certa.
>
> Você sobe na embarcação e parte em direção ao antigo castelo da família dele. Ao chegarem lá, vocês acampam nas montanhas. Ele te serve vinho quente numa caneca de cerâmica que ele mesmo fez. Um lobo de caça leal se empoleira ao seu lado.

Fecho o Instagram sem postar o desenho.

As mãos de Andy ficaram grandes demais. Meio esquisitas. Tudo está esquisito!

Geralmente, meus Namorados Inventados só parecem reais porque eu me mantenho fora da história. Quem vê meus desenhos e lê as legendas é quem se emociona. É o leitor que vive a fantasia. Todos são baseados nos crushes que tenho de verdade, mas meu trabalho é exagerar todos para que as pessoas sintam o que eu sinto. Só que, desta vez, uma bota pesada e invisível pressiona minha barriga enquanto Andy me encara da página com aquelas mãos grandes demais. De algum jeito, o fascínio que ele exerce não está ali.

Por que não consegui acertar desta vez?

Suspiro. Essa rejeição me magoou. Pensei ter visto algo nos olhos dele, algum interesse. Talvez seja só ilusão. Talvez ele esteja interessado, mas ainda não se recuperou do término. Ou até mesmo toparia sair comigo se eu não tivesse mandado tão mal.

Meu celular vibra com uma mensagem de Hannah. E aí??? Envio um emoji de polegar para baixo e ela responde: Encontra a gente na Audrey em 20 minutos? Elliot vai preparar seu chai.

Elliot.

Ela não cansa de tentar fazer minha amizade com esse garoto acontecer. Gays nem sempre precisam ser amigos de outros gays só por causa deste fator! Dá vontade de responder um *Não obg!* bem atrevido, mas ela está sendo gentil demais comigo. Enquanto atravesso a cidade de skate, o primeiro dia quente do verão de Chicago torra os pelos da minha nuca. Meu Deus, como eu estava com saudade de me sentir torrado assim. Sei que em julho já vou estar implorando para que outubro chegue logo, mas, por enquanto, este calor é tudo do que preciso para animar meu astral.

Isso e o chai da Audrey.

O Café da Audrey é minha mais nova obsessão. Hannah me apresentou no momento perfeito, já que não posso mais dar as caras no nosso café favorito anterior, o Intelligentsia.

Um ex-Namorado Inventado — número 59 — trabalha lá.

Aliás, quando viro a esquina em direção ao Café da Audrey, o sr. 59 está na vitrine do Intelligentsia mudando as placas para anunciar a seleção de bebidas de verão. Quase consigo ver o número 59 flutuando sobre a cabeça do garoto. Com a franja comprida e escura caindo sobre os olhos, ele me avista atravessando a rua. Ele sorri, mas estou traumatizado demais com meu último desastre para sorrir de volta. Ele faz um sinal da paz para mim e — milagrosamente — consigo retribuir enquanto me afasto.

Antes de entrar no Café da Audrey, uma cafeteira francesa aconchegante, pego meu caderno e dou mais uma olhada no Andy lobo-pirata.

Os pelinhos da minha nuca ficam eriçados. Não sinto nada. O desenho deste garoto, que eu jurava que se tornaria o amor da minha vida, me encara do caderno, parecendo tão bobo quanto eu me sinto.

Quero mais do que uma troca de olhares. Quero me conectar com alguém.

O Garoto 100 precisa ser especial: um encontro de verdade e não apenas mais uma decepção. Bem diferente do que rolou com Andy. O Garoto 100 não pode ser alguém que eu simplesmente acreditei gostar de mim só por ter me oferecido um meio sorriso. Os sinais precisam ser mais fortes, e o sentimento precisa ser recíproco.

Cercado por pessoas bebendo seus cafés, passo a ponta de um estilete afiado pela página do desenho. Com um puxão final, jogo o Andy lobo-pirata na lata de lixo.

— Descanse em paz — diz Hannah. Surgindo quase que de uma nuvem de fumaça, minha melhor amiga (baixinha, estilosa, negra e com a pele escura sempre radiante) aparece ao meu lado. Juntos, encaramos a lixeira com meu desenho do Andy. — Quem era esse? — pergunta.

Hannah nem sequer reconhece Andy pelo desenho, mas os aromas de mostarda, cebola refogada e o perfume almiscarado dele voltam com tudo.

— O garoto dos meus sonhos.

Hannah dá uma risadinha e engancha o braço no meu.

— Ah, outro desses.

— Bom, um dia vou falar isso e será verdade.

Sumir no meio da multidão que lota a cafeteria faz minha humilhação diminuir. Essas pessoas não sabem e nem se importam que fiz papel de trouxa na frente de Andy McDermott.

Lá no fundo do estabelecimento com paredes de tijolinho, minha irmã, Maggie, acena para mim e para Hannah num emaranhado de outras almas perdidas esperando por seus cafés. Ela já fez nosso pedido. Apesar de a nossa família ter dinheiro o suficiente para um guarda-roupa variado, eu e Maggie sempre acabamos vestindo as mesmas roupas, como se fôssemos personagens de desenho animado. Com o cabelo castanho repicado e a pele mais pálida que uma pilastra de mármore, Maggie está vestida da cabeça aos pés com seu típico visual esportivo e confortável. Estou com meu uniforme de gay branco: calça jogger da moda e uma regata preta barata, coberta de manchas de tinta. Já Hannah, muito mais estilosa do que a gente, está mais uma vez com um look superinstagramável: óculos com armação gatinho coberto de pedrarias e uma saia-lápis esmeralda com uma blusa de manga curta combinando.

Eu e Hannah atravessamos a multidão apertada para esperarmos com Maggie ao lado do balcão.

— Por que vocês dois estavam lá fora encarando a lixeira?

— Mais um Garoto 100 descartado — diz Hannah com um olhar de pena.

Maggie faz cara de desânimo.

— Qual foi o problema dessa vez? Escolhe um e posta logo. Seus seguidores vão cansar de esperar tanto.

Inflo o peito. Maggie está prestes a começar o terceiro semestre na faculdade de medicina esportiva — não entende nada sobre ser artista e influenciador.

— Que cara é essa? — Maggie franze os lábios. — Ah, melhor eu ficar na minha, né?

Dou de ombros e gesticulo com a mão em busca de um jeito delicado de falar o que penso.

— Estou tentando encontrar o Cara Certo. Não dá para "escolher um e postar logo".

Maggie levanta as mãos como quem diz "Beleza, faz como você quiser" e Hannah se esgueira até a ponta do balcão para encontrar seu amigo Elliot, um barista branco e gordinho com cabelos desgrenhado cor de palha apenas alguns tons mais escuros do que sua pele. Ele anuncia a bebida seguinte — "Café gelado com canela!" — enquanto pessoas reclamam do tempo de espera. Muitas comentam em voz alta que o café gelado com canela foi pedido muito depois das bebidas bem-mais-fáceis-de-preparar delas. Pelo que parece, todo mundo aqui é especialista em café.

Enquanto Elliot murmura um pedido de desculpas e retorna para o vaporizador de leite, avisto um chai por fazer no meio da fileira de copos vazios que se estende da máquina de café até o caixa.

Pobrezinho. A fila não acaba nunca. É desesperador.

Maggie se vira para mim com a sobrancelha franzida.

— Deixa eu adivinhar — diz ela. — Você jogou o desenho no lixo sem mostrar para Hannah nem para mais ninguém?

Sopro um beijinho para ela, torcendo para que minha irmã não decida arrancar a história de mim. Por sorte, não gostei de Andy por tanto tempo para que outras pessoas além de Hannah ficassem sabendo.

— Não entendo essa coisa de não mostrar seus desenhos para os outros — diz Maggie.

— É só uma mania estranha minha, tá bom? — respondo. — Por que você acha que fiz todas aquelas aulas particulares de desenho no ano passado?

Maggie dá de ombros.

— Eu sei, mas é que já faz um bom tempo, e com o seu Instagram bombando, achei que você já tinha superado esse pavor de mostrar suas coisas para as pessoas.

— Os meus seguidores não sabem que eu sou eu.

Eu e Maggie temos esta discussão pelo menos uma vez por mês, então, ou ela tem amnésia seletiva, ou está tentando me ganhar pelo cansaço como um negociador de sequestro.

Hannah acena para mim, então deixo Maggie para trás, postando sobre sua última corrida nos stories do Instagram.

— Maggie está pegando no seu pé? — pergunta Hannah com um sorrisinho.

— Um pouquiiinho — respondo com um grunhido. — Ela não aceita que eu não goste de mostrar meus rascunhos para os outros.

— Ela só quer te ajudar a ser mais forte. Talvez até te fazer chamar um dos garotos para sair, quem sabe?

Sinto o ácido tomando conta do meu estômago de novo e meu rosto ficando pálido. Hannah deve ter visão de raio-x para saber quando estou tendo Certos Sentimentos, porque pega minha mão.

— Foi tão ruim assim? — pergunta ela.

Suspiro.

— Não consegui falar. Foi quase, mas .... Será que algum dia vou conseguir segurar a onda perto de algum garoto e ter uma conversa casual? Tipo, meu corpo rejeitou a situação de um jeito que só por Deus.

Hannah fica na ponta dos pés para beijar minha testa. Um calafrio agradável desce pelo meu pescoço.

— Desculpa não ter nenhum conselho para te dar — diz ela. — Eu não corro atrás. As pessoas que correm atrás de mim. Você deveria fazer o mesmo!

— Tô tentaaaando.

Soltamos uma risada seguida de um gemido. No fim das contas, pelo menos temos um ao outro.

Enquanto esperamos, a gerente de Elliot surge da cozinha atrás dele. É uma mulher branca imponente, queimada de sol, vestindo uma camisa de botão impecável e com o cabelo preso num rabo de cavalo firme, daquele jeito que provoca alopecia por tração e deixa bailarinas carecas.

— Elliot, que horas é seu intervalo? — pergunta ela.

— Daqui a dez minutos — ele responde, sem parar de trabalhar nem por um segundo.

A gerente não diz nada. Ela analisa os outros funcionários, mas todos parecem cansados demais para assumirem a posição de Elliot.

— Hum, posso pular o intervalo e continuar trabalhando — diz Elliot, derrotado.

— Obrigada por vestir a camisa do time — diz a gerente, dando um apertão no ombro de Elliot como se os dois fossem melhores amigos.

Hannah fuzila a gerente com o olhar enquanto a mulher desaparece cozinha adentro sem oferecer nenhuma ajuda.

Estremeço ao analisar a fileira infinita de bebidas a serem feitas. Estou exausto por Elliot. Esse monte de gente aqui querendo se refrescar e o verão de Chicago ainda nem começou de verdade.

Daqui a mais ou menos um mês, o histórico festival gastronômico na beira do lago vai fazer os moradores da cidade saírem de perto do ar-condicionado só para provarem pratos dos melhores restaurantes do país (pela lei, moradores de Chicago não reconhecem Nova York neste cenário). O Taste of Chicago é maravilhoso para quem vai comer. Mas a coisa toda é um pesadelo para quem trabalha em algum restaurante, já que o evento pega uma cidade abafada e furiosa e, como num passe de mágica, triplica sua população do dia para a noite.

O Taste of Chicago vai fazer o pobre Elliot perder a cabeça. Porém, neste momento, ele parece inabalável em meio ao caos. Ou talvez só seja uma pessoa firme mesmo. Eu não teria como saber. Ele é novo na cidade. Estudamos em colégios diferentes, então, no geral, só nos conhecemos como o outro melhor amigo gay de Hannah. Para ser sincero, eu sinto uma pontinha de ciúmes toda vez que ela cita o nome dele.

E ele nem fez nada para merecer esse tipo de sentimento. No verão passado, ele e Hannah se conheceram trabalhando como estagiários na mesma clínica veterinária. Ela não conseguiu lidar sozinha com todas as emoções ao ver aqueles animaizinhos doentes e sem casa, mas aquele era o emprego dos sonhos de Elliot, então ele a ajudou a passar pelas partes mais difíceis. Em menos de um mês os dois se tornaram tão inseparáveis quanto eu e ela somos desde que nascemos.

Dos dois melhores amigos de Hannah, ele é o mais fofo. Nunca teria problemas em mostrar a própria arte para ela ou qualquer coisa do tipo.

E deve ser por isso que Elliot tem namorado e você não.

Meus dedos começam a formigar e ficar dormentes. Para me distrair da rejeição de hoje, abro o Instagram e desço o feed até meus desenhos mais antigos. Encontro o Garoto de Fone dançando sozinho no metrô e minha história sobre o apartamento boêmio que teríamos dividido em Boystown, onde criaríamos música e arte todos os dias. Depois, o Garoto da Aula de Biologia, de cabelo raspado nas laterais, que esbarrou em mim depois do treino de basquete. Naquela postagem, mudei o esporte para esqui, e ele me levou até um chalé nos Alpes onde, com toda a confiança do mundo, me botou para esquiar pelas montanhas durante o pôr do sol.

Comecei a postar os Namorados Inventados só para mim, mas, surpreendentemente, outras pessoas encontraram as postagens e se conectaram com aqueles desenhos fantásticos e anônimos. As pessoas parecem precisar da fantasia, principalmente quando o mundo não gira em torno do nosso tipo de amor. Nós, pessoas *queer*, precisamos criar nossas histórias mágicas do zero, e vou fazer o que estiver ao meu alcance para ajudar outros como eu a sonharem.

Um mundo devastado merece um pouquinho de sonhos.

— Talvez Maggie tenha razão — diz Hannah. — Pesca aquele desenho velho do lixo e tenta refazer. Não quero que você perca essa oportunidade. As pessoas estão ansiosas pelo Garoto 100! — A voz estridente dela é tão alta que dá para ouvir mesmo com o chiado do batedor de leite de Elliot. Algumas pessoas enxeridas se viram em nossa direção.

— Fala baixo — sussurro, encolhendo os ombros como uma tartaruga. — Não quero que Elliot descubra que sou eu.

— Ops... — Com uma careta, Hannah olha para Elliot enquanto o garoto serve um cappuccino. — Eu contei para ele.

— Hannah!

— Eu não sabia que, tipo, ninguém podia saber.

— O que houve agora, Bebê Bubu? — pergunta Maggie, se juntando a nós.

Minhas costas ficam tensas como as de um gato ao ouvir o apelido favorito dela para mim, o que quer dizer *o chorão do Micah fez besteira de novo*. Eu a ignoro.

As mãos de Elliot se movem entre uma bebida e outra com a destreza de um dançarino. Sem diminuir a velocidade, ele olha para mim e sussurra:

— Vai ser o nosso segredo! Seus desenhos são lindos... Parabéns.

Sinto minhas bochechas corando. Mesmo relutante, abro um sorriso.

— Obrigado, Elliot.

— Brandon que é o crítico de arte do casal, mas eu acho tudo incrível.

Meu sorriso morre. Tradução: Também contei para o meu namorado e ele te acha um lixo.

Tento não grunhir. Não tem problema se Elliot Perfeito Sem Defeitos Que Nunca Errou sabe.

Ele despeja gelo sobre uma bandeja com quatro copos grandes, mas, quando anuncia o pedido, tudo escorrega. Ele recupera o equilíbrio, solta um suspiro e assopra uma mecha de cabelo para longe dos olhos. Enquanto anuncia o pedido mais uma vez, um homem grande e de bigode atravessa a multidão e estende um copo de café sem tampa na direção dele.

— Isso aqui está gelado! — o homem rosna, e Elliot estremece.

A bandeja escorrega de novo.

Prendo a respiração, mas Elliot a equilibra.

— Sinto muito, senhor — diz ele pacientemente. — Posso preparar outro.

— E eu vou ter que esperar mais meia hora? — O homem resmunga para os clientes, como se esperasse companhia para atacar Elliot. — Que tal você fazer direito de primeira?

— Vou preparar o seu fresquinho agora. Só um segundo...

— Só devolve o meu dinheiro! — Mais uma vez, o homem estende o café para Elliot.

Elliot se assusta.

As mãos tremem.

A bandeja de café cai.

Não há nada a fazer além de observar as quatro bebidas despencando no chão e explodindo, uma após a outra, como balões d'água. Todos dão um passo para trás, incluindo Elliot, que leva a mão à boca enquanto analisa a catástrofe: a área ao redor do balcão virou um campo de batalha de café cremoso, cubos de gelo e tampas decapitadas.

— Estou ensopado! — o homem de bigode urra.

Só vejo uma mancha bem leve na calça dele. O cara está fazendo o maior drama.

Elliot estava mandando muito bem com as bebidas; uma máquina de produtividade. Agora lá está ele, em choque, enquanto todos o observam com raiva, tudo por causa desse ogro que chegou invadindo o espaço.

A gerente sai da cozinha mais uma vez. Ela infla as narinas para Elliot.

— Limpa tudo. Deixa que eu preparo as bebidas.

Enquanto ela ajusta o avental sujo de leite, Elliot corre para pegar o esfregão.

— Acho bom aquele moleque pagar a conta da minha lavanderia — o homem grita.

A gerente assente enquanto ferve o leite.

— Vamos resolver tudo, senhor. — Cerrando os olhos, ela se vira para Elliot, que está trazendo um esfregão e um balde dos fundos da loja. — Elliot, já é a centésima vez que você comete um erro desses. Vou ter que começar a descontar do seu salário.

Elliot não fala nada. Seu lábio inferior treme enquanto ele respira fundo e bem devagar.

Meu coração desmorona por ele. Uma hora atrás, eu estava do mesmo jeito: implorando silenciosamente para que o universo me fizesse desaparecer.

Sinto a raiva inflando dentro de mim feito um balão.

Aquele cretino fez Elliot derrubar todas as bebidas, mas agora é Elliot quem tem que pagar?

Dou um passo na poça de café derramado e cubos de gelo e estendo uma nota de vinte dólares para o sr. Bigode.

— Aqui, ó, foi um acidente. A lavanderia fica por minha conta. Tenta ser ignorante assim para lá, vê se eles aguentam esse seu show. Ah, e o seu café esfriou porque você colocou creme. É para isso que o creme serve.

Juro, até o bigode do homem fica branco quando os outros clientes começam a aplaudir. Ele pega o dinheiro da minha mão e sai batendo o pé e murmurando.

— Esses millennials...

— Nós somos Geração Z, a propósito! — grito para ele.

Hannah e Maggie me observam surpresas. Também estou um pouquinho surpreso comigo mesmo.

Acabei de confrontar um estranho! Nunca fiz isso na vida.

Elliot trabalha duro demais para ser tratado daquele jeito, e mesmo se não estivesse trabalhando duro, não merece aturar esse tipo de coisa. Ninguém merece. Elliot sorri na minha direção antes de correr para o outro lado com um balde e uma placa que diz PISO MOLHADO.

— Obrigado — sussurra enquanto esfrega o chão.

— Solidariedade gay — sussurro de volta. — Não tem de quê.

— Nossa, mas que Príncipe Encantado, hein?

Príncipe?

Quando o elogio de Elliot entra pelos meus ouvidos, meus dedos começam a vibrar. Meus pés não estão balançando de um lado para o outro. Não jogo o peso do corpo para a frente e para trás. Curiosamente, meus tênis estão plantados com firmeza no chão.

Não consigo deixar de sorrir.

Agora a pouco, num lugar cheio de desconhecidos, tive uma sensação de força. Confiança?

De repente, tudo faz sentido. Não posso esperar que venham atrás de mim como Hannah. Se eu for esperar que alguém dê o primeiro passo, a espera vai durar para sempre. Preciso ser o Príncipe Encantado. Não tenho que ser o Micah Summers nervoso e inexperiente quando chamar o Garoto 100 para sair. Não preciso me preocupar com o que os outros vão pensar de mim. É um papel que eu posso assumir.

No Instagram, interpreto alguém anônimo, então por que não posso interpretar outra pessoa na minha cabeça se isso for me ajudar a acalmar os nervos na hora de chamar o próximo garoto para sair? Não estou falando de, tipo, fingir ser alguém que não sou. Vai ser só uma pequena mudança de pensamento para me deixar mais confiante.

Quem quer que você seja, Garoto 100, onde quer que esteja, se prepare para conhecer o príncipe!

Capítulo 3
A ABÓBORA

Duas semanas depois do desastre no Grant Park, o ano letivo chegou ao fim (*Andy quem??*). Todos os dias desde o fim das aulas, meu novo personagem, Príncipe Encantado, convidou um garoto após o outro para sair, com toda a confiança. Só que por "garoto" quero dizer meu reflexo no espelho.

Até hoje ainda não cheguei nem perto de encontrar um Garoto 100 que me faça querer dar o primeiro grande passo. O Garoto 100 precisa ser especial, alguém que eu chame para sair com sucesso. Minha tentativa com Andy McDermott foi um desastre, mas só porque a resposta dele não foi a que eu esperava — e estou *tão* perto de receber um sim.

Infelizmente, todas essas regras deixaram meu Instagram sem atualizações por mais de três semanas. Maggie e Hannah insistem em dizer que estou sendo seletivo demais e que a minha onda de sucesso está passando.

Apesar de ainda não o ter encontrado... não consigo parar de pensar nele.

Em quem ele é. Em como ele é.

Já tenho o sentimento dentro de mim. Só preciso encontrar o garoto que corresponda a esse sentimento.

Para parar de pensar um pouco nessa busca toda, decido dar uma volta no Centro Histórico para comprar materiais de arte. O Centro Histórico de Chicago, com suas ruas arborizadas e casas baixas de tijolinhos — com quase nenhum arranha-céu à vista —, parece um lugar onde é sempre outono. Todos os pensamentos sobre garotos desaparecem assim que entro na minha loja favorita de materiais artísticos, Rapsódia, e sinto o cheiro de tinta acrílica no ar enquanto passo os dedos pelas prateleiras antigas.

Pego uma caixa nova de lápis de grafite e um caderno espiral de bolso. No momento em que saio da loja, marco o caderno como *Caderninho das Primeiras Vezes*. Na primeira página, escrevo *Primeira vez que chamei um garoto para sair* e deixo um espaço em branco ao lado para preencher no futuro, quando acontecer.

Nos meus dedos, o caderno pequeno vibra com um poder místico. Um dia ele estará todo preenchido — primeiro encontro, primeiro beijo, primeira noite juntos, e por aí vai. Minha intuição estava correta: assim que comprei o caderno — uma atitude que tomei com intenção —, a sensação deprimente de *Será que um dia chamarei algum garoto para sair?* foi substituída por esperança.

Vai acontecer.

Meu coração pode até explodir e me matar assim que eu fizer o convite, mas *vai* acontecer.

Logo depois, decido dar uma volta de trem em busca de inspiração artística. Não existe hora melhor para isso do que o pôr do sol. Enquanto o trem desliza para o centro em direção ao rio, avisto meu rosto radiante em um anúncio de outdoor.

Bom, não o meu rosto. O de meu pai.

JEREMY SUMMERS, O REI DE CHICAGO! WNWC — É GOL!

Passar por um dos anúncios dele é basicamente como dar de cara comigo mesmo: temos os mesmos olhos castanhos, nariz romano e bochechas pontudas e rosadas. Não dá para fugir de Jeremy Summers. O rosto dele aparece nos trens, ônibus, bancos de parques, prédios e fotos autografadas penduradas em todas as mercearias, pizzarias e oficinas mecânicas onde já colocou os pés.

Ser um Príncipe Encantado é provavelmente meu destino. Afinal de contas, meu pai é um rei.

No anúncio que vejo agora, o dente da frente dele está pintado de preto e há um hematoma roxo embaixo do olho direito. A intenção é trazer boas lembranças do auge dele no hockey, período que o levou a ganhar uma medalha Olímpica de prata em Vancouver, e resultou em sua foto estampada nas caixas de cereal matinal e depois uma medalha de bronze em Sóchi. E tudo isso deu origem ao *Passa o disco*, um reality show de uma temporada que acompanhava Jeremy Summers e sua adorável família.

Tragicamente, *Passa o disco* foi o início do Bebê Bubu. O apelido que minha irmã inventou para mim pegou, e até virou uma daquelas brincadeiras de bar.

Beba uma dose toda vez que Micah chorar sem motivo!

É por isso que não gosto que ninguém saiba que sou eu por trás do Namorados Imaginários. Essas fantasias podem se tornar patéticas rapidinho aos olhos dos outros se souberem quem faz os desenhos.

A paisagem da janela do trem bloqueia todas as memórias desagradáveis. Não dá para ver as estrelas no céu de Chicago, mas pelo menos nosso pôr do sol é glorioso. É a vista mais deslumbrante da cidade. Não está escuro o bastante para que a janela vire um espelho, mas também não tão claro para que fique impossível de olhar. É apenas um trem ziguezagueando por um labirinto de arranha-céus enquanto o sol poente atravessa as frestas entre os prédios. Relaxo os ombros e libero a tensão que nem me dei conta de que estava carregando.

Todo mundo neste trem é lindo. A luz alaranjada melhora tudo o que toca. Sob esta luz, os rostos brilham e os olhos cintilam com partículas de brasas douradas.

Seria o momento perfeito para encontrar o...

Não, Micah, esquece o Garoto 100 por um dia que seja!

O trem para na Biblioteca Harold Washington. Com a fachada de tijolos vermelhos e o telhado ornamentado com cobre-esverdeado, a construção é uma amostra de arquitetura fresca e aconchegante como uma maçã recém-colhida.

Um palácio. O lugar ideal para...

NÃO, *Micah. Para de procurar por ele. O Garoto 100 vai aparecer quando for a hora.*

O trem para num rangido e faz vários passageiros de pé perderem o equilíbrio. Agarro o recosto de braço do assento e arrumo meu cachecol cobre de lã. Apesar do calor, visto o cachecol por cima da camisa só para passar uma vibe de artista boêmio. Além do mais, o tecido é leve como uma pluma e tem um toque macio no pescoço. E também realça meus olhos castanhos feito duas balas de caramelo.

Estou tão bonitinho hoje. E SE EU ENCONTRASSE O...

Não vou repetir, Micah!

Então as portas se abrem.

E *ele* entra.

Ele é tão alto que precisa abaixar a cabeça para passar pela porta, tem o corpo de um homem, mas o rosto de um garoto. Seu cabelo é cacheado e volumoso e as bochechas marrom-claro dão vontade de apertar.

A única palavra que me vem à cabeça é destino. Sou literalmente vidente. Senti a energia no ar. O Caderninho de Primeiras Vezes funcionou de imediato feito mágica!

Enquanto outros passageiros entram, O Garoto apoia duas bolsas de ombro no corredor lotado. As bolsas estão lotadas com livros da biblioteca, pesadas demais para ele, mesmo com os braços fazendo volume por baixo das mangas da jaqueta de couro preta. De jaqueta no verão? Nós dois sofremos em nome da moda.

Ele está tão atrapalhado com os livros que sou obrigado a sorrir.

— O dia foi longo. Juro que, normalmente, sou bem mais forte que isso — diz O Garoto, com uma voz chocante de tão grave.

Ele está falando comigo? Ele deu uma olhada para mim. Deve ter percebido meu sorriso.

Faz alguma coisa, Micah! De repente, meus pés pesam um trilhão de quilos.

O Garoto levanta as duas bolsas como um halterofilista profissional. Os olhos brilhantes dele encaram os meus. Me forço a não virar o rosto, mas a vulnerabilidade de manter contato visual deixa meus braços arrepiados.

Ele sorri e seus olhos desaparecem por trás das bochechas.

Sem dúvidas, ele está olhando para mim.

Diz alguma coisa! Meus lábios estão rachados e ressecados demais.

Uma queimação familiar começa no meu estômago.

Agora, você não é o Micah Summers sem sal que quase vomitou da última vez em que tentou chamar um cara para sair. Você é o Príncipe Encantado e pode fazer QUALQUER COISA!

Se eu continuar deixando os momentos escaparem sem me abrir, sem correr o risco da potencial rejeição, nunca estarei pronto. Não há sinais maiores do que os deste momento: estou esmagado num trem ao lado de um garoto que parece uma versão mais divertida do príncipe Eric e que já sorriu para mim diversas vezes. Preciso tomar uma atitude agora.

— Pode sentar no meu lugar! — me pego dizendo (alto até demais) enquanto me levanto num salto todo sem jeito.

— Ah, não precisa, cara, eu dou conta. Não é como se eu estivesse grávido.

De pé, O Garoto é quase uns trinta centímetros mais alto do que eu. As bolsas da biblioteca em suas mãos ficam na altura do meu peito. E se eu fosse uma terceira coisa que ele precisasse levantar e carregar? Não peso muito mais do que uma bolsa de livros. Aposto que ele conseguiria.

Quero que ele faça isso.

— Bom, agora eu já levantei, então é melhor você sentar ou… ops!

Uma mulher filipina de meia-idade com uma roupa de corrida azul-néon se esgueira por trás de mim e pega o assento antes que eu e O Garoto possamos continuar discutindo educadamente. Sem nem se preocupar, ela se acomoda e abre um livro.

O Garoto dá de ombros.

— Olha só o que você fez. Agora a gente vai ter que conversar.

— Conversar? Aff, você não odeia isso também? *Ai!*

O trem de latão enferrujado volta à vida e sou jogado para a frente. Meu rosto cai diretamente no pescoço bronzeado e musculoso do Garoto. A vergonha é tanta que minha vontade é morrer bem aqui. A mão direita dele, sem soltar uma das bolsas da biblioteca, segura meu ombro e, finalmente, recupero o equilíbrio. Sinto ondas formigantes de choque elétrico na parte onde ele me tocou. A pegada foi forte, porém certeira.

Não havia a menor chance de ele me deixar cair.

— Desculpa.

Dou uma risada. Sinto um aroma fresco e aquático vindo de seu peito. Desvio a cabeça. Olhar diretamente para ele quase dói, principalmente depois de cair de cara em seu peito, como se tivéssemos pulado direto para o terceiro encontro.

Ele ri de volta. Uma risada profunda. Com um timbre grave que faz meus ouvidos vibrarem.

— Ah, o velho truque do "Ops, o trem me fez cair em cima de você", né?

ELE ESTÁ FLERTANDO.

Respiro fundo e encontro o olhar dele novamente.

— Bom, o clássico sempre funciona.

Nem ouso piscar. Preciso que ele saiba que estou correspondendo. O Garoto sustenta meu olhar — sem piscar também. Ele com certeza não é hétero, não como aqueles héteros fofos e simpáticos com gays que fazem os gaydares por aí apitarem que nem doidos. Seus olhos cheios como o luar me encaram. Seus lábios estão levemente entreabertos.

Ele está mandando sinais.

Vou sofrer um ataque cardíaco a qualquer momento.

O jeito brincalhão e convidativo faz com que seja tão fácil olhar para ele. Isso nunca me aconteceu antes. Esta é a sensação de ser desejado.

De perto, a jaqueta de couro do Garoto não é toda preta. Fios vermelhos e alaranjados se entrelaçam numa estampa delicada e elaborada que desce pelas mangas.

— Isso são... folhas? — pergunto.

— São sim. Olha só.

O Garoto se vira no lugar e me mostra as costas largas. A estampa fica ainda mais clara: uma abóbora. Um emaranhado de folhagens se estende por cima da abóbora antes de se espalharem pelas mangas da jaqueta. Pegaram o outono e o deixaram punk.

— Maneiro! Então o Halloween começa em junho para você? — digo, me referindo a temporada típica das abóboras aqui nos Estados Unidos.

— Acho que sim.

Com uma risadinha, ele me encara de novo. Duas covinhas se formam naquelas bochechas apertáveis que ele tem. Conforme o trem faz uma curva, um raio de sol atravessa os prédios lá fora. Eu e o Garoto estamos banhados em ouro.

É, bom, sol, já entendi o que você está querendo dizer.

Este é o Garoto 100.

— Essas coisas com abóbora geralmente são meio bregas — digo. — Sem querer ofender as coisas bregas, eu adoro breguice, mas esse couro aí é bem alta-costura.

— É couro vegano. Não quero que você pense nada de errado a meu respeito.

— Nem sonhando eu pensaria.

— Ninguém que faz *muuu* foi ferido na construção desse lookinho. Só este dedo aqui, que precisou de três pontos.

Com um grunhido, O Garoto levanta a bolsa de livros para mostrar a palma da mão: seu dedo do meio está cortado bem na ponta.

De olhos arregalados, aponto para a jaqueta.

— Foi você que fez?

Ele sorri.

O Garoto também é um artista — e um artista talentoso. Nos encaramos por um bom tempo, e o ar entre nós vai ficando cada vez mais tenso. Como um elástico sendo puxado, prestes a arrebentar. Ele move os lábios lentamente sem emitir nenhum som, como se quisesse dizer alguma coisa.

Diz logo.

Diz para que eu não precise dizer.

Pede meu número.

Me fala o seu nome.

O momento se arrasta por muito tempo. Nós esperamos demais. O trem para e dezenas de pessoas saem correndo ao nosso redor. Se ele sair com a multidão, se essa for a estação dele, eu também vou sair. Vou fingir que é a minha também. Não estou nem aí.

Mas O Garoto não sai.

Com um grunhido contido, ele apoia as bolsas da biblioteca no chão.

— Olha! Lugares vagos! — diz, apontando para uma fileira recém-liberada.

Ele coloca as bolsas sobre o banco e solta mais dois grunhidos antes de me chamar. Ele apenas acena com a mão, mas o sinal é óbvio: quer sentar do meu lado! Para mim, esse gesto vale tanto quanto se ele tivesse me encontrado no pé de uma escadaria enorme e beijado minha mão.

Não penso duas vezes. Nos sentamos lado a lado na fileira vazia. Há bem mais assentos vazios agora que saímos do centro e estamos indo em direção à zona norte. Porém, não tenho muito tempo para admirar os cachos pretos e brilhantes do Garoto: seu celular vibra e, num piscar de olhos, o rosto dele é tomado por preocupação. Medo. Más notícias.

— Tá tudo bem? — pergunto.

Um nó se forma na minha garganta.

— Foi mal, eu... Eu preciso atender. É do dormitório da faculdade, estou esperando essa ligação a semana inteira...

— Vai, atende...

— Desculpa, que falta de educação...

— Não vai perder a ligação...

— Você não vai sair do trem por enquanto, né? Alô! — O Garoto 100 atende à ligação, mas não termina a pergunta mais importante.

Ele me dá as costas, mostrando o mosaico de abóbora por completo, e, com a voz baixinha, continua a conversa.

O nó na minha garganta fica três vezes mais apertado.

Será que devo ficar aqui sentado, esperando por ele? Será que pega mal? Não quero que ele pense que estou desesperado. E também não quero que ele se sinta pressionado a desligar o celular logo e voltar a me encarar bem rápido.

Só que, se ele fizesse isso, seria bom demais.

Porém, se eu pegar meu celular, vai parecer que estou entediado. Argh. Por que meu joelho não para de tremer? É como se eu tivesse perdido o controle! Como se tivesse bebido uns duzentos cafés gelados. Preciso de algo para me distrair, mas que também me faça parecer levemente interessante...

Minha mão flutua sobre a minha bolsa. Assim que meus dedos se fecham ao redor da alça gelada de metal, meu joelho se aquieta. Desenho ao vivo! Isso vai mostrar que também sou artista e assim, quando ele sair do celular, já teremos outro assunto sobre o qual conversar: o desenho que vou fazer dele. Nunca mostrei para nenhum garoto minha representação dele — o lance sempre acaba sendo meio que uma coisa póstuma para meus crushes. Mas superar esse medo será parte do feitiço que finalmente quebrará minha onda de azar.

— Desculpa — o Garoto 100 sussurra para mim enquanto uma voz abafada fala alto do outro lado da linha.

A expressão triste e desapontada dele alimenta minha confiança. É a prova. Ele quer conversar, quer pegar meu número, quer sair comigo, quer me beijar.

Não, idiota, ele vai dizer "fico muito lisonjeado, MAS..."

Não posso fazer nada se isso acontecer, mas preciso ao menos tentar.

Solto uma risadinha e dou de ombros.

— Não tem problema — sussurro enquanto puxo o caderno e um lápis.

O olhar do Garoto 100 vai direto para o caderno. Ele levanta a cabeça, surpreso, e sorri. Eu o impressionei. Depois de me dar mais uma olhadinha, ele volta à ligação.

— Preciso do dormitório temporário de verão para estagiários e... é... Gostaria de trocar de colega de quarto, porque já tenho uma amiga...

Enquanto resolve a situação baixinho (ele se preocupa com outros passageiros!), o Garoto 100 tira a jaqueta de couro, depois dobra a peça com cuidado e apoia em cima de uma bolsa de lona verde militar. A aparição repentina dos bíceps largos e definidos dele quase faz o lápis quebrar no meio dos meus dedos.

Eu. Perco. O. Ar.

Começo a rabiscar. De cara, minha mão passeia a esmo sobre o papel, mas depois de um tempinho encontro o ritmo familiar. *Risca, risca, risca.* Como um pião girando à toda velocidade, o desenho sai de mim. Mais um sinal do destino. No desenho, o Garoto 100 está de pé em frente a um manequim que veste um terno de couro vegano que ele mesmo costurou à mão. Abóboras, carretéis gigantes de linha e agulhas de costura enormes se espalham ao redor de um chalé antigo. Alguns detalhes marcantes do Garoto 100 estão ali, como os braços fortes e o cabelo cacheado, mas eu exagerei e disfarcei seu rosto. Todo atrapalhado e com uma carinha de garoto sem jeito, o personagem acabou com a longa fita métrica enrolada pelo corpo.

— Príncipe de Chicago! — um homem grita e o lápis quase cai da minha mão.

Agarrando a barra em cima de mim, um homem velho, branco e parecido com o Danny DeVito em *It's Always Sunny in Philadelphia* sorri com o cabelo meio calvo arrepiado e os óculos grandes. Assim que olha para mim, seu sorriso de sapo fica maior ainda, e ele levanta os dedos mindinho e indicador, num gesto de "chifre de touro". — O Príncipe de Chicago! — ele repete.

Os fãs obcecados do meu pai conseguem reconhecer a mim e a minha irmã de longe. Sorrio para o homem e, com uma olhada rápida, confirmo que meu Garoto 100 continua concentrado na ligação.

— Você é fã do meu pai? — pergunto.

— Tá brincando? — DeVito gargalha e me mostra a tela do celular: o rosto do meu pai na imagem de divulgação do programa dele, que vai ao ar no rádio e vira episódio de podcast no dia seguinte. — Se não fosse pelo Rei de Chicago, nós nunca teríamos nos livrado da maldição do Billy Cabrito! Você é novo demais para se lembrar, mas...

— Ah, eu cresci ouvindo essa história.

Reza a lenda que os Cubs passaram gerações sem ganhar um título por conta da maldição de um torcedor que levou um cabrito de estimação para um jogo e foi expulso da arquibancada. A maldição era tão forte que, quando os Cubs finalmente ganharam, todos disseram que foi porque meu pai firmou um tratado de paz secreto entre o presidente do Cubs e os familiares vivos do dono do cabrito.

Eu e minha mãe adoraríamos nunca mais ter que ouvir sobre esta maldição de novo, mas é ela que coloca comida na mesa e mantém meu estoque de tinta sempre cheio.

Quando DeVito me chama de "príncipe" mais uma vez, me lembro de como Elliot me chamou de Príncipe Encantado e tudo me parece tão... possível. Salto no banco sem sair do lugar, meus pés ficam agitados sobre o chão do trem e meu peito começa a pulsar com um motor invisível. Talvez eu quebre a cara, mas o universo não teria alinhado tudo isso tão perfeitamente só para me fazer de idiota.

Beleza, talvez sim, mas eu acredito que desta vez não vai acontecer isso!

— Muito obrigado pela paciência — diz o Garoto 100 na ligação.

Ele está desligando!

— Obrigado por ouvir o programa do meu pai — falo para DeVito às pressas.

O fã fica ainda mais radiante.

— Todos os dias! Agora vou parar de te encher.

Satisfeito, ele caminha até o fundo do vagão, e eu agradeço ao universo por ter me libertado da conversa a tempo de voltar a paquerar.

O Garoto se vira para mim com um sorriso envergonhado.

— Desculpa por isso.

É simples: pergunte o nome dele. Mostre o desenho. Peça o número de telefone.

Eu consigo. Meu peito pode explodir de tão forte que meu coração está batendo, mas eu consigo. Ele quer que eu peça o telefone. Posso oferecer o momento romântico de tirar os pés do chão que eu sempre esperei dos noventa e nove outros, mas nunca consegui. É por isso que o universo fez todas as vezes anteriores darem errado: porque estava me preparando para este momento aqui.

— Deu tudo certo? — pergunto.

FREEEEEEEEIA.

Sinto um espasmo na lombar quando cambaleio para fora do assento e caio acidentalmente em cima de dois passageiros que estão de pé. Às vezes o trem da linha L para gradualmente, mas hoje não foi o caso. Enquanto murmuro um pedido de desculpas, o Garoto 100 me puxa para longe dos passageiros desorientados — e para perto dele — com uma pegada forte, porém gentil. Nós sorrimos juntos.

— Trem maldito — diz ele. — Você está bem?

— Estou, sim. Só não esperava...

— Seu caderno... — O Garoto 100 já está se abaixando quando me dou conta: meu caderno voou das minhas mãos e caiu (com o desenho mais recente virado para cima) no chão do trem.

O medo sobe do meu peito até minha garganta.

Ele vai ver. Será que vai gostar?

Garoto 100 pega o desenho dele mesmo nas mãos e observa, hipnotizado, antes de se virar para mim. Fica evidente que ele se reconheceu. Mesmo com os detalhes distorcidos, o Garoto sabe que é ele. Me sinto completamente nu. Encharcado de suor. Pensamentos horríveis e dolorosos me atravessam: o desespero de pedir desculpas, sair correndo e deixar o caderno para trás sem nunca mais tocar nele.

Nós nos encaramos sem dizer nada.

Pego o caderno de volta.

Uma voz robótica anuncia a próxima parada do trem, Washington e Wabash. As feições delicadas do Garoto 100 se enchem de surpresa quando ele diz:

— Merda, é aqui que eu desço.

— Eu também! — minto.

— Sério? — Ele sorri aliviado. — Não vai se livrar de mim, então! — Ele aponta para as bolsas cheias de livros.

— Bobo.

Solto uma risadinha.

Enquanto o Garoto 100 corre para sair do trem, eu a avisto: a jaqueta de abóbora bordada à mão abandonada no chão imundo do vagão. Recolho a peça e o sigo para fora, mas, com aquelas pernas enormes, ele já está a alguns metros de distância. Quando uma multidão de novos passageiros começa a entrar, eu luto contra a manada com o coração batendo tão forte que chega a doer. O Garoto 100 salta do trem para a plataforma. Tem muita gente aqui. Mas estou quase lá...

Minha bota escorrega no chão e quase abro um espacate antes de me agarrar na barra de ferro mais próxima. Ufa. Foi por pouco, mas nada vai me impedir de alcançar o Garoto 100.

— Príncipe de Chicago, tá tudo bem? — O sr. DeVitto segura meu braço e eu encaro a preocupação no rosto do fã de meu pai. — Você quase caiu feio ali.

— Não, eu... — gaguejo.

— PORTAS SE FECHANDO — diz a voz no alto-falante, enquanto observo as portas automáticas se fecharem entre mim e o Garoto 100.

Meu coração sai do peito. Essa é a única explicação para a dor lancinante que sinto.

Hesito por apenas um segundo, mas já é tarde demais.

— Peraí! — grito. — Ei, abre a porta!

Do outro lado do vidro, os lábios do Garoto 100 se movem rapidamente — ele está tentando me dizer alguma coisa, mas não consigo ouvir nada. Balanço a cabeça e aponto freneticamente para o meu ouvido.

Que pesadelo. A respiração rápida e ofegante aperta meu peito.

O trem continua parado. Ainda dá tempo. Onde fica aquele botão ou corda que posso usar para avisar que preciso que abram a porta? Eu poderia arrombar as portas como se fossem os dentes de um dragão parado entre um príncipe corajoso e um donzelo indefeso.

Mas esses dentes aqui estão fechados com muita força para eu conseguir abrir.

Na plataforma, o Garoto 100 está inquieto e com a sobrancelha erguida de preocupação. Ele sabe o que eu sei: é tarde demais para dizermos um ao outro a coisa que mais precisávamos nesse mundo: nossos nomes. Os lábios dele formam uma última palavra, algo que — infelizmente — eu consigo entender: "DESCULPA". Com isso, outro puxão balança o chão do trem sob os meus pés. Nos afastamos da estação. Cada vez mais rápido, o homem dos meus sonhos vai diminuindo à distância.

Ele se vai.

— Tá tudo bem? — pergunta o fã de meu pai, com cuidado e culpa.

Eu me viro para ele com o peito pesando uma tonelada.

— Aquela era a minha estação.

Capítulo 4
O DECRETO

Eu o perdi.

Encontrei o Garoto 100 e depois o perdi.

Na parada seguinte, pego a jaqueta de abóbora do meu garoto dos sonhos, o tipo de cara que só aparece uma vez na vida, e desço do trem. Sem nem parar para recuperar o fôlego, volto correndo para o lugar onde nós dois fomos separados pelo destino e pelas portas do trem.

Não encontro ninguém além de um jovem violinista. O Garoto 100 não esperou por mim.

O som fúnebre e doce do violino ecoa pelo espaço vazio e cavernoso da plataforma, entre uma parede de tijolinhos e um dossel de vigas de aço. Tocando só para mim.

Passo uma hora dando voltas no quarteirão esperando encontrar algum sinal, alguma pista do lugar para onde ele foi, mas não encontro nada. O entardecer chega em tons de roxo. As cafeterias acendem suas luzes externas.

Como o universo pode deixar isso acontecer? Jogar este garoto no meu colo, alinhar as estrelas para nos unir tão perfeitamente e permitir que um errinho de nada estrague tudo?

Qual é o nome dele? Por que não perguntei o nome dele?

Depois de todas as minhas paixões fracassadas, essa parecia ter tudo para ser meu conto de fadas.

Conto de fadas...

Uma sensação nova toma conta do meu peito e espanta o peso que havia se instalado ali desde que aquelas portas se fecharam na minha cara. Força. Esse é o meu conto de fadas, como aqueles que passei a vida escrevendo. Eu sou o príncipe e, de certa forma, tenho um reino à minha disposição.

Meus seguidores.

Apoio a jaqueta do Garoto 100 sobre um banco vazio, com a estampa magnífica de abóbora virada para cima, e a desenho. Cada folhagem, cada detalhe costurado, possui um brilho místico de pó de fada sob a luz dos bistrôs. Então, deixando meu coração tomar conta, desenho o Garoto 100 vestindo a jaqueta. Só uns rabiscos, tudo de cabeça mesmo — os cachos, as bochechas — qualquer coisa específica o suficiente para identificá-lo. Quando termino, tiro uma foto da página e a compartilho no Instagram. Até hoje só publiquei desenhos devidamente escaneados na minha conta, mas encontrar o Garoto 100 é uma emergência, então temos que quebrar a tradição.

Aperto em "postar" e respiro fundo.

Nossa conexão foi real. O jeito como ele me encarou, pronto para ser chamado para sair. O sorriso que deixava aquelas bochechas redondas ainda mais redondas... Sinto mais uma vez aquela dor pesada no peito.

Preciso de reforços.

GAROTO 100, CADÊ VOCÊ? Gente, sempre mantive o anonimato por aqui (não é hoje que isso vai mudar!), mas acabei de conhecer o Garoto 100 na Linha Marrom, perto da Biblioteca Harold Washington. Nós flertamos e eu estava prestes a chamá-lo para sair. Numa reviravolta do destino, perdi a oportunidade. Nós iríamos descer na mesma estação, mas quando ele saiu do trem, eu voltei para pegar a jaqueta que ele deixou para trás. As portas se fecharam na minha cara e o trem seguiu viagem. Não consegui encontrá-lo. Nem sequer sei o nome dele, mas acredito que ele é, SIM, o Garoto 100. Se, como eu, você é uma daquelas pessoas bobinhas que acredita em destino, sinais e finais felizes, por favor, compartilhe este post e me ajude a encontrá-lo!

O Café da Audrey ficou mais tranquilo depois do horário em que as pessoas saem do trabalho, senão nós não teríamos conseguido pegar as poltronas de couro perto da janela — lugares requisitadíssimos. Os assentos ficam ao lado de uma pilha alta de livros antigos e uma lareira. Quando está acesa durante o inverno, se torna o lugar mais quentinho da cidade. Com o som da bossa nova tocando ao fundo, coloco a jaqueta de abóbora do Garoto 100 sobre a mesa. Hannah e Maggie aproximam seus narizes do tecido vegano e cheiram o couro falso, sem saber que estão esfregando germes de trem no rosto. Por trás das garotas, avisto Elliot do lado de fora, apagando o cavalete de lousa.

— Essa jaqueta estava no chão da Linha Marrom — finalmente admito.

Hannah e Maggie se afastam horrorizadas e jogam a jaqueta sobre a mesa. Furiosa, Maggie passa álcool em gel no nariz.

— Pena que esse garoto fugiu antes de descobrir como você é idiota.

— Ele ainda não entrou em contato? — pergunta Hannah, passando álcool no próprio nariz também.

— Não, estou olhando toda hora — respondo, conferindo minhas DMs só mais uma vez para ver se dá sorte.

> Sou eu! Queria ter te chamado pra sair mas fiquei assustado.

> Opa, até curti conversar com você, mas acho que não vai rolar. Posso pegar meu casaco de volta?

> Que demais saber que eu sou o Garoto 100! Também senti um clima entre nós dois! Ainda não me sinto confortável para te encontrar na vida real, mas se quiser me mandar suas meias usadas eu pago trinta pratas por ela. Quanto você calça?

Palhaços. Impostores. Nas duas horas que se passaram desde que compartilhei a postagem, me tornei alvo fácil para todos os *queers* mitomaníacos dentro dos limites de Chicago. Além disso, recebi mensagem até mesmo de uma pessoa que mora na Hungria! Oi? Eu disse que nos conhecemos hoje mais cedo no trem e você está, neste exato momento, na Hungria?

— Verdade que você encontrou o Garoto 100? — pergunta Elliot, carregando a lousa do café.

— Sim, foi super coisa do destino.

Seguro a jaqueta magnífica e bordada à mão do Garoto 100 pelas duas mangas. Quase consigo sentir os braços fortes dele aqui dentro. Eu estava tão perto...

— Se foi coisa do destino, então vocês vão se encontrar de novo. — Elliot sorri, o cabelo caindo sobre seu rosto redondo. Sorrio de volta. A animação dele é contagiante.

— O que vocês acham? — pergunto, levantando a jaqueta como uma evidência de crime. — Posso revirar os bolsos em busca de pistas? Ou seria invasão de privacidade?

— Seria menos invasivo do que desenhar o garoto no meio do trem — diz Maggie.

Aponto um dedo acusador para ela.

— Desculpa se arruinei seus planos de passar a noite no sofá implicando com a Manda, mas se você veio aqui para me atacar...

Enquanto Maggie revira os olhos, Hannah enfia as duas mãos nos bolsos da jaqueta e diz:

— Ops, isso aqui caiu do bolso!

Perco o ar quando ela puxa um pedaço de papel. Pego da mão dela como se fosse um bilhete dourado.

— Um cartão de biblioteca.

Com as mãos tremendo, viro o cartão plastificado e molengo. Aquelas bolsas lotadas de livros que ele estava carregando... Com o coração esmagado pelo peso de um gorila, lembro das últimas palavras que ele me disse. *Não vai se livrar de mim!* Um momento lindo, bobo, interrompido de maneira tão brutal.

— Ele gosta de ler? — pergunta Hannah, animada.

— A plastificação está desgastada — digo, balançando o cartão molenga. Na frente, um nome borrado já desapareceu há um bom tempo. No verso, um rabisco ilegível como assinatura. Toco o nome borrado com gentileza, como se pudesse escavá-lo do passado feito fósseis de dinossauro. Acho que vi um R. Ou seria um H?

— Um leitor viciado. — Hannah dança na poltrona. — Estou ficando muito interessaaaaada. Tem algum nome no cartão?

— O cartão é velho demais. O nome já está borrado!

Solto um grunhido e chuto uma cadeira vazia. O barulho chama a atenção dos outros clientes. Por baixo da mesa, Hannah aperta meu joelho de leve. Ela nem precisa me olhar para eu entender a mensagem: *Relaxa. Eu sei que isso é péssimo.*

Voltamos para a tenebrosa falta de detalhes no cartão da biblioteca e eu suspiro.

— Bom, sr. Invasivo — diz Maggie. — Todo número de cadastro leva a um nome. Por que você não vai até a biblioteca e pesquisa?

Dou um salto no lugar.

— Uma pista!

— Que bom que a pessoa dos relacionamentos chatos conseguiu ajudar. — Maggie balança um saco de papel para jogar migalhas de bolinho dentro da boca.

Momentos atrás, a saga para encontrar o Garoto 100 estava tomada por uma névoa grossa e impenetrável, mas agora... Tenho uma pista. A esperança explode em mim como fogos de artifício. Eu posso encontrá-lo. Vamos todos à biblioteca, descobriremos o nome do Garoto 100 usando o cartão e eu finalmente poderei chamá-lo para sair.

Em menos de vinte e quatro horas, terei mais uma chance!

Com cuidado, passo meus braços pequenos por dentro da jaqueta grande e, apesar de a peça me engolir, isso me parece correto. Meus braços ficam arrepiados.

— Então, se vamos mesmo procurar o sr. Destino, preciso fazer a pergunta que você mais odeia — diz Hannah, olhando bem no fundo dos meus olhos. — Podemos, por favor, ver o desenho?

Instintivamente, cerro os punhos sob a mesa.

Três rostos esperançosos me encaram de volta.

Isso vai contra todos os impulsos do meu corpo, mas... Desta vez é sério. Este é o Garoto 100. Hoje é dia de quebrar as regras, principalmente se isso significa aumentar as chances de encontrá-lo.

Como Elliot foi todo gentil com o comentário sobre o destino, entrego o rascunho para ele primeiro. Ele, Maggie e Hannah se amontoam ao redor do meu desenho; nenhum deles está acostumado a ver eu me abrindo desse jeito.

— Ele é estilista? — pergunta Hannah, e depois aponta para o cabelo no desenho. — Você e os cachos.

— Braços — Maggie murmura, tão hipnotizada quanto eu pela parte mais atraente do Garoto 100.

— Quanto tempo você levou para desenhar isso aqui? — Elliot pergunta.

— Uns dez minutos — respondo.

Um sorriso impressionado se espalha pelo rosto dele.

— Tá de brincadeira.

— É só um rascunho. Vou finalizar depois.

Sinto as bochechas corando. Já mostrei demais. Abortar missão! Pego o caderno das mãos de Maggie e ela revira os olhos.

— Sempre me perguntei como você consegue desenhar esses caras numa viagem de trem tão curta — diz Elliot, se apoiando na lousa. — Eu mal consigo ler uma página inteira.

— Prática. — Dou de ombros. — Além do mais, não desenho só no trem. Desenho no parque. Durante as aulas. Sempre que bate a inspiração...

Sem nenhum aviso, alguém puxa Elliot por trás. Esses clientes estão fora de controle! Levanto da minha poltrona para ajudá-lo, mas aí reconheço o agressor: Brandon Xue — campeão de natação do nosso colégio. Ele é um garoto chinês de um e oitenta e dois de altura, com braços tão esculpidos quanto os de uma estátua grega. Ele levanta o namorado no ar como se estivesse tentando salvá-lo de um engasgamento. Elliot se assusta antes de perceber quem é, mas depois solta um gritinho agudo e adorável.

— Brandon, paaaaara! — Elliot meio grita, meio sussurra. — Eu tô no trabalho!

A energia de Gays Felizes de Elliot com Brandon tira o peso dos meus ombros. De algum jeito, o Garoto 100 parece mais próximo do que um segundo atrás. O Garoto 100 também poderia me levantar no ar com aqueles braços poderosos. Talvez ele me pegue de surpresa enquanto pinto um mural no meu quarto, enorme e detalhado como a tapeçaria de um castelo medieval. Dois príncipes, finalmente felizes.

Fico feliz que Elliot conheça esse tipo de alegria. Nunca vi Maggie e Manda rirem uma com a outra desse jeito; sempre há muita tensão e falta de comunicação entre as duas.

Enquanto Elliot continua rindo e implorando para que Brandon o solte, a gerente pigarreia do balcão.

— Aha-am! — Furiosa, ela enche a máquina de *espresso* com grãos de café frescos.

A alegria de Elliot desaparece.

— Tá bom, agora me solta — ele ordena, e Brandon, relutante, obedece.

Sinto uma pontada no coração ao ver os dois sendo interrompidos.

— Ah, hum... — Elliot aponta para o caderno protegido contra o meu peito. — Estamos ajudando o Micah a encontrar o Garoto 100!

— Ah, sim, eu vi seu post — diz Brandon, se virando para mim com um sorriso de tubarão. — Quer dizer que você passa o dia inteiro no trem, escolhendo garotos para perseguir feito um serial killer?

— Não — respondo de imediato.

— Jack, o estripador, fazia assim. Dizem que ele também era um garoto rico sem nada para fazer...

— Brandon! — Elliot exclama, envergonhado.

— Amor, eu tô brincando — Brandon grunhe, chateado por não estarmos morrendo de rir.

— Micah não persegue ninguém — diz Hannah.

— É uma perseguição *de leve* — Maggie completa.

Minhas orelhas começam a queimar enquanto guardo tudo na bolsa às pressas para ir embora, mas Hannah se pronuncia em protesto.

— Ei, peraí! — Ela pega a jaqueta do Garoto 100 antes que eu consiga pegar primeiro. — Nós vamos encontrar esse garoto, e ele vai ficar muito feliz de te ver novamente.

Sorrio.

— Bom, a gente se encontra na biblioteca amanhã de manhã, então?

— Que a aventura comece!

Mais tarde, quando estamos indo embora do Café da Audrey, Elliot chama detrás do bar:

— Chai gelado para o Príncipe Encantado! — O garoto sorridente entrega minha bebida favorita, por conta da casa. Depois de um momento sem saber o que dizer, eu agradeço. Ele dá uma piscadinha para mim e sussurra: — Vai atrás dele!

Sorrindo, encaro meu *Caderninho das Primeiras Vezes*. Ao lado de *Primeira vez que chamei um garoto para sair*, um espaço em branco espera ansiosamente por uma data. Será que vai rolar amanhã? A resposta para esta pergunta — e para todos os meus sonhos e esperanças — me aguarda dentro da Biblioteca Harold Washington.

Capítulo 5
A BIBLIOTECA

Estou acordado desde que o sol nasceu. Parece manhã de Natal.

Em poucas horas, quando a biblioteca abrir, poderei descobrir o nome do Garoto 100. Vou encontrá-lo na internet e finalmente convidá-lo para um encontro. Pelo jeito como estávamos flertando, é *óbvio* que ele vai aceitar!

Enquanto me reviro de ansiedade, meus dedos trêmulos abrem o Instagram. Talvez ele já tenha entrado em contato. Porém, no meio das centenas de DMs que se acumularam durante a noite, nenhum dos perfis é dele. Nada. Nenhum garoto lindo com cachos escuros e um sorriso que faz os olhos desaparecerem.

Aquele sorriso...

Eu me viro na cama para observar o sol nascendo por cima do Lago Michigan. Na nossa cobertura, toda parede é uma janela panorâmica do chão ao teto com uma vista infinita da cidade. Estamos tão altos em relação aos outros prédios que nem precisamos de cortinas para mantermos a privacidade.

Hannah só vai me encontrar daqui a uma hora, então decido manter minhas mãos ocupadas com o pincel que estava mergulhado no óleo de terebintina. Me aproximo do mural gigante e inacabado cujo rascunho se estende pela única parede sólida do meu quarto. Nela, dezenas de casais da realeza — príncipes e princesas, pares de todos os tipos — dançam ao redor de um salão de baile dourado, deixando um espaço vago no meio. Um dia irei pintar algo no espaço vazio. Ainda não sei o que, mas precisa ser importante o suficiente para se tornar o ponto focal.

Pintar é mais complicado do que fazer rascunhos a lápis em preto e branco. Quando fiz aulas particulares, a mistura das cores sempre foi a parte em que eu mais me atrapalhava. As cores podem desandar rapidinho se eu mudar de ideia no meio do processo (coisa que acontece com frequência) e decidir escurecer ou clarear um tom.

Misturar? Odeio.

Descarto dois copos de tinta que tentei misturar mas que acabaram virando uma coisa meio mostarda lamacenta. Sinto um nó na garganta. Não gosto de sentir que não levo jeito para a coisa.

Por que desenhar é tão fácil e pintar é tão difícil?

Porque é um desafio, Micah. Sair da zona de conforto — já ouviu falar nisso?

Com meus Namorados Inventados, me sinto muito mais perto de alcançar minha voz artística verdadeira; já este mural faz com que eu me sinta a milhares de quilômetros de distância da minha autenticidade. As duas coisas focam em diversidade e contos de fada, então qual é a diferença?

Será que é apenas o tipo de material?

Algo que nunca cheguei a comentar com ninguém da minha família é que eu queria muito voltar a ter aulas profissionais de pintura — meu sonho é estudar no Instituto de Arte. O museu de Chicago possui um dos cursos mais renomados, então eu nem precisaria sair de casa ou abandonar meus amigos. Porém, se esforçar é fácil em teoria, mas na prática... Toda vez que me imagino estudando lá, meu coração fica tão sem controle quanto uma águia selvagem, minha respiração fica ofegante e não consigo pensar em mais nada até mandar essa ideia absurda para longe.

Olha você surtando de novo, Micah. Respire e continue trabalhando.

Cores simples, linhas precisas. Vamos nessa.

Abandonando o estilo delicado e realista dos meus Namorados Inventados, passo um prateado na musselina com força; as pinceladas quase violentas criam uma composição ondulada. A textura não está bem misturada; as cores se sobressaem grosseiramente lado a lado. É um estilo que minha professora de arte chama de pictórico — pintar de um jeito que chame a atenção para as pinceladas, que faça as pessoas propositalmente perceberem a mão do artista.

Solto o ar. Pronto. Me sinto um pouquinho melhor.

Depois de limpar a tinta nas unhas, me visto como um príncipe: uma camisa de alfaiataria com listras de marinheiro, calça capri justa e o casaco *oversized* do Garoto 100 por cima.

Queria passar rapidinho na cozinha para tomar café e partir, mas parece que a família inteira teve a mesma ideia. Há quatro adultos e uma gata com pose de leoa agrupados ao redor da comprida ilha de mármore. Minha mãe, dra. Jane Summers, é baixa como eu e veste um terninho preto e óculos de armação enormes, como uma Edna Moda mais nova. Enquanto puxei o tom de pele mais escuro do meu pai, minha mãe e Maggie compartilham a mesma palidez de Mortícia Adams. Elas precisam pegar sol, mesmo sabendo que serão torradas por ele. Enquanto a cafeteira trabalha, minha mãe segura a alça com impaciência, pronta para puxar a jarra assim que a bebida parar de pingar. Meu pai, Maggie e Manda, a namorada de Maggie, aguardam. Minha irmã e a namorada estão vestindo roupas de corrida estampadas com xícaras de café — é coisa da Manda; as duas geralmente usam roupas combinando com estampas de comida que ela mesma cria. Isso faz com que Maggie seja vagamente estilosa o tempo todo.

— Alguma chance de a segunda xícara ser minha? — sussurro para Manda. — Estou meio atrasado.

Manda Choi é alta, coreana e usa uma trança francesa no cabelo pintado de rosa. Sua pele sempre cintila com um brilho frio e prateado. A melhor coisa que ela já fez pela minha irmã foi ensiná-la a cuidar da pele com retinol. É com ela que eu gosto de fofocar quando minha família está sendo intensa demais. Manda se aproxima discretamente e sussurra:

— Por mim, beleza. Mas seu pai está prestes a pular em cima da jarra.

— Vai para a biblioteca, é? — pergunta meu pai, com as orelhas claramente queimando.

Jeremy Summers — o Rei de Chicago — tem de alto o que eu tenho de baixinho. O DNA do meu pai me passou seu rosto e tendências introvertidas, mas desapareceu depois disso e deixou o DNA da minha mãe terminar o trabalho. Ele passa o braço sobre os ombros de Maggie como se os dois fossem velhos comparsas. O jeito como ele disse *Vai para a biblioteca, é?*...

Ele sabe o que está rolando.

Cerro os olhos na direção de Maggie.

— *Sim*, para a biblioteca — respondo rápido.

Sendo a garotinha do papai, Maggie sorri toda debochada.

— Tá bom, eu contei para ele. Mas não é como se fosse segredo também, né? Você já postou tudo no Instagram mesmo.

Fuzilo minha irmã com o olhar enquanto tamborilo os dedos com raiva sobre a bancada.

— Mas você sempre conta a história toda errada e faz eu parecer um esquisitão.

Ela revira os olhos.

— Não é "sempre" que eu faço isso.

— Micah, não fique chateado — diz meu pai, que já não está mais sorrindo. — É muito bacana que seu primeiro encontro...

Jogo as mãos para o alto.

— Viu só? A história já está errada. Não é um encontro.

Manda, ignorando o Deus-nos-acuda familiar, bebe uma vitamina verde enquanto Maggie explica:

— Pai, eu te disse que Micah está tentando encontrar o garoto. Eles tiveram um momento no trem, mas acabaram se desencontrando, lembra?

— Ah, verdade! — Ele bate na própria cabeça. — Sou muito miolo mole. Desculpe, Micah.

— É tipo *Cinderela* — diz minha mãe, sem tirar os olhos do café. — Ela contou a história direitinho, querido. Estamos muito empolgados por você! Eu até ia dizer alguma coisa quando você chegou na cozinha, mas não quis te atrapalhar, te azarar nem nada assim.

Sorrio enquanto a onda de nervos se acalma dentro de mim. Minha mãe me entende.

Depois que ela se serve, meu pai enche a caneca da WNWC e a acompanha para fora da cozinha. Enquanto despejo creme no meu copo térmico, Maggie dá um chutezinho no pé de Manda para chamar a atenção.

— Vamos fazer alguma coisa hoje à noite.
— Perfeito — Amanda responde animada. — A Netflix liberou a segunda temporada de...

Bebo o café fazendo barulho para não ter que ouvir seja lá qual for a zilionésima série a que elas planejam assistir. Maggie olha na minha direção.

— Bom... A gente bem que podia fazer alguma coisa mais interessante, né?

Miranda se encolhe de leve.

— Não imaginei que ver série era uma ideia tão chata assim.

— Eu não disse que você é chata.

E a discussão começa. Vai durar um tempinho até Maggie ceder e concordar que o plano de Manda de "ficar de boa como sempre" é razoável. Manda possui justamente a energia tranquilona de brother chapado de que minha irmã, intensa demais, precisa para dar uma sossegada, mas as duas deviam escalar uma montanha, pular de paraquedas ou qualquer coisa que não seja ficar fazendo nada dentro de casa para variar.

O segredo do romance é a criatividade. Se quiser que o romance seja realista e — sabe como é... — sem graça, ele vai ser mesmo. Eu e o Garoto 100 sempre teremos esta história emocionante de como nos conhecemos. De como eu venci todas as improbabilidades para encontrá-lo de novo. Para mim, isso faz todo o nervosismo e todas as dúvidas do mundo valerem a pena.

Mais tarde, chega a hora de testar os nervos quando encontro Hannah na estação.

O trem. Estou de volta à cena do meu trauma.

A besta de metal se estende na minha frente, guinchando ao parar na estação. As portas — essas portas horrorosas e destruidoras de destinos — se abrem para um vagão lotado de passageiros matutinos. Hesito, mas Hannah segura minha mão. Ela dá uma piscadinha.

— Não cai do cavalo.

E lá vamos nós. Com este primeiro passo para dentro do vagão, minha aventura começa de verdade.

Enquanto viajamos rumo à biblioteca, passo hidratante labial com a mão trêmula. Estamos no mesmo trem onde conheci o Garoto 100 de um jeito mágico — só que o pôr do sol dourado de ontem foi substituído pelo azul pálido da manhã.

A ausência do Garoto 100 é quase fantasmagórica. Nenhum destes rostos é o dele.

Hannah não está nem aí. Ela dá pulinhos na ponta dos pés conforme a parada da biblioteca se aproxima. Ela está tão bem vestida quanto eu, com uma túnica alaranjada e óculos com armação gatinho. Somos uma dupla fantástica porque sempre colocamos o mesmo nível de dedicação em tudo o que fazemos.

— Não acredito que a busca pela sua alma gêmea está nos levando até a biblioteca onde eu vou me casar — diz ela.

— Mas só depois que você fizer vinte e oito anos, né? — relembro.

— É claro. Vou esperar meu retorno de Saturno, senão é pedir para dar tudo errado. E só depois que eu já tiver publicado uns três *best-sellers*...

... para que o relacionamento não atrapalhe minha produtividade — repito junto com ela.

Hannah não acredita em destino. Ela acredita que tudo na vida acontece através de força de vontade e um planejamento diário impecável.

Sinto um gosto meio amargo tomando conta da minha boca. Já senti isso antes na presença de Hannah.

Pessoas heterossexuais têm tantas oportunidades românticas que é difícil não levar para o pessoal quando elas começam a ficar exigentes demais com seus encontros. Hannah já saiu com tantos garotos da nossa turma — e, tipo, que bom, sabe? Ela tem mesmo que fazer o que quiser —, eu só queria ter esse monte de opções também. Ter uma fila de garotos me querendo e a liberdade de escolher qualquer um. A maioria das minhas opções já está comprometida, ainda não se assumiu, não quer namorar ou não sabe o que quer.

Nossas possibilidades são simplesmente... menores. Quando penso nos meus noventa e nove namorados, parece que já esgotei todas as minhas possibilidades. Tipo, eu preciso encontrar o Garoto 100 porque, depois dele, não vai existir mais ninguém.

Às vezes me sinto deixado para trás feito uma criancinha, e queria que Hannah entendesse isso melhor.

Fecho os olhos e reorganizo os pensamentos. Não preciso de noventa e nove garotos. Só preciso de um.

Na biblioteca, me apresso — quase saio correndo — entre as estantes lotadas. As cabeças se viram para Hannah e eu enquanto nos aproximamos de um grupo de bibliotecários. O olhar confuso deles diz: *ninguém normal entra numa biblioteca às nove da manhã com tanta empolgação assim.*

Atrás de um balcão de madeira escura polida, quatro bibliotecários enchem seus carrinhos, enquanto um quinto — um jovem alto e com cara de sono — espera para nos ajudar.

— Opa, beleza? — Coloco o cartão do Garoto 100 sobre o balcão com um tapa. — Então, minha família acabou de se mudar...

— Ah, meus parabéns — diz o bibliotecário.

A sinceridade dele não combina com seu rosto desconfiado e de feições felinas.

— Tanta coisa para desencaixotar, aff. Nunca mais quero ver outra caixa de papelão na minha frente, sabe?

— Não tenho como saber. Só morei em um lugar a vida toda. Se eu não for embora daqui logo, vou ter um treco — ele fala com uma voz monótona e entediada. Eu e Hannah o encaramos com sorrisos silenciosos e estáticos. — Como posso ajudar?

Apesar de termos ensaiado um milhão de vezes no trem, me dá um branco. Hannah se aproxima.

— Ele se mudou e precisa trocar o endereço do cadastro.

— Isso! — digo, encorajado pela segurança de Hannah. — Preciso dar uma olhada no cadastro desse cartão para ver se tenho que alterar o endereço. Já fiz isso em tantos lugares que esqueci se já mudei aqui ou não.

O bibliotecário suspira, claramente sonhando com o futuro em que também irá se mudar.

— Pois é, um saco, né — digo com uma expressão de *foi mal por isso*.

O bibliotecário, Hannah e eu ficamos em silêncio até ele começar a digitar o número de cadastro do Garoto 100.

Minha garganta se fecha. Está acontecendo — o nome do meu futuro namorado será revelado dentro de alguns segundos. *Nathan? Eric? Isaac?* Qual será o nome que irei cantar da sacada de nosso palácio? Quando eu o chamar, seu nome — *Gregory? Frederic? Ludwig?* — ecoará pela vista estonteante dos Alpes. Irei conjurá-lo usando apenas minha voz. Voando nas costas de uma águia enorme, ele chegará cada vez mais perto, atravessando o vento fresco das montanhas em minha direção.

Hannah aperta minha mão.

— É agora! — sussurra.

— O nome cadastrado, por favor? — pergunta o bibliotecário.

Eu e Hannah grunhimos. Queria poder dizer *é isso que eu preciso saber!*

Já fiquei quieto por tempo demais, então digo:

— Na verdade, o cadastro pode ter sido feito com alguns nomes diferentes, entãããão não tenho certeza — invento na hora.

— Certo... — O bibliotecário semicerra os olhos inchados. — Quer chutar pelo menos algum deles?

— Desculpa, como eu disse, não tenho certeza. O nome não aparece aí no computador?

— Você não sabe nenhum dos nomes que podem ter sido usados no cadastro?

— Hum, e se você me disser pelo menos o sobrenome para eu poder dar uma filtrada nas opções?

Estou estragando tudo. Passo a língua pelos lábios, que estão secos como uma estrada de terra. Hannah se recolhe num silêncio absoluto. Nosso plano está indo por água abaixo e sabemos disso. Pior ainda, o bibliotecário sabe. Ele cerra os olhos até praticamente fechá-los.

— Que tal começarmos com "qual é o seu nome?".

De repente, me dá um branco. Michael... Sommerset? Marcus Swiggins?

— Ô, inferno — Hannah grunhe.

As portas da entrada principal da biblioteca se abrem e eu saio correndo para a rotunda externa, amedrontado feito uma galinha enquanto subo uma grande escadaria. Não sei para onde estou indo, mas ainda não me sinto pronto para desistir e ir embora. Gentilmente, Hannah fecha a porta dupla ao sair e me acompanha para longe da cena de mais uma das minhas humilhações.

— É só um cartão de biblioteca — resmungo. — E o cara me tratou como se eu fosse um ladrão de identidade. O que eu ia fazer? Arrumar um monte de multas e nunca mais pagar?

— Beleza, fala baixo — diz Hannah.

— Eu estou falando baixo! Não estava gritando nem...

— Você estava começando a ficar nervoso. Quer que alguém te filme para você se tornar o novo vilão da internet?

— Nem foi tão ruim assim...

— O Garoto 100 vai adorar isso.

Minha cabeça começa a pulsar. A jaqueta do Garoto 100 pesa uma tonelada.

— Hannah, eu perdi ele. Não perguntei o nome, e agora nunca mais vou...

Hannah me segura quando entramos em um saguão grande, sob uma redoma de vidro. Ela olha para mim — para dentro de mim — com aqueles olhos severos e aconchegantes. Sinto uma pontada de culpa nos pulmões por ter tido aqueles pensamentos cruéis sobre ela mais cedo. Hannah nunca colocou nenhum namorado acima de mim. Uma vez, até cancelou um encontro porque eu estava surtando na aula de educação física depois de não ter conseguido chamar Matthew, o garoto do segundo ano com aquele colar bonitinho de cobra, para sair. Passamos a noite inteira assistindo a comédias românticas no quarto dela até eu voltar a me sentir normal.

Sou tão ingrato.

— Foi diferente desta vez — digo, engolindo em seco. — Eu ia chamar ele para sair, ia mesmo. Você sabe o quanto eu já estava até planejando o nosso encontro.

Hannah cutuca minha bochecha molhada.

— Você ainda vai achar ele. Repete comigo.

— Eu vou achar ele. — Solto o ar devagar e minha frustração se dissipa. — Obrigado, Hannah. Fiz você vir até aqui para nada...

— Ainda não terminamos! Vou voltar lá e falar com outro bibliotecário.

— Mas todo mundo já viu a gente ... — Ligeira que só, Hannah tira um chapéu enorme e molengo de dentro da bolsa de palha. Levo um susto. — O chapéu sem palavras!

Um chapéu tão grande que deixa qualquer um sem palavras.

— Isso mesmo — diz ela. O chapéu a engole por completo. — Não sou a mesma garota de antes, não mesmo. Agora sou a Garota De Chapéu.

— Você é uma gênia!

Hannah pega um par de óculos escuros grandes e brilhantes de dentro da bolsa.

— *Você* fica quietinho aqui. — Ela começa a falar num sotaque levemente carregado. — Meu irmão está muito doente. Ele precisa pagar algumas multas por atraso e eu vim até aqui nesta manhã ensolarada para resolver a situação dele.

Seguro uma risada.

— Uma mestra do disfarce! O que seria de mim sem você?

— Sofrimento.

Ela abaixa os óculos escuros, dá uma piscadinha e volta a descer as escadas.

Sorrindo, continuo dentro do saguão com teto de vidro como uma estufa gigante. O Jardim de Inverno. Há um conjunto de arranjos florais espalhados pelo espaço de luz fria. O salão está cheio de fileiras de cadeiras brancas viradas para um púlpito coberto de cetim cor de creme, tudo revestido por uma treliça marfim.

Um casamento. Do jeito como o que Hannah quer.

Já deve ter terminado, porque há vários funcionários subindo em escadas para tirar as guirlandas de flores penduradas na treliça. Ainda assim, a energia de romance continua pairando pelo ar. No canto, um cavalete mostra a fotografia do noivo e da noiva:

O CASAMENTO DE JESSE PETERSEN & ALLYSON HICKS

E o casal entrelaçado numa dança romântica. Coisa mais brega. Mas, se é tão brega assim, por que estou sentindo esse aperto no peito? Por que estou rangendo os dentes? Lágrimas ferventes molham meus cílios.

Para de chorar, Micah. Por que você é assim?

Sou solitário.

A clareza e a simplicidade gélida do pensamento me assustam. Tomara que eu não tenha dito em voz alta. Dou meia-volta para me certificar de que os homens nas escadas não escutaram o gay bobão aqui dizer que é solitário para uma foto de dois desconhecidos. Não ouviram — ou estão enrolados demais com o trabalho lá em cima para se importarem.

Sou tão solitário.

Estou prestes a começar o último ano do ensino médio, mas nunca namorei ninguém. Nunca beijei ninguém. Se eu for para a faculdade ainda nesta situação de *Nunca fui beijada...* sério, é melhor me enterrar de tanta vergonha.

Tento me distrair no Instagram, mas sou recebido por uma enxurrada de mensagens privadas, todas variações de Eu sou o Garoto 100! Quem é o Garoto 100? Cadê o Garoto 100?

Estou tentando descobrir!

— Meu bem — diz Hannah, reaparecendo atrás de mim e tirando o chapéu sem palavras com uma expressão de derrota.

Ela não descobriu o nome dele. Mesmo assim, abro um sorriso e a abraço de lado. Tudo o que aprendi sobre lutar por mim mesmo aprendi com Hannah.

Ela suspira.

— A bibliotecária não me deu o nome, mas aceitou meu dinheiro para pagar as multas dele.

— Mentira!

Dou uma risada. Ela também ri, e a leveza do momento finalmente tira o peso do meu peito.

— Três dólares. Você está me devendo um *cake pop*. Quer saber qual livro sua alma gêmea delinquente ainda não devolveu?

— Te contaram até o que ele está lendo, mas não o nome?

— *Como ensinar física quântica para o seu cachorro.*

É claro que ele é gay cachorrento — um bobão carinhoso com aquele cabelo bagunçado e jeito brincalhão. A família Summers é mais para o lado dos gatos: pessoas independentes e cuidadosas, sempre desconfiadas.

Imagino eu e o Garoto 100 trabalhando como voluntários na clínica veterinária com Elliot, dando banho em filhotes bagunceiros enquanto o Garoto 100 joga água em mim — mesmo sabendo que eu odeio me molhar. Um dos cãezinhos para adoção é tão fofo e desengonçado que só nos resta adotá-lo. Nós três acordamos cedo para correr ao redor do lago, e a corrida sempre termina no Café da Audrey…

Voltando à realidade, a jaqueta grandona do Garoto 100 pesa sobre os meus ombros. Quase parece um abraço. Quando a reajusto, ouço um barulho suave. Pressiono as mãos contra o couro de novo. Mais um barulho, desta vez vindo do bolso no peito.

Há algo ali.

É uma nota fiscal.

Uma nota fiscal do Garoto 100. Meus dedos suados analisam o papel: nenhum nome ou informação sobre o que foi comprado, mas na manhã de ontem ele gastou $598,71 em um lugar chamado Feira das Docas.

Que tanto dinheiro para se gastar numa feira…

— O que é isso? — Hannah sussurra. — Está tudo bem?

Segurando a nota fiscal, meus braços recuperam a força. Eu assinto.

— A aventura não terminou. Achamos nossa próxima pista!

Capítulo 6
O AMIGO POSTIÇO

Assim que saímos da biblioteca, fazemos uma chamada de vídeo com Elliot.

Hannah disse que ele vai nessa tal de Feira das Docas pelo menos uma vez por semana buscar compras do Café da Audrey. Sozinho na sala de estoque da cafeteria, Elliot apoia o celular na pia enquanto despeja água fervente numa jarra cheia de um xarope pegajoso.

— Já até sei quem o Garoto 100 comprou essas coisas!

Minhas pernas viram gelatina. Empolgada, Hannah me abraça pela cintura enquanto esperamos o próximo trem.

— De quem, Elliot? — pergunto com as mãos sobre a boca. — Sabe se essa pessoa está trabalhando hoje?

— Shirley das Docas — diz ele, desligando a água. Com medo de que alguém possa escutá-lo, ele aproxima o rosto do celular, então a câmera só pega seu nariz. — Mas ela só fica lá de manhãzinha bem cedo. Se não se importarem em esperar até amanhã, posso apresentar vocês! A Shirley é meio esquisita com gente que ela não conhece.

— Perfeito. Muito, muito obrigado!

Dou uma voltinha animada na plataforma. Tudo está se encaixando. Os demais passageiros me observam dar mais um rodopio, menos gracioso desta vez.

— Chega de chai para você.

Hannah ri enquanto me ajuda a recuperar o equilíbrio.

Minha alegria de ter descoberto outra pista apaga a impaciência de ter que esperar por mais uma noite de sono antes de encontrar o Garoto 100. Mesmo depois de tantos dias, ele ainda vai se lembrar de mim.

Não vai?

Vou perdendo a confiança enquanto o restante do dia passa. Ainda bem que é Noite de Filme do Micah.

A Noite de Filme do Micah é um evento mensal que reúne amigos e familiares para assistirem a uma comédia romântica (o único gênero permitido). Colocamos a TV do quarto de Maggie na sala — porque minha mãe decidiu que a sala seria um ambiente sem telas. Para ela, se estamos pagando pela vista panorâmica da cidade, para que enfiar uma tela na frente? Porém, nestas noites especiais, nem ela consegue negar a magia de assistir a um filme com as luzes de Chicago por trás, como um campo estrelado.

Meu pai faz a pipoca, minha mãe compra um monte de doces na Bomboniere do Dylan e eu sorteio uma pessoa para escolher o filme. Maggie não sabe diferenciar uma comédia romântica de um documentário criminal, então eu a excluo do sorteio esta noite. Não posso correr o risco de ela escolher algo deprimente como da última vez, com *História de um casamento*. Adam Driver e Scarlett Johansson passam o filme inteiro berrando e socando as paredes.

No momento em que o elevador da cobertura se abre, nossos novos convidados, Elliot e Brandon, entram devagar, cautelosamente, como se estivessem chegando em Oz. Elliot veio direto do trabalho, ainda vestindo o uniforme da Audrey: camisa polo preta e bermuda cáqui. Ele está com olheiras profundas — deve ser por ter começado um turno cedo depois de ter fechado a cafeteria na noite anterior.

Em seu lugar, eu estaria revoltado, mas ele parece radiante. Nada abala Elliot.

— Obrigado por virem! — digo, abraçando Elliot assim que ele chega.

Até dou um abraço em meu aminimigo Brandon, que, por algum motivo, ainda parece em constante estado de alerta. Hoje é dia de deixar o Velho Micah no passado. O Novo Micah chama garotos desconhecidos para sair, inicia um relacionamento com o amigo postiço Elliot e é educado com o garoto que o chamou de Jack, o Estripador.

— Meus tênis estão manchados de leite de aveia, tem problema? — Elliot pergunta discretamente.

Faço uma careta.

— Tem! Que nojo. — Os olhos dele parecem preocupados, então completo rapidinho: — Claro que não! São seus tênis.

Ele ri numa onda de alívio.

— Foi mal. É só que, hum... Tudo aqui é bem de rico.

Mesmo sem motivo, eu protesto.

— Não é, não... — Dou de ombros. Ele tem razão. — Bom, é. Fique à vontade!

Hannah leva Brandon até a cozinha, onde minha mãe entrega um saco de doces para cada um deles.

— Obrigado — Brandon começa a dizer, mas perde as palavras quando meu pai se vira da pipoqueira para cumprimentá-lo. Em choque, Brandon engasga. — Uau. Nossa.

Da entrada, Elliot não consegue parar de sorrir enquanto observamos Brandon dando uma de fã para cima do meu pai.

— Nunca tenho uma chance assim de arrancar ele da natação — Elliot confessa. — O treinador dele tem um cronograma bem rígido. Treinando para nado olímpico... Hannah te contou? — Assinto, apesar de ela não ter me contado. Antes dessa semana, sempre demonstrei interesse mínimo em ouvir qualquer coisa sobre o melhor amigo Elliot, e muito menos sobre o namorado dele que nem sequer gosta de mim. — Bom, Brandon ficou tão empolgado para conhecer seu pai que largou tudo na mesma hora. Então, obrigado por esta noite romântica extremamente rara.

Dou um soquinho no ombro de Elliot.

— Sem problemas! Você vai me ajudar com a Shirley das Docas amanhã, e eu mal posso esperar, então pode relaxar e curtir um tempo longe daqueles clientes babacas!

Com outra risada de alívio, Elliot diz:

— Talvez eu nunca vá embora. Você vai ter que me expulsar.

Assim que todos já estão com seus devidos lanches, vamos para a sala de estar. No sofá, Maggie e Manda estão esparramadas embaixo de um cobertor que Manda costurou especificamente para noites de filme — todo feito de lã com estampa de pipocas. Diferente de mim, a criatividade da namorada da minha irmã não é focada em uma carreira. O objetivo dela é simplesmente viver a vida como se estivesse num filme do Wes Anderson. Ao lado delas, minha mãe, com os óculos apoiados na ponta do nariz enquanto ela navega no iPad, estica a perna sobre o apoio de pés. Hannah, Elliot e eu ocupamos os futons extras que trouxemos para a sala.

Apesar de eu estar feliz por Elliot e Brandon finalmente terem uma noite romântica juntos, para eles isso não parece muito um encontro. É mais um encontro de Brandon com meu pai, que não param de rir na cozinha.

— Você pegou pipoca? — pergunta meu pai, reparando que todas as tigelas desapareceram.

Brandon balança a mão.

— Não faz parte do meu plano alimentar.

O sorriso do meu pai explode.

— Ah, eu lembro bem como é. Ganhe suas medalhas, se aposente e depois você corre atrás do tempo perdido. — Ele dá um tapa na própria barriga, que é puro músculo e bem menor do que ele acredita que é. Apesar dos pesares, é legal vê-lo revivendo seu Estilo de Vida Olímpico da Juventude.

Talvez eu tenha julgado Brandon assim como julguei Elliot...

Do outro lado da sala, eu e Elliot nos entreolhamos surpresos.

— Seu namorado está dando em cima do meu pai? — pergunto.

— E seu pai está correspondendo? — Elliot retruca.

— Ele só gosta de receber atenção — diz minha mãe sem tirar os olhos do iPad.

Elliot se aproxima sorrateiramente para sussurrar:

— Depois que você convidou a gente para vir, Brandon ficou vendo cenas de *Uma tacada dos infernos* no YouTube.

Isso chama a atenção da minha mãe. Ela levanta a cabeça e deixa o iPad cair no colo. Eu e Hannah ficamos sem palavras. *Uma tacada dos infernos* foi a primeira e última vez que um estúdio pagou meu pai para atuar. No filme, ele interpretava um Diabo fofo que ajudava um garoto do subúrbio a melhorar no hóquei em troca da alma dele. Até o Diabo acabar se apaixonando pela mãe solteira do garoto, interpretada por

Lauren Graham. A ESPN o premiou como Pior Ator Atleta de Todos os Tempos.

Brandon deve ser a única pessoa a assistir a este filme em anos.

Enquanto eu, Hannah e Elliot rimos, uma pergunta me vem à cabeça meio do nada: será que Elliot é meu amigo agora? Não percebo mais aqueles silêncios desconfortáveis. Parece que nós três somos apegados desde sempre.

Deve ser o jeito de Elliot — no ano passado, para o meu desgosto, ele e Hannah viraram melhores amigos rapidinho. Ele simplesmente tem uma energia muito boa.

Quando a escolha do filme começa, o nome de todo mundo — tirando o de Maggie — está escrito em pedacinhos de papel. Num estilo bem *Jogos vorazes*, puxo um nome de dentro da tigela:

— Hannah!

Elliot aplaude alto enquanto Hannah se levanta do futon para ficar de pé ao meu lado como se estivesse aceitando um Oscar.

— Nossa — diz ela —, nunca imaginei que este dia chegaria depois de tantos meses seguidos com escolhas da Manda. — Manda assente graciosamente, passando o poder da escolha de forma pacífica. — Como Micah está prestes a encontrar o Garoto 100 — Hannah cruza os dedos e Elliot, minha mãe e eu a imitamos —, escolhi um filme sobre aguardar pela pessoa certa, independentemente do quanto possa demorar: o clássico de 1987... — Ela balança os dedos no ar. — *Feitiço da lua*!

Todos comemoram. Eu sabia!

No futon, Elliot se vira para mim.

— É sobre o quê?

Abro um sorriso vingativo por dentro. Eu continuo sendo o *melhor* melhor amigo.

— Ah, é o filme favorito da Hannah.

Conforme o sorriso de Elliot murcha, a culpa atravessa meu peito. Tá bom, vou dar um resumo para o garoto.

— Cher está prestes a se casar com o cara errado — sussurro. — Daí ela se apaixona pelo irmão do noivo dela, que *claramente* é o cara certo.

Elliot apoia o queixo no braço.

— O que faz dele o cara certo? — ele sussurra.

Levo os dedos até o queixo.

— É complicado. O cara errado é... sem graça. Não acrescenta em nada. Não sabe o que está rolando na vida dela, nem no que ela está pensando. O cara certo é imprevisível. Cheio de surpresas. — Aponto dois dedos para os meus olhos. — O cara certo é intenso, mas ele a enxerga de verdade. — Estalo os dedos. — Ele a entende logo de cara.

— Nossa — diz Elliot, hipnotizado. — Foi assim que você se sentiu quando conheceu o Garoto 100?

Perco o ar. Não tinha me dado conta até agora do quanto eu estava falando de mim mesmo.

— Foi — respondo com um sorriso. — Só nos vimos uma vez e ele já virou minha vida de cabeça para baixo.

E amanhã, quando Elliot me levar para conhecer a Shirley das Docas e nós descobrirmos o que o Garoto 100 comprou dela, estarei um passo mais perto de reencontrá-lo!

Elliot vibra de empolgação e dá um tapinha na minha mão. O toque dele é bem macio.

— Que tudo! — exclama ele. — Eu amo isso nos seus desenhos. Os encontros ao acaso e os momentos simples que se tornam algo maior. As pessoas precisam dessas coisas.

Como é que você disse mesmo? "Um mundo tão devastado quanto o nosso merece um pouquinho mais de sonhos."

Solto um suspiro inaudível. Nunca ninguém me citou antes.

Quando os créditos de abertura do filme começam, Elliot sussurra:

— Você merece também. Nós vamos encontrá-lo!

A música do filme é alta demais, então acho que ele não me escuta quando sussurro um "obrigado", mas as palavras de Elliot me fizeram flutuar até o teto. A possibilidade de ser surpreendido todo dia... Talvez seja amanhã, ou depois de amanhã, mas eu sinto que falta pouco para encontrar o Garoto 100.

A aventura simplesmente faz parte da nossa história.

Capítulo 7
O ESCUDEIRO

Apesar de a noite de filme ter acabado tarde e a casa de Elliot ser a mais distante da minha, ele já está esperando na estação L quando eu e Hannah chegamos de manhã. Acho que Elliot nunca sente sono.

— Um chai para o Príncipe Encantado e sua equipe de aventura — diz ele, esticando um copo térmico grande na minha direção.

Meu coração se empolga. Mais uma vez, é legal vê-lo sem o avental da Audrey. Ele está vestindo uma regata azul-turquesa e jeans pretos com os joelhos rasgados.

— Obrigado! — digo. — O Café da Audrey faz entrega nas plataformas do trem?

Dou dois goles antes de entregar o copo para Hannah. Ela termina de mandar uma mensagem e bebe tudo de uma vez.

Elliot não precisava fazer isso — nem trazer o chai nem me ajudar. Será que é por pena? Será que ele consegue sentir meu desespero? Fico falando sem parar sobre esse garoto que mal conheço e gays tem meio que um sexto sentido para perceber os sinais de solidão de outros gays: atitude ácida, altos e baixos emocionais e um jeito iludido superfantasioso.

Eu tenho quase as três coisas.

— Qual é o caminho, ó, mestre da missão? — pergunto para Elliot.

Ele encena uma reverência elaborada.

— Meu senhor, tu és o mestre da missão. Sou apenas um humilde cavaleiro.

Entrando na onda das minhas fantasias? Juntando isso e a noite passada, Elliot não para de ganhar pontos para se tornar meu amigo de verdade.

Ele aponta com confiança para uma passarela, e nós atravessamos a rua imunda. A caminhada final antes de chegarmos no píer é uma bagunça de pontes, ruas sem saída e taxistas desesperados para pegar um atalho ao redor do lago.

Eu devia ter vindo com sapatos melhores. Minha sandália cor de lavanda não é ideal para uma caminhada tão longa. Porém, se cada passo sofrido me deixar mais perto do meu destino, eu sofro com um sorriso no rosto. Atrás de mim, Hannah envia outra mensagem longa e se apressa para acompanhar o ritmo dos gays, conhecidos por andarem rápido.

— Essa é a segunda bebida grátis que ele faz para você — ela sussurra.

— Pois é — sussurro de volta. — Muito bom termos um cara infiltrado dentro do Café da Audrey.

— Lá não é tipo uma Starbucks. Eles não liberam bebidas para os funcionários, e nunca que Elliot pegaria escondido. Ele mesmo comprou as bebidas para você!

— Oi? Por quê? Eu poderia ter pagado pelo chai.
— Ele é um fofo assim mesmo.

O chá borbulha no meu estômago. Elliot está sempre fazendo hora extra. Ele vai depender de bolsa para cursar faculdade de veterinária, e o pai dele nem tem da onde economizar mais. E cá está ele me pagando chai? Tenho sorte de ter dinheiro por causa do Rei de Chicago no rádio, mas nem todo mundo tem um pai que foi o astro de *Uma tacada dos infernos*. Aff. Só que não quero que Elliot se sinta mal pelos presentes, então pagar de volta está fora de questão. Abro o aplicativo do banco e, com alguns toques, puf! Mando cinquenta dólares para a caixinha digital de gorjetas do Café da Audrey.

Hannah volta para o celular e suas unhas turquesa viram um borrão enquanto ela digita furiosamente com um sorriso tranquilo e satisfeito no rosto.

— Quem é que está recebendo esse amor todo, posso saber? — pergunto, acenando na frente dela.

Ela esconde o celular, na defensiva.

— Ninguém.

— Ah, é? — Corro ao redor dela feito um filhote empolgado. — Quem é esse tal de ninguém?!

Hannah sempre comenta sobre os garotos com quem está saindo. Nunca é novidade para mim. Então, ela deve estar *gostando* de verdade dessa vez. Elliot, quase um quarteirão inteiro na frente, volta correndo em nossa direção e pergunta:

— Hannah também está a fim de um garoto novo?

Ainda bem que os dois melhores amigos dela não sabem de nada.

— Dá para parar com esse bullying? — Hannah grita, mas não consegue parar de sorrir e de enviar mensagens.

— Ele é taurino? — pergunta Elliot com um sorriso malicioso.

Hannah fica séria.

— Eu não me meto com garotos de Touro.

— Só com garotos de ouro — respondo cantarolando.

Hannah estala os dedos e aponta para mim.

— Isso daria uma boa camiseta.

O rosto dela está cintilante, e não é por causa da maquiagem de sempre. É como se ela estivesse andando por aí sendo seguida por uma luz artificial invisível.

— Hannah, não acredito que nós dois encontramos o Cara Certo ao mesmo tempo! — exclamo, enquanto eu e Elliot a cercamos.

— Bom… — Hannah faz uma careta.

— Que foi?

— Ainda não sei se ele é o Cara Certo.

Paro na frente de Hannah, olho bem nos olhos dela e continuo andando de costas.

— Vamos lá: Como você se sentiu no momento em que conheceu ele? — pergunto. — Ficou toda arrepiada da cabeça aos pés? Quando eu conheci o Garoto 100, foi como se o universo estivesse mandando um monte de sinais. O pôr do sol deixou tudo dourado, e…

— Foi legal quando a gente se conheceu! Sei lá.

Hannah me empurra de brincadeira, e Elliot se afasta conforme chegamos perto das docas. Parece que, para ele, seu jeito de ser um melhor amigo é saber quando Hannah não quer falar sobre alguma coisa e dar um tempo para ela.

Justo. Emocionalmente inteligente. Mas será que é o certo a se fazer?

Hannah sempre dá um perdido em todo mundo. Na lápide dela, estará escrito *Já chega de falar sobre mim!*

Ela levanta a cabeça depois de ler mais uma mensagem e nós dois trocamos olhares suspeitos.

— Tá bom, vou te deixar em paz — digo, passando o hidratante labial. — Espero que você se divirta nesse processo todo de conhecer um garoto novo.

Hannah assente toda educada e caminha até Elliot. Não quero pesar o clima, mas, quando o cara é o Cara Certo, a gente sabe. Não há dúvidas. Todo mundo pode ficar a fim de um cara divertido, pode até achá-lo fofo, mas o Cara Certo? Ou ele chega como um raio ou é melhor deixar pra lá.

O Garoto 100 me atingiu com a força de tantos raios que é bem capaz de ele ser Zeus.

E eu sou Hera. Só que sem a parte de Zeus me traindo toda hora.

Depois da última passarela, finalmente avistamos o Lago Michigan e as fileiras de navios, containers e docas de carregamento. Elliot nos leva até a entrada movimentada da Feira das Docas, um mar de tendas e clientes cheios de sacolas. Os feirantes estão ocupados separando caixas de frutas, pendurando frangos defumados e borrifando água nos buquês de flores.

Finalmente encontramos a mulher que Elliot chama de Shirley das Docas, e ela é mais nova do que eu esperava — uns trinta e poucos anos, provavelmente — e exala uma energia muito poderosa para uma pessoa tão pequena. Com olhos grandes e uma pele escura e reluzente, Shirley das Docas veste um avental de jardinagem que termina na altura dos tornozelos, então, quando anda, precisa levantar o tecido para não tropeçar.

Elliot e Shirley se cumprimentam com um abraço e ele vai direito ao ponto.

— Meu amigo precisa da sua ajuda. Você reconhece esse garoto que comprou um monte de coisas aqui uns dois dias atrás?

Já estou com meu caderno pronto e aberto; as palmas das mãos suadas molham a borda do papel. É muito mais fácil mostrar meu trabalho no Instagram do que pessoalmente. Na internet é meio *Puf, tchau, vou me esconder agora!* Ao vivo, rola um julgamento instantâneo, julgamento que as pessoas não percebem que fica evidente na cara delas.

Mas o artista percebe cada detalhe.

Shirley, porém, não demonstra nenhum julgamento enquanto analisa meu desenho do Garoto 100. Ela observa sem piscar, como se fosse uma criatura dentro de uma jarra. Prendo a respiração.

— O rosto não está muito detalhado — diz ela.

— Eu desenho rostos de um jeito mais abstrato, para mostrar mais a emoção do que a pessoa em si — digo, com a língua enrolando em uma palavra ou outra. Elliot, Hannah e Shirley me encaram em silêncio. — Enfim, ele deve ter vindo aqui antes de ontem. E ele é superdescolado. Charmoso. Simpático, sabe? Vestindo essa jaqueta! — Dou meia-volta para mostrar a estampa delicada da abóbora bordada.

— Essa jaqueta me parece familiar... — diz Shirley, tirando um par de luvas de borracha sujas de terra.

Sua banca de produtos de fazenda vende frutas, flores e temperos a granel. Canela e alecrim enchem a barraca. Ela pega uma concha e mexe nos barris de temperos um por um enquanto pensa.

— Ele gastou quase seiscentos dólares em produtos dois dias atrás — afirma Elliot, saltando atrás de Shirley. — Uma pessoa teria que levar metade da sua barraca para gastar isso tudo de uma vez só.

Shirley caminha até a mesa das frutas e borrifa uma garrafa rotulada como REGADOR DE FRUTAS DA SHIRLEY. Nós esperamos em silêncio enquanto ela molha os produtos.

Por favor, *por favor* se lembre.

No exato momento em que abro a boca, Shirley sorri e diz:

— Ele tinha o cabelo escuro e cacheado.

— Isso! — grito, saltando para a frente e dando uma joelhada no barril de canela.

— Eu me lembro dele. Garoto engraçado. Com alma de velho. Igual ao Elliot.

— Bom... — Elliot abaixa a cabeça, envergonhado.

— Qual é o nome dele?

— Me desculpa, eu não sei — diz Shirley. — Tudo o que posso te dizer é... Cento e vinte e cinco romãs.

Hannah para de mandar mensagem. Nós dois nos entreolhamos.

Shirley ri sozinha, como se fosse uma piada secreta.

— Desculpa se confundi vocês. Ele comprou cento e vinte e cinco romãs, cem cachos de uva e trezentas rosas vermelhas com caule longo.

Hannah, Elliot e eu trocamos sorrisos rápidos.

Rosas!

O Garoto 100, um romântico incorrigível, comprou um bilhão de rosas — obviamente para usar num gesto romântico impactante! Sinto meu rosto inteiro ficando quente. Ele comprou rosas para mim!

Peraí.

Ele comprou as rosas antes da gente se conhecer. As flores são para outra pessoa.

— Ele mencionou para que precisava disso tudo? — As palavras saem dos meus lábios secos e nervosos.

Shirley assente.

— Disse que era para um projeto de arte.

Aleluia!

Então, o Garoto 100 é mesmo um artista, no fim das contas, assim como eu. Nossa casa será um lugar cheio de criatividade e afeto o tempo inteiro. Desenho, pintura, criação, escultura, costura... Nós dois faremos de tudo um pouco! Não perderemos tempo na frente da TV! Nosso lar artístico terá inovação e empolgação demais para deixarmos qualquer coisa entediante interferir nas nossas vidas.

Nunca tive tanta certeza do meu futuro com o Garoto 100 como tenho agora.

— Como ele levou todas essas flores e romãs daqui? — Elliot pergunta.

— Pediu para entregar.

Salto na ponta dos pés.

— Ai, meu Deus, para onde?

— Não posso te passar o endereço — Shirley responde. — Mas, se me lembro bem, ele perguntou qual era a loja de utensílios de cozinha mais perto daqui. Talvez eles possam te dizer mais sobre ele.

Como qualquer aventura das boas, nossa jornada está longe de chegar ao fim. Temos um novo destino à vista! Que incrível será a história de como nós dois nos conhecemos!

A imagem do Garoto 100 vai ficando mais clara a cada revelação:

Leitor... Brincalhão... Fã de abóboras, então deve amar o outono, ou seja, suéteres quentinhos... Talvez ele tenha um cachorro... Provavelmente dorme agarradinho com um cachorro de suéter... enquanto cria um projeto de arte usando comida como material principal...

Um artista de verdade com um ponto de vista único! Talvez ele possa me ajudar a desbloquear minha verdadeira visão e resolver a questão do meu mural.

Agradeço a Shirley e, depois, eu e meus companheiros continuamos nossa aventura de volta ao centro, onde lojas de utensílios de cozinha nos aguardam.

— E se as rosas forem para uma instalação artística? — me pergunto em voz alta, dando pulinhos de empolgação. — Um cartão de Dia dos Namorados gigante, todo feito de flores! Ou será que isso é básico demais?

— Se for feito direito, não é, não — diz Elliot. — Tipo, se ele usar o suco das romãs pingando das rosas como sangue.

— Uau, que romântico! — Hannah ri.

Estas ideias são uma mais empolgante do que a outra, e nós continuamos criando hipóteses durante todo o caminho até o centro da cidade.

Somos a Sociedade da Jaqueta!

Não dá para acreditar em como nos tornamos um trio unido de ontem para hoje, cheios de um propósito compartilhado, piadas internas sobre romãs, garotos taurinos e comédias românticas antigas. Sinceramente, devo tudo isso a Elliot, o senso de humor dele e o jeito fácil como ele se coloca em qualquer situação nova como se estivesse ali desde sempre. Queria conseguir ficar confortável assim com coisas novas.

Se conseguisse, talvez já tivesse me tornado um especialista em chamar garotos para sair. E talvez, se não deixasse qualquer coisa me envergonhar, eu poderia mostrar meus trabalhos inacabados para os outros e entrar numa aula profissional de arte.

Bom, mas é assim que eu sou.

Chegando perto do centro, Elliot passa um ventilador de mão entre nós três como se fosse um robô. Hannah se abana com a própria bolsa, mas eu gosto do calor, então dou mais um gole no nosso chai, que continua quente dentro do copo térmico.

— Obrigado por ter ido lá em casa ontem à noite — digo para Elliot. — Avisa pro Brandon que meu pai não parou de falar dele desde que vocês foram embora. Ele arrumou um novo fã.

Com a respiração ofegante, Elliot sorri.

— Que bom. Brandon se dedica tanto! Foi muito legal da parte do seu pai dar um pouco de atenção para ele.

— Ai, para. Meu pai ama essas coisas! — Bebo mais um gole. — Espero que você tenha se divertido também.

— Foi ótimo! — Ele me oferece o ventilador, mas eu recuso. — Sua casa é, tipo, meu Deus! Tantas janelas! Nunca fica quente demais?

— A temperatura é controlada, acho.

Sendo bem sincero, nunca pensei nisso antes.

— Nossa, que chique. — Ele ri e dá um tapinha na testa. — Chique. Pareço um caipira falando assim. — Começo a dizer que não, mas Elliot continua falando: — Eu também moro numa cobertura, sabia? Bem em cima da pizzaria do meu pai. É um prédio de dois andares, mas a cobertura é nossa. Acordo todo dia com o cheiro da massa assando.

— Que delícia — digo. — Eu adoraria...

Mas Elliot ainda não terminou.

— E é quente. Pra. Caramba. Descobrimos que o telhado, hum... — Elliot tenta umedecer os lábios com a língua. — É preto, então absorve todo o calor e joga tudo para o meu quarto. O telhado é fino o bastante para fazer isso, mas grosso o suficiente para passar nas fiscalizações, acho. Enfim, o proprietário diz que, se instalarmos ar-condicionado, vamos queimar os fusíveis do prédio, então ele precisa trocar a fiação, mas, tipo, isso só vai rolar daqui a uns setenta anos, então a gente aguenta como dá.

Abruptamente, Hannah para de trocar mensagens por um segundo e lança um olhar preocupado para mim.

Já estive no lugar de Elliot antes, e é triste ver acontecendo ao vivo: a gente começa a falar, a se abrir, e antes que dê para perceber, estamos botando para fora tudo o que fingimos que não está acontecendo na nossa vida.

— Já sentiu tanto calor que dá vontade de chorar? — Elliot pergunta, secando a testa. — Eu sou muito calorento, mas deve ser porque sou mais gord...

— EI! — eu o interrompo. Hora do príncipe ajudar. — Vamos pegar água.

Chamo um Uber e em menos de cinco minutos estamos numa loja de conveniência, onde abasteço meus companheiros de aventura com garrafas grandes de água de coco. O efeito hidratante é instantâneo. Os pensamentos fluem com mais clareza. O futuro parece mais brilhante.

Enquanto Hannah pega alguns sanduíches para almoçarmos, eu seguro o ventilador de mão na frente de Elliot enquanto ele termina a água de coco.

— Desculpa — diz ele.

— Desculpa eu — respondo. — Aquela parada do ar--condicionado parece horrível mesmo.

Ele balança a cabeça.

— É que não moro com meu pai desde que eu era criança, e eu odeio aquele lugar. Perdi minha mãe, daí fiquei morando com minha tia no interior. Eu gostava de lá, mas quis voltar para Chicago porque... — Ele revira os olhos para si mesmo. — Tinha um monte de coisas que eu queria fazer. Uma pessoa que eu gostaria de ser. Mas não fazia ideia de como meu pai estava ferrado de grana até eu chegar aqui. Acabo gastando toda a minha energia só... aguentando.

Se ele fosse Hannah, eu seguraria a sua mão, mas isso me parece errado. Um toque no ombro, talvez? Um abraço? Tudo me parece íntimo demais para um amigo novo. Onde eu coloco minhas mãos?

— É muita coisa para lidar... — É tudo o que consigo dizer antes que ele se levante.

— Chega de falar de mim — diz ele.

Dou uma risada.

— Ei, essa fala é da Hannah!

— Ai, meu Deus, verdade!

Elliot segura meu pulso. E, quando ele faz isso, não é esquisito.

— O que tem eu? — pergunta Hannah, saindo da loja com três sanduíches.

— Você nunca quer falar da sua vida — respondo.

— E com motivo. Estou cercada de fofoqueiros!

Ela nos entrega os sanduíches e passamos um tempo implicando com a natureza misteriosa de Hannah até encontrarmos um banco sombreado por uma árvore onde podemos comer. Retornar ao ritmo confortável do nosso novo trio não dá trabalho nenhum.

Depois do almoço, vamos para uma loja de utensílios de cozinha seguida da outra. Os funcionários da Sur La Table e da Williams-Sonoma nunca viram ninguém com as mesmas características do Garoto 100. Porém, no Empório Culinário do Rudy, conseguimos uma pista. O próprio Rudy está na nossa frente, com os braços peludos cruzados sobre uma camisa marrom esvoaçante. Ele dá uma risadinha.

— Garoto alto, jaqueta de couro, claro. Ele voltou. Está na seção de liquidificadores agora!

Eu, Hannah e Elliot trocamos olhares empolgados como um trio de passarinhos.

— Ele está aqui — grito — AGORA?

Eu quase duvido, como se fosse capaz de sentir uma vibração tectônica se o Garoto 100 estivesse próximo de mim. Meu coração. Elliot vai na frente, até o corredor dos liquidificadores, enquanto eu o sigo aos tropeços parecendo o Bambi no lago congelado.

Minha segunda chance finalmente chegou...

Mas o cara alto com jaqueta de couro procurando por um liquidificador não é o Garoto 100. Um homem esquelético de meia-idade vestindo um sobretudo de couro marrom que vai até o chão está parado no final do corredor, escolhendo entre dois modelos diferentes.

Nosso sorriso murcha. Eu e Elliot nos apoiamos no ombro um do outro como dois fantoches tristes.

Mais tarde, enquanto fazemos uma ronda completa pelas lojas de turistas na Avenida Michigan, o sol da tarde começa a queimar ainda mais forte.

— Só mais uma loja e depois a gente desiste — prometo aos meus companheiros de aventura. As palavras saem abafadas e contidas.

Não acredito que eles estão comigo até agora.

Elliot dá um soquinho no ar. Enquanto Hannah anda devagar atrás da gente, eu sussurro:

— Obrigado pela ajuda, Elliot.

Ele dá um tapinha no meu ombro e abre um sorriso cintilante.

— Não precisa agradecer. É meu dever te encorajar enquanto batalhamos contra esse dragão chamado "convidar um garoto para sair". Continuo sendo seu fiel escudeiro.

Ainda bem que ele gosta de interpretar personagens tanto quanto eu. O Príncipe me dá forças, assim como o Escudeiro alimenta Elliot com energia.

— Você não tinha dito que era um cavaleiro? — pergunto.

Elliot enrola uma barba invisível no queixo.

— É tudo a mesma coisa, não é?

— Não faço a menor ideia. — Nós rimos. — Vamos de "escudeiro" mesmo. Eu gosto de escudeiro.

Minha exaustão desaparece. Com uma nova onda de energia fornecida pelo encorajamento do meu escudeiro, nós três entramos na Fiddlestick Utensílios Culinários como uma entidade única e suada. Atrás do balcão, um homem latino de rosto redondo, pele marrom-clara e bigode fino no rosto sorri com empolgação. Sem rodeios, estendo o desenho do Garoto 100 e digo:

— Estou procurando por este garoto. Alto. Ama cachorros. Provavelmente é bom em jogos de tabuleiro, mas não se gaba por isso. Ele sabe exatamente quem ele é, e quando ele te olha, é como se também soubesse quem você é, e você se sente visto e validado. — Recupero o fôlego. — Por um acaso você viu alguém assim por aqui dois dias atrás?

O homem fala com uma voz anasalada que parece um ronrono:

— Ele estava vestindo uma jaqueta de abóboras?

Eu, Hannah e Elliot gritamos:

— Sim!

Como se estivéssemos num filme mudo, nós nos seguramos ao mesmo tempo e entrelaçamos nossos braços num abraço em grupo mutante. O homem se lembra do Garoto 100 com clareza.

— Ele sabia exatamente o que queria. Muito seguro de si, como você mesmo disse. Veio buscar um pedido que tinha encomendado antes...

— Ele planeja com antecedência, que tudo! — digo, e deixo o homem continuar no mesmo ritmo.

— Era uma caçarola de noventa e cinco litros. Pagou e foi embora.

— Ele trabalha num restaurante — diz Hannah, externando sua teoria para todo mundo.

— Não, Shirley disse que era para um projeto artístico — Elliot argumenta. — Ele deve estar fazendo galões de geleia de uva e romã.

— Que tipo de projeto artístico é esse? — pergunta Hannah. — E para que seriam as rosas?

— Sei lá, mas vamos descobrir! Micah, é ele. Nós o encontramos!

Mal consigo prestar atenção em Elliot porque sou atingido por um balde de água fria. Encaro o homem.

— Você não pode dizer o nome dele nem onde ele mora, né?

O homem abre um sorriso delicado e nega com a cabeça.

A realidade nos pega de jeito, e este homem se torna mais uma das muitas ruas sem saída.

A Sociedade da Jaqueta precisa descansar.

Hannah e Elliot saem para a rua e eu me arrasto atrás deles sentindo a jaqueta do Garoto 100 ficar cada vez mais quente entre meus dedos. A sombra das árvores nos aguarda do outro lado da rua, mas uma equipe de obra bloqueia o caminho.

— A gente podia pedir ao seu pai para mandar um recado no programa de rádio dele — sugere Hannah enquanto perambulamos na frente da loja.

A bondade dela ainda vai acabar comigo. Queria poder envolvê-la com uma das minhas histórias com garotos que não terminasse com um olhar de pena.

Esta era minha última esperança de encontrar o Garoto 100. Onde mais podemos procurar?

Todo mundo deu o sangue para me ajudar, e eu só arrastei a gente para esse desastre desidratado.

Embaixo das sombras curtas dos arranha-céus, levanto a jaqueta do Garoto 100 com seu bordado lindo de abóboras dos contos de fada — uma obra de arte desperdiçada, assim como a conexão que compartilhamos.

Suspiro.

— Tá bom, já chega. Vamos embora.

Elliot estala a língua em reprovação, mas Hannah assente com o rosto particularmente pálido.

— Preciso de um banho — diz ela num grunhido.

— Talvez você tenha razão — comento com uma risada seca. — Eu devia mesmo mandar uma mensagem no podcast do meu pai. Tipo, "Olá, fãs de esporte..."

Na calçada atrás da gente, uma mulher latina e jovem, de cabeça raspada, pele marrom-escura e com um batom rosa-choque, fuma um cigarro eletrônico. Ela está vestindo o mesmo colete azul-petróleo que o homem dentro da loja. E, além disso, está nos encarando. Depois de soltar uma nuvem de fumaça com cheiro de uva, ela arregala os olhos com alegria.

— No programa do seu pai? — pergunta ela. — Príncipe de Chicago!

Ai, não, outra fã de esporte! Nem dá tempo de fingir que não sou filho de Jeremy Summers, porque a mulher se aproxima muito rápido, já estendendo o celular. Na tela dela, está meu post no Instagram, com a jaqueta do Garoto 100.

— Bem que eu reconheci esse casaco — diz ela. — É você por trás dos Namorados Inventados? Que romântico. Queria que alguém corresse atrás de mim desse jeito.

Não consigo nem implorar para que ela guarde o segredo antes que Elliot dê um passo apressado à frente e diga:

— Pois é, né? — Ele se vira e fica entre mim e a funcionária da loja. — Você trabalha aqui, não trabalha?

A mulher perde o sorriso. Por uma eternidade, ela pondera antes de sussurrar:

— Eu já vi ela aqui antes. Sua jaqueta. — Ela dá um puxão na manga. — Ele passou aqui antes de ontem. Eu enviei a panela que ele comprou hoje de manhã.

O ar ao meu redor congela. Hannah e Elliot ficam imóveis feito duas estátuas.

— Nos disseram que ele veio aqui para buscar — diz Hannah no meu lugar.

Estou extasiado demais para conseguir fazer qualquer barulho.

— Ele até queria levar — diz a mulher. — Mas a panela era meio sem jeito de carregar, então eu ofereci o envio de graça se ele não se importasse de esperar até hoje.

Meu corpo inteiro se enche de esperança enquanto eu sussurro:

— Para onde...?

— O Instituto de Arte — diz ela com um meio sorriso, tendo total noção de como a informação é monumental para mim.

Enquanto um "obrigado" ofegante escapa da minha boca, a luz do sol ilumina Elliot, Hannah e esta mulher maravilhosa.

Agora eu sei onde ele está.

Capítulo 8
O PALÁCIO

O Instituto de Arte.

Um reino de criatividade. O palácio dos meus sonhos. Eu sempre soube que este lugar traria mais clareza para a minha visão artística, e onde mais dois artistas poderiam começar uma história de amor épica?

Tudo se encaixa direitinho. A parada do Garoto 100 na estação Washington/Wabash — onde o destino bateu a porta na nossa cara — fica a alguns quarteirões de distância do Instituto. A ligação a respeito do dormitório temporário devia ser sobre o curso daqui. Depois de pesquisar intensamente no Google, descobri que o Instituto de Arte possui um programa de estágio de verão para alunos do ensino médio. Por um momento, fico furioso comigo mesmo por não ter percebido antes que eu poderia ter a oportunidade de estar estudando no Instituto de Arte *neste exato momento* — melhorando a técnica de mistura de tintas, expandindo meus limites com aquele mural, cristalizando minha visão com a ajuda dos melhores especialistas.

Mas aí continuo lendo o site — o estágio é apenas para estudantes de moda.

Se a jaqueta de abóbora perfeita e bordada à mão for indicativo de alguma coisa, o Garoto 100 já está em vantagem!

Como já passou da hora em que Hannah precisava voltar para casa, a Sociedade da Jaqueta se separa temporariamente em frente à torre soberana — uma Cheesecake Factory embaixo do edifício John Hancock. Eu, Hannah e Elliot descansamos nossos pés exaustos na escadaria que leva até a praça de alimentação onde turistas e funcionários de escritórios da região almoçam sob o sol.

— São quinze para as duas — diz Elliot, conferindo o celular. — A gente se reencontra na casa do Micah às cinco para a parte final da missão?

— Sim! — eu e Hannah gritamos.

Meu coração se eleva como se estivesse em cima de um gêiser.

Elliot faz drama e resmunga enquanto se levanta.

— Beleza, preciso passar na Target e comprar um ventilador para o meu quarto quente e horroroso.

Eu me levanto num salto.

— Mais uma aventura à vista! Podemos ir com você?

Hannah se abana ao levantar.

— Elliot, eu te amo, mas *preciso* de um banho.

Meu sorriso continua intacto. Posso ajudar Elliot assim como ele tem me ajudado.

— Bom, eu vou! Pode acabar sendo uma batalha. A seção de refrigeração da Target fica perigosa durante o verão.

Elliot ri, abaixando os olhos.

— E o que o Príncipe, com seu palácio climatizado, sabe sobre ter que sair no tapa com alguém por causa do último ventilador de parede?

Hannah ri da piada. Mesmo que pareça um soco no estômago, sei que é brincadeira — mas ele tem razão.

— Eu já vi vídeos no TikTok — entro na brincadeira. — Não posso perder contato com o povo.

Elliot sorri; o vislumbre do homem bonito que ele será um dia aparece rapidamente antes de sumir, deixando apenas a imagem do garoto.

— Desta vez eu vou sozinho mesmo. Mas obrigado.

Ele se despede acenando e dá meia-volta para encarar os dragões da Target por conta própria, enquanto eu e Hannah pegamos um Uber até nosso prédio, na Gold Coast.

— Viu só? Eu falei que ele era legal — diz ela no carro.

— Você acabou perdendo um monte de rolês só porque estava com ciúmes.

— Sim, sim — respondo.

Odeio quando ela está certa.

Sinceramente, hoje foi o dia mais divertido e menos ansioso que tive em milhões de anos. Quando Hannah se despede no décimo quarto andar do elevador do nosso prédio, sinto um peso nos ombros.

A Sociedade da Jaqueta foi uma distração da ansiedade que a busca pelo Garoto 100 está me causando. Cercado de amigos, o desafio não parecia tão impossível assim. Era uma aventura compartilhada em prol de uma causa romântica.

Apoio a mão no peito e tento acalmar a respiração. *Relaxa. Você vai encontrá-lo hoje à noite e finalmente poderá chamá-lo para sair. Se ele disser não — impossível —, tudo bem também, é um direito dele; eu posso ter interpretado os sinais errados — impossível também —* e, se for o caso, pelo menos eu tentei. Dei meu melhor. Vou devolver a jaqueta, desejar tudo de bom, voltar para casa e me esconder para sempre debaixo das cobertas.

O elevador se abre no meu apartamento. O sol baixo atravessa com tudo as janelas panorâmicas da sala de estar vazia, mas não sinto uma pitada de calor além da agradável e pré-programada temperatura de vinte e três graus. Esse mesmo sol quase fritou nossos cérebros hoje, mas aqui dentro eu nunca saberia o que o calor está fazendo com as pessoas lá fora.

Que bom que estou saindo mais.

Agora mais fresquinho, visto a jaqueta do Garoto 100. O peso, o cheiro, tudo me leva até o reino de fantasia onde posso flertar, chamar a atenção de um garoto e ser a melhor versão de mim mesmo.

Atravesso a sala de estar em direção ao meu quarto e Lilith — nossa gata preta e cinza — atravessa meu caminho e para brevemente para sibilar para mim. Essa panterona velha aqui é da Maggie e, juro por Deus, minha irmã treinou a gata para me tratar assim.

Maggie está estudando no quarto dela. Sua janela dá para uma vista completa da orla do Lago Michigan, com o surfe de areia e os patinadores que daqui de cima parecem formiguinhas. Ela está deitada de bruços, com um livro de cinesiologia aberto e um monte de trabalhos da faculdade espalhados na cama ao seu redor. Ela me avista na porta.

— Como foi a missão? Aliás, eu esqueci de te zoar por causa disso mais cedo, mas agora você está *vestindo* a jaqueta do garoto, Hannibal Lecter?

Na defensiva, abraço a jaqueta contra o peito.

— Foi um dia mágico! Pena que você não estava lá para abalar minha confiança, mas aposto que se divertiu muito por aqui, brigando com Manda por algum motivo besta.

Maggie estremece. Ela se senta rapidamente, bagunçando ainda mais a pilha de papéis.

— Você precisa parar com essa brincadeira. Eu fico muito magoada.

— E você precisa ser mais legal comigo. Essa parada é importante para mim.

Maggie fica séria.

— Você acha que você e o Garoto 100 nunca vão brigar?

— Não vamos! — Jogo os braços para o alto. — Estaremos ocupados demais nos divertindo. As pessoas só brigam quando estão entediadas. — Bufando, entro no quarto, mas aí mudo de ideia e saio de novo. Só que penso mais uma vez e volto a entrar. — E eu vivo te dizendo isso, mas você nunca me dá ouvidos porque acha que sou uma criancinha idiota que não sabe de nada.

Quanto mais reclamo, mais Maggie vai recostando na cama, com um sorrisinho insuportável no rosto.

— Que foi? — pergunto.

— Você não sabe nada de relacionamentos, Bebê Bubu...

— Por que você continua me chamando assim? Já parou para pensar que o motivo de eu não saber nada sobre relacionamentos, de não conseguir chamar ninguém para sair sem me mijar na calça, é porque minha irmã, que deveria me amar, me fez de palhaço em TV aberta?

Precisei de muita força de vontade para não dizer isso tudo aos berros. Maggie parece arrasada. Ela salta da cama e vem andando na minha direção.

— Me desculpa. Tentei te deixar mais durão porque... você vive no Mundinho da Fantasia, e se começar a namorar esse garoto, bom, *quando* começar a namorar esse garoto, ele não será uma fantasia. Será um garoto de verdade que, às vezes, também vai ser um pé no saco.

— Eu tô pronto para a realidade! — Minha expressão séria desaparece. — Maggie, e se...? E se o Garoto 100 me achar esquisito por ir atrás dele assim? Eu fiz um desenho dele; segui pistas pela cidade inteira... E se ele ficar, tipo, "Sai fora, psicopata!"?

Não consigo ver a expressão de Maggie porque estou olhando para baixo. Ela me puxa num abraço e amassa meu corpo pequeno como um saco vazio de salgadinho.

— E se o Garoto 100 não quiser ser o primeiro garoto de alguém? Ele é todo bonitão e faz jaquetas à mão. Certeza que já deve ter namorado antes.

Com um grunhido, Maggie me leva até a vista panorâmica do lago, transbordando de pessoas felizes praticando atividades, ciclistas e marinheiros.

— Não existe um manual de instruções para namoros — diz ela. — Nem todo mundo quer namorar. Nem todo mundo pode namorar. Nem todo mundo *deveria* namorar. Mas se você quiser, ninguém se importa com quanto tempo demorou para começar.

As ondas agitadas no meu coração entram num ritmo tranquilo.

Somos irmãos novamente.

Na escrivaninha de Maggie há um anúncio de *Passa o disco* emoldurado. Na imagem, meu pai — dez anos mais jovem, no auge da carreira atlética — veste o uniforme de hóquei e ruge para a câmera, representando sua reputação selvagem. Ele é literalmente idêntico a mim, se eu fosse uns cinco centímetros mais alto e perdesse as bochechas de bebê (um dia vai rolar). No anúncio, minha mãe aparece de costas para o meu pai — toda de preto, a epítome da Esposa de Óculos Impaciente Que Ama o Cara Doidinho Mesmo

Assim. Num braço, meu pai me levanta (com sete anos de idade) e no outro levanta Maggie (com dez anos na época). Minha irmã está segurando as medalhas olímpicas de bronze e prata do pai, enquanto eu levanto a Taça Stanley em cima da cabeça (suspensa por fios que depois foram removidos da foto, claro). O cálice prateado enorme é maior do que eu.

Mas que bobinho. Ele não faz a menor ideia de que todos os romances de conto de fadas favoritos dele estão prestes a se tornarem realidade.

Depois de tomar banho e tirar o suor pegajoso do corpo, volto para o mundinho do meu mural. Ainda tenho uma hora antes de sair para o Instituto de Arte, e preciso me desestressar um pouco.

Este mural está inacabado desde sempre. Com pinceladas firmes de tinta, pinto os ternos de um casal de príncipes dançando, usando amarelo canário e verde-água, minhas cores favoritas. Cada pincelada é cuidadosamente pensada. Isso não é um rascunho que posso jogar fora e começar de novo, e minhas mãos não reagem a um pincel da mesma forma que a um lápis.

Não existe um fluxo suave. Nada de *pá-pá-tchum* para sombrear as dimensões. O pincel é largo e desengonçado na minha palma suada. As gotas de tinta, não importa quão pequenas sejam, mudam um desenho inteiro de maneiras irreversíveis.

Tive sorte de poder ter aulas particulares, livre do julgamento de outros alunos, para aprender a criar, errar e recriar em paz.

Não é fácil — nenhuma parte é fácil —, mas não há nada mais terapêutico do que criar. A ação física de pintar acalma meu coração acelerado enquanto me desprendo de todas as preocupações sobre o Garoto 100.

— Ei — uma voz tranquila e familiar chama atrás de mim.

Dou meia-volta e solto o pincel sobre a bandeja de tinta. Corro até o cordão que, quando puxado, solta uma cortina preta sobre o mural — uma medida de segurança contra membros da família enxeridos que adoram bisbilhotar meu trabalho.

Mas algo me impede.

Elliot.

Ele está parado na porta, vestindo shorts salmão, uma camisa estampada em tons pastel e cobrindo os olhos com as duas mãos. Pessoas entram de supetão no meu quarto o tempo inteiro — meus pais, Maggie e até mesmo Hannah —, sempre querendo que eu pare de ser tão esquisito e deixe os outros verem meu trabalho antes de finalizar.

Mas, por algum motivo, Elliot está aqui e sabe que é melhor fechar os olhos.

— Não tô olhando — diz ele. — Hannah disse que você não gosta que ninguém veja seu trabalho enquanto ainda não está pronto.

Fico boquiaberto.

— Como você entrou?

— Você quer saber como deixaram esse pé-rapado entrar? — Ele mantém as mãos nos olhos. — Vim me arrastando pelo encanamento feito um rato. Só vim procurar queijo.

— Não foi isso que eu quis dizer, eu...

— Tô brincando. Sua irmã me deixou subir. — As covinhas do sorriso dele são tudo o que consigo ver por trás das mãos.

— Um segundo. — Me atrapalho para pegar a corda e, com um puxão, a cortina preta cai na frente da parede, escondendo o mural. — Pronto, pode olhar agora.

Elliot abaixa as mãos e arregala os olhos para a vista infinita do Lago Michigan que se estende pelo horizonte sob o sol do fim da tarde. Ele fica sem palavras por um momento, como uma criança num museu encarando o esqueleto de um Tiranossauro Rex.

— Nossa, adorei seu quarto. Babado.

Lembrando de como Elliot odeia o próprio quarto, passo a mão pelo cabelo todo nervoso.

— E aí? Conseguiu vencer as forças do mal na Target? — pergunto.

Elliot leva a mão ao peito, fingindo estar abalado.

— O mal venceu. — Ele relaxa. — As prateleiras já estavam vazias quando cheguei lá.

Aff. Fico mal por ele. Será que a vida nunca dá um segundo de descanso para Elliot?

— Sinto muito. Não tem ninguém com quem a gente possa falar?

— Quem? Tipo o gerente? — Ele cutuca minha barriga, rindo. — Seu riquinho!

Dou um salto para trás, gargalhando.

— Não! Eu só estava falando, tipo... Sei lá. Não tem nada que a gente possa fazer?

Elliot dá de ombros de novo. Parece estar tranquilo de verdade com algo que, no lugar dele, provavelmente me faria resmungar.

— É verão. Acabaram os ventiladores. Nosso prédio não permite instalação de ar-condicionado e os ventiladores na internet já estão fora de estoque. Fim! — Ele bate uma palma. — Beleza, vamos à missão. O namorado secreto de Hannah adiou o encontro deles para hoje à tarde. Então ela... não vai poder nos ajudar nessa parte.

Recebo a notícia como uma flechada. A Sociedade já está se desfazendo antes mesmo do fim da aventura? Não só isso, mas Hannah contou para Elliot e não para mim?

Elliot levanta as mãos e diz:

— Ela estava com medo de te contar e você ficar chateado. — Ele lê mentes (ou talvez eu seja uma pessoa fácil demais de decifrar). — Você ficaria tão chateado assim se tivesse que terminar a missão só comigo?

Desvio o olhar, envergonhado. Não quero que Elliot pense que a companhia dele é ruim.

— Claro que não! *Você* não se importa? Hoje é seu dia de folga. Não tem planos com Brandon?

Elliott pisca.

— Que tipo de escudeiro eu seria se te abandonasse bem na reta final?

Talvez seja o otimismo de Elliot, ou o jeito como ele respeita minhas vontades, mas com ele ao meu lado tudo parece possível. Depois dos últimos dois dias, o lugar dele como amigo já está mais do que merecido.

Elliot espera na sala de estar enquanto troco minhas roupas manchadas de tinta. Mando mensagem para Hannah: Você podia ter me contado que ia sair hoje! O mundo não gira ao meu redor, e eu tô SUPER feliz por você!!! Boa sorte no encontro com aquele que pode ou não ser o Cara Certo haha.

Nenhuma resposta nem "digitando...". Ela já deve estar no encontro.

Enquanto encaro o armário cheio de opções infinitas para a Missão Final, me distraio procurando na Amazon opções de ventilação que não sejam ar-condicionado. A maioria dos ventiladores genéricos está fora de estoque. É só depois de pesquisar "qual ventilador é o mais refrescante?" no Google que encontro um ventilador industrial de chão tão potente quanto o motor de um jato, tipo aquele que a Beyoncé usa para ficar com os cabelos esvoaçantes. Peço dois para entregar aqui em casa: um para Elliot e outro para mim — é exatamente do que preciso para o meu mural secar mais rápido.

Depois de finalizar o pedido, grito para Elliot pela porta:

— Não liga para a gata. Ela odeia todo mundo.

— Tô fazendo carinho nela! — Elliot responde todo bobo.

Tudo o que eu escuto são os miados dengosos de Lilith, do tipo que só Maggie consegue arrancar da gata. Esse garoto será um veterinário dos bons.

Elliot continua paparicando Lilith.

— Onde estava essa bebêziiiiinha durante o fiiiiilme? Tava escondiiiiida, é? Muita gente estranha, pois éééé.

Finalmente troco a roupa suja por algo mais digno de um príncipe para sairmos e derrotarmos o dragão. Desta vez, não erro no sapato. Escolho botas de suede falso com a palmilha acolchoada. Junto com uma camisa lilás abotoada até a altura do peito, me sinto uma princesa do gelo, descolada e confiante.

Com o look certo, consigo andar com mais leveza e sorrir com mais facilidade.

Como vou chamar esse garoto para sair? Vou dizer, tipo, "Oi, Garoto 100! Quê? Como eu te encontrei? Não foi fácil, mas eu precisava te devolver essa jaqueta especial. Tá a fim de jantar?".

Pela vigésima vez só hoje, eu e Elliot entramos num Uber que nos leva até o Instituto de Arte, que fica bem no meio dos parques Millennium e Grant. Ou, melhor dizendo, retornamos à cena do crime!

O trânsito começa a engarrafar conforme nos aproximamos dos parques, então tomo a decisão executiva (e principesca) de sair do carro e fazer o restante do caminho a pé. Com o lago e o verde do parque à nossa esquerda, zanzamos silenciosamente pelos turistas que ocupam a calçada. O príncipe e seu escudeiro, galopando com propósito e coragem em direção à torre.

Até que... eu avisto a torre.

O campus do Instituto de Arte, literalmente uma torre de mármore e pedra, se ergue imponente à distância. Agarrando a jaqueta de abóbora do Garoto 100 contra o peito, levanto o pescoço para admirar. Elliot se aproxima por trás de mim, com a mesma cautela de Lilith. Ele murmura sozinho enquanto nós dois encaramos o destino final da nossa aventura.

— Meu senhor, me concede permissão para lhe oferecer um conselho? — ele pergunta.

Elliot sabe muito bem como entrar na brincadeira e fazer todos ao seu redor se sentirem confortáveis. Ele não fica sem graça na hora de falar como se estivesse numa aventura de filme, e o jeito brincalhão dele, que eu estava com medo de desaparecer sem nossa amiga Hannah por perto, continua ali.

Cheio de pompa, eu respondo:

— Qual seria o seu conselho, Escudeiro Elliot?

Com um suspiro, a expressão de Elliot fica séria e ele coloca as duas mãos — nossa, o toque é macio até demais — nos meus ombros. Estou assustado, mas não me mexo. Os olhos castanhos dele focam nos meus, mas de um jeito que me traz conforto e segurança — como se a gente se conhecesse desde sempre.

— O medo é uma armadilha — diz ele, sem o tom de brincadeira. — Se o Garoto 100 quiser sair com você, nada vai impedir que isso aconteça. Mas se, por qualquer motivo, a resposta for não, lembre-se: ele é só um garoto qualquer.

Um tapa na cara doeria menos.

— Ele é o Cara Certo, eu tenho certeza — argumento, mas Elliot mantém o contato visual.

— Sem dúvidas! — Ele desvia o olhar brevemente para a calçada. Será que está envergonhado? — Antes de Brandon, eu fazia qualquer coisa por qualquer garoto, até pelos que me tratavam feito lixo. Mas quando conheci Brandon, ele era tão independente que finalmente consegui me acalmar. — Um sorriso delicado se abre no rosto de Elliot, desfazendo a tensão acumulada no meu pescoço. — O Cara Certo é só um garoto qualquer.

Elliot é bom nessa coisa de conversa motivacional.

Quando solta meus braços, parece que perco meu colete salva-vidas. Ainda bem que ele vai comigo até o fim.

Nos viramos em direção à torre. Um prédio inteiro de artistas profissionais da minha idade, trabalhando num templo de criatividade quando eu mal consigo terminar um mural. E eu aqui, prestes a entrar na cova de leões e chamar um garoto para sair pela primeira vez. É sério isso?

Sim, Micah, é isso que você vai fazer. Seu look está sexy. Seu Insta é superpopular. Todo mundo está torcendo por você.

É isto. O negócio é entrar lá e MANDAR VER.

— Avante! — sussurro.

No momento em que atravessamos o pátio de cimento que leva até os dormitórios, me dou conta de que não faço ideia de como entrar no prédio. Algumas mulheres altas, com idade para serem alunas universitárias, passam por nós em direção às portas de segurança, mas não posso simplesmente invadir um dormitório. Não é algo que um príncipe faria.

— Estagiários do curso de moda ficam no sétimo andar — digo, mostrando a tela do meu celular para Elliot. — Estou na página do Instituto de Arte no Reddit. — Ele assente, impressionado. Eu fecho a cara. — Me parece coisa de stalker entrar lá.

Elliot franze o cenho.

— Pois é. — Ele observa o pátio assustador de tão vazio. — E se a gente ficasse de boa passeando, fingindo que somos alunos, só para dar uma olhada no ambiente?

Mordo o lábio. Não estamos sem saída. É só respirar fundo e esperar. Continuamos caminhando pelo pátio, passando por murais de recados com anúncios chamando modelos vivos e artistas performáticos, e também cartazes coloridos para apresentações de fim de curso dos alunos de moda. É isso que o Garoto 100 estuda! A apresentação só acontece daqui a dois meses, mas tiro uma foto do cartaz caso a minha missão se arraste por todo este tempo e eu literalmente tenha que voltar aqui para encontrá-lo.

Meu Deus. Imagina só. *Lembra de mim? A gente se conheceu no trem UM MILHÃO DE MESES ATRÁS!!!!*

Eu e Elliot passeamos pelo pátio, que está meio vazio, num clima de férias de verão. Há apenas alguns professores passando de um prédio para outro. É hora do jantar, então talvez a gente consiga entrar no refeitório. Eu tinha até pensando na possibilidade de perguntar para alguém sobre o

Garoto 100; só não estava contando com a possibilidade de não encontrar ninguém por aqui.

— O que a gente faz? — Elliot pergunta.

— Estou pensando — respondo.

O pátio está tão quieto que dá para ouvir o zumbido leve e poderoso dos ares-condicionados nas janelas acima. Aquele som agitado das turbinas.

— Micah — Elliot sussurra, com os olhos arregalados.

Todos os pelos do meu corpo se arrepiam em atenção. É a mesma sensação elétrica que tive no trem quando vi o Garoto 100 pela primeira vez.

Uma porta dupla se abre na ponta mais distante do pátio, e eu perco o ar. Uma garota pequena e sul-asiática com a pele marrom e reluzente e a franja reta carrega duas bolsas de ombro para fora da sala. Perco a animação. Aquelas se parecem com as bolsas que o Garoto 100 carregava, mas as dele estavam cheias de livros. As dela carregam alguma coisa vermelha e preta que não consigo identificar.

— Romãs! — Elliot murmura.

— Não brinca — sussurro, sentindo meus pés ficando gelados.

A garota está mesmo carregando duas bolsas cheias de romãs. Não sei se são 125, mas são as romãs dele! Tenho certeza.

Um garoto alto com cabelo escuro e cacheado segue a amiga pela porta dupla enquanto levanta uma panela enorme com seus braços poderosos.

É ele.

Vai se esconder atrás de Elliot, rápido! Minha mente praticamente grita enquanto eu me movo de leve para trás de Elliot. *Não faz isso, seu esquisitão!*

O Garoto 100 voltou para mim. Ele não me vê. Ele e a amiga levam as bolsas e a panela para a outra ponta do pátio.

Estão indo embora, e rápido.

Você não terá uma terceira chance, Micah.

Será que corro atrás dele e arrisco parecer um doido? Se eu for devagar demais, posso acabar o perdendo mais uma vez.

Meu choque se dissolve e começo a andar. Elliot segura meu braço, e um olhar sincero e esperançoso toma conta de seu rosto. Como se ele quisesse dizer alguma coisa.

— O que foi? — pergunto.

Elliot perde as palavras. Seus lábios ficam entreabertos, como se estivesse com medo.

— Hum... Vai atrás dele.

— Deixa comigo — sussurro, assentindo.

Ele me dá um empurrãozinho e num piscar de olhos estou caminhando em direção ao meu destino. Cada vez mais rápido, diminuo a distância entre mim e o Garoto 100. Ele está distraído equilibrando a panela e não percebe minha presença.

É melhor assim.

O momento único e mágico da história em que ele não está prestando atenção, em que consigo observá-lo na minha frente, ver que ele é de verdade, até que, de repente, ele vira os olhos para mim, me vê, e tudo começa. Minha vida começa.

—Acho que você perdeu uma coisa — anuncio para o pátio cercado de árvores sombrias e grandiosas, com uma voz tão majestosa quanto as dos Príncipes Encantados das histórias.

A amiga do Garoto 100 me vê primeiro. Ela abre um sorriso astuto e dá um tapa nas costas dele com a força que só uma melhor amiga tem permissão para usar.

— É ele — ela sussurra.

Ele se vira.

Um cacho preto cai na frente de seus olhos cintilantes. Estendo a jaqueta como um tributo. Aquele meio sorriso com bochechas redondas me cumprimenta.

— Você me achou — diz ele, com a voz grave ecoando nos meus ouvidos. — Por que demorou tanto?

Ele estava me esperando. Será que estava sonhando comigo assim como eu estava sonhando com ele? O sorriso do Garoto 100 me aquece como o sol. Dou uma risada e um passo à frente.

— Desculpa se te deixei esperando.

— Eu já estava perdendo a paciência. — Ele coloca a panela no chão, se afasta da amiga e a distância entre nós é de três passos... dois... menos de um passo. Ele está me encarando de cima de novo, aquele gigante amigável e eu debaixo das árvores e do céu aberto.

— Você não facilitou as coisas para mim. As romãs, a panela... Ah, inclusive, você está me devendo três dólares de multa da biblioteca pelo atraso de *Como ensinar física quântica para o seu cachorro*.

Ele ri e balança a cabeça, desacreditado.

— Parece que temos muito papo para colocar em dia.

— Temos mesmo. — Nossos olhares se encontram. — Qual é o seu nome?

— Grant.

Grant, Grant, Grant, Grant, Grant — o nome ecoa nos meus ouvidos. É quase um nome de realeza. É perfeito, coisa do destino, tudo aqui é mágico.

É isto.

Hora de fazer o convite. Daqueles de Príncipe Encantado dos contos de fada resgatando a princesa do alto da torre.

— Eu me chamo Micah Summers. Quer sair para jantar comigo?

Cada milésimo de segundo que ele demora para responder dura um século. Não interrompo o contato visual.

Grant assente.

— Quero — diz ele, sorrindo. — Que tal agora? Estou morrendo de fome.

Cada terminação nervosa do meu corpo explode de alegria. Dos pés à cabeça, do meu crânio ao estômago, tudo vibra numa eletricidade desconhecida. O Príncipe Encantado chegou. Eu fiz o que tinha que fazer: chamei um garoto para sair, e deu tudo certo.

— Por mim, ótimo. — Sorrio. — Mas, antes, algumas... centenas de pessoas mentiram para mim, se passando por donas deste casaco. — Desdobro a jaqueta bordada com abóboras e folhagens. — Preciso ver se cabe. Só para, sabe como é, me certificar de que você é você mesmo.

Grant sorri, mostrando as covinhas nas bochechas.

— É melhor confirmar, então.

Ele vira as costas para mim, esperando para ser coroado com a jaqueta. Dou um sorriso para Elliot. Sem ele, eu não teria vencido meu medo de vir até aqui. Sozinho na ponta do pátio, Elliot sorri de volta — não daquele jeito empolgado e radiante de sempre. Este sorriso é menor. Carregado de emoção.

Sinto o ar gelado nos braços. Por que Elliot parece diferente?

— Vai nessa — Elliot mexe com a boca e traz o sorriso de volta, o que acalma meu coração acelerado.

Grant abre os braços, o que faz as costas musculosas preencherem a camiseta conforme eu me aproximo com a jaqueta de abóbora. Passo uma manga pela mão grande e delicada dele. Estar tão perto assim me faz perder o ar. Seguro a língua dentro da boca para não acabar fazendo algum barulho esquisito de felicidade.

Então, passo o outro braço pela outra manga.

— Perfeito! — digo.

E é perfeito mesmo.

Capítulo 9
O PRÓLOGO

Sim.
Eu chamei um garoto para sair e ele disse sim.

Já havia feito isso na minha cabeça com noventa e nove outros garotos, mas meu corpo não estava preparado para ouvir Grant dizer sim na vida real, com aquela voz grave e poderosa. Sim. Que palavra mágica. Um "sim" que varreu a minha mente e limpou todos os "nãos" que já ouvi ou imaginei.

O "sim" está tão evidente no ar que eu concordei em jantar com ele agora.

Sem me preparar, sem nenhum planejamento super-romântico, sem anunciar no Instagram nem nada.

— Vamos só comer alguma coisinha no Potage, nada de mais — diz Grant.

Nada de mais! Eu queria que tudo fosse de mais! É o nosso primeiro encontro — meu primeiro encontro. Nada de mais?

Sem dizer nada além de um "Divirtam-se" apressado, a amiga de Grant corre o mais rápido que consegue com as bolsas de romãs.

— Eshana! E a panela? — Grant grita, apontando para a compra que ele fez na loja de utensílios de cozinha.

A empolgação volta a tomar conta de mim: ele está no meio de algo importante. Teremos que adiar o primeiro encontro para amanhã, daí eu posso planejar de verdade. Estou prestes a sugerir isso quando a amiga dele, Eshana, grita de volta sem nem olhar para trás:

— Pode deixar aí! Eu volto para buscar assim que guardar as bolsas!

Grant se vira para mim com um sorriso aliviado, mas eu fico tenso de novo.

— Não sei se pegaria bem eu abandonar meu amigo — digo, apontando para Elliot na ponta do pátio... Mas ele não está mais lá. Já se foi.

Ao pegar o celular, encontro uma mensagem de Elliot me esperando: Não queria que uma despedida sem graça estragasse seu PRIMEIRO ENCONTRO!!! Se divirta!!!

— Elliot — murmuro.

Será que ele não podia esperar nem mais um minuto?

Quando me dou conta, estou sozinho com Grant. Ele me observa com as mãos nos bolsos e seu sorriso, de repente, está um pouquinho menor. Ele percebe a mudança no meu humor.

Explica a situação, Micah!

— Então, é o seguinte — começo.

— Micah — diz ele, segurando meus braços. Posso sentir a força dele mesmo no toque tão gentil. Apesar de Grant estar com os lábios (duas almofadas fofas e rosadas) abertos, ele não me beija. Mas está perto de mim. Perto demais. Sinto um nó na garganta. — Fica calmo — ele repete. — Você provavelmente quer que nosso primeiro encontro seja algo mega especial e elaborado. Acertei?

— Na mosca — respondo.

Ele é perfeito. Uma pessoa perfeita que lê mentes, e tudo o que quero é adormecer no peito dele depois de um dia de muito estresse e suspense.

Grant sorri, vitorioso.

— Mas eu estou morrendo de fome e queria muito comer um sanduíche com você do outro lado da rua. Isso não é o nosso primeiro encontro. Que tal chamarmos de, hum...?

— Um teste?

— Não, testes são estressantes. — Ele faz biquinho enquanto pensa. — Entrevista? Pior ainda, né?

— Deixa eu pensar...

Ficamos num silêncio confortável sob as árvores de bordo enquanto o vento sopra aquelas folhas que parecem helicópteros, girando e girando.

Estamos num livro de conto de fadas. A nossa história. O que vem antes do primeiro capítulo?

— Um prólogo — sugiro, e os olhos de Grant brilham como fogos de artifício.

Ele oferece o braço para que eu me apoie, e o couro fresco da jaqueta faz barulho ao se dobrar.

— Micah Summers, gostaria de ir a um prólogo comigo?

Nosso primeiro prólogo!

No Le Petit Potage, comemos no balcão perto da janela que dá de frente para a entrada arborizada do Jardim do Norte no Instituto de Arte. Enquanto Grant ataca seu sanduíche com mordidas rápidas e pequenas, eu mexo minha sopa com a colher formando círculos hipnotizantes.

— Não precisa pagar — digo. — Eu ia...

Grant sorri.

— Relaxa, Micah Summers. O prólogo é por minha conta; você paga no primeiro encontro.

— Combinado! — Sopro a colher para esfriar a sopa. — Qual é o seu sobrenome? Só para ficarmos quites.
— Rossi.
(Micah Rossi... Micah Summers-Rossi... Micah Rossi--Summers... Seja bem-vindo ao lar dos Summers-Rossi, por favor retire os sapatos...)
Não acredito que agora posso ter todas as informações sobre Grant Rossi depois de passar dias apenas com pistas e suposições. Durante nosso prólogo, Grant se confessa para mim como se eu fosse um agente da CIA. Ele é o filho mais novo de oito (!!!) irmãos, tem uma sobrinha que vai começar o ensino médio neste semestre, odeia milho cozido, mas ama creme de milho, acredita que David Lynch é um dos pintores mais importantes de todos os tempos, e, se não fosse artista, gostaria de trabalhar naquelas lanchas enormes que fazem passeios turísticos guiados pela cidade — que, na real, são iguais às lanchas normais, só que parecem ser pilotadas por Guy Fieri.
Quando Grant diz isso, dou uma risada.
— O primeiro Namorado Inventado que eu desenhei era um guia turístico desses barcos que eu achei um gato.
Na minha fantasia, o guia turístico se tornou um capitão misterioso de um veleiro.
— Sério? — Totalmente casual, Grant se inclina para trás e apoia o braço no balcão. Sem a jaqueta escondendo o corpo, os bíceps dele ficam do tamanho de uma abóbora pequena. Vou precisar de duas mãos para segurar aqueles músculos. — Eu adoro os caras que trabalham nesses barcos. Eles são tão bregas. É o jeito como eles ficam uivando no microfone que te deixa caidinho, né?
Escondo o rosto com as mãos.
—Ai, meu Deus, para! Eu nunca contei isso para ninguém.
O sorriso com covinhas dele diminui só um pouquinho.

— Então por que decidiu me contar?

Eu o encaro nos olhos. É tão confortável que chega a ser estranho.

— É só que... É fácil conversar com você.

Conforme o sol se põe, deixando apenas rastros de luz, nosso jantar de prólogo se reduz a guardanapos cheios de migalhas e tigelas vazias. Com Grant, o tempo simplesmente voa. Minha cabeça não fica sofrendo a cada segundo enquanto penso no que dizer em seguida. Estou sendo eu mesmo, e, pela primeira vez na vida, isso me parece o bastante.

— Então — digo, dando um tapinha no tornozelo dele. — Sobre o nosso primeiro encontro.

Grant apoia o queixo na mão.

— O primeiro encontro não acabou de acontecer? — O terror deve ter ficado estampado no meu rosto, porque ele imediatamente me dá um soquinho no ombro. — Tô brincando!!

O soco me atinge com mais força do que eu esperava, mas ele usou a quantia exata para que fosse emocionante. Na verdade, ele parece estar colocando as mãos em mim o tempo todo, porém está com vergonha de segurar minha mão. É como se ele precisasse me tocar. Mordo o lábio enquanto pensamentos safadinhos rodopiam na minha mente.

Calma, Micah. Um passo de cada vez.

— O primeiro encontro — repito. Ele assente como um aluno estudioso. — Você vai fazer alguma coisa amanhã à noite?

— Não

— Boa!

— O que vamos fazer?

— Ainda não decidi. — Analisamos um ao outro enquanto funcionários do restaurante limpam as coisas ao nosso redor. Estendo a mão aberta. — Vou te passar meu número.

Ele desbloqueia o celular e me entrega. Grant colocou um adesivo no verso do aparelho, e parece que a Rainha Má da Branca de Neve está segurando a maçã da Apple.

Sinto uma pontada de frio no estômago. Queria poder mandar uma foto do celular dele para Elliot — ele saberia imediatamente que aquilo é um sinal do universo para mim!

Mando uma mensagem para o meu número: Oi, Micah! É o Micah aqui, estamos com o Grant, e então devolvo o aparelho. Feito! Eu passei meu número para um garoto — e não para um garoto qualquer, para *o* garoto. Grant me envia uma mensagem, logo abaixo da que eu acabei de mandar. Oi, Micah! É o Grant aqui, estou com o Micah. Salva o número desse gato aí, fazendo o favor? Por favor diz que sim?

Fofo. Eu respondo, Sim!!

— Quando estiver tudo planejado, te mando mensagem com os detalhes do encontro — digo.

Depois disso, sigo Grant para fora, em direção ao entardecer. Do outro lado da rua, na entrada do Jardim do Norte, concordamos em nos despedir. Ele espera comigo até o Uber chegar, mas assim que o carro para, ele segura meu cotovelo. Sob a luz dos postes, os olhos brilhantes dele dizem o que eu estava com medo de admitir: é horrível me despedir de novo depois que nossa última despedida foi tão dolorosa.

— Não acredito que eu te encontrei — digo.

Ele sorri.

— Aqui estou eu.

Depois de um momento sem ar, sorrio também.

— Sim, aqui está você.

— O que eu devo vestir amanhã?

Com o motorista do Uber bufando, faço uma lista mental de opções — o que pode combinar com o conceito que estou planejando, mas ainda não decidi? No fim das contas, Grant sempre arranca as verdades mais simples de mim:

— Vista o que você usaria se esse fosse o último primeiro encontro da sua vida.

Desta vez, é ele quem fica sem ar.

— Tá bom — responde com um sorriso atordoado. — Até amanhã.

Entro no Uber um pouco tonto, envolto numa névoa de felicidade enquanto volto para casa. No fim de um dia tão longo como hoje, finalmente começo meu *Caderninho de Primeiras Vezes*. Ao lado de *Primeira vez que chamei um garoto para sair*, anoto a data 9 de junho de 2022.

Eu consegui. Não imaginava que seria capaz, mas consegui!

Capítulo 10
A DAMA ENCANTADA

A busca terminou! O Garoto 100 foi encontrado!

ADAM SASS

> Assim como o sapatinho de cristal da Cinderela, a jaqueta serviu direitinho. Os obstáculos para encontrá-lo foram muitos, mas eu não perdi a esperança. E vocês não devem perder também! Um mundo tão devastado quanto o nosso merece um pouquinho mais de sonhos, e pequenas surpresas podem acontecer a qualquer instante.
>
> O que eu e o Garoto 100 faremos agora? Nosso primeiro encontro é hoje à noite (AAAAA), então fiquem de olho porque nossa história está apenas começando...

Cada átomo no meu corpo parece ter acordado depois de um século hibernando.

Depois da melhor noite de sono da minha vida, a ideia para o Último Primeiro Encontro Da Vida surge na minha cabeça, completamente formada. Sonhei que eu e Grant estávamos nas docas de um dos barcos de passeio turístico só para nós dois, só que, em vez de Chicago, passeávamos por uma costa magnífica e fantástica, cheia de sereias e ruínas de castelos.

Nosso primeiro encontro precisa ser no mar.

Porém, se quero fazer essa ideia dar certo a tempo, preciso começar logo. Envio quatro mensagens numa ordem vital. Primeiro para o meu pai: Não sei se você viu a postagem no meu Instagram, mas meu primeiro encontro DA VIDA é hoje à noite! Quero muito que seja especial. Nunca te pedi isso antes, mas posso usar a *Dama Encantada* hoje??

Meu pai não confia em mim nem para usar a cafeteira de casa, então conseguir o iate da família será um desafio. Depois de trocar muitas mensagens (algumas com a minha mãe, me garantindo que irá convencê-lo), meu pai concorda, com a condição de que eu o encontre no barco às cinco e meia para algumas lições intensas antes de poder pegar as chaves.

Vitória!

A segunda mensagem é para Hannah. Já tenho umas dez mensagens de Me conta TUDO me esperando, mas, com minha nova onda de confiança, estou me sentindo um pouquinho malvado: Te conto tudo quando VOCÊ me contar sobre sua noite de ontem com o homem misterioso.

Tchau, ela responde.

Sorrio, deito de bruços na cama e envio: Primeiro Encontro Oficial hoje à noite! Meu pai vai me deixar usar a *Dama Encantada*. Quer me ajudar a decorar? Te pago com lanches e histórias sobre a noite de ontem.

Dentro de alguns segundos, ela diz: Deu mole. Eu toparia só pelos lanches.

Tradução: não vou te contar história nenhuma sobre o homem misterioso. Normalmente, Hannah me conta todos os detalhes dos encontros que tem, desde quanto o cara calça até as notas dele na escola. Mas com este garoto novo é diferente.

Um segundo depois, ela acrescenta: Me dá meia hora e eu tô pronta!!! Vamos arrasar com esse barco!!!

Eu amo Hannah. Ela nunca precisa de um empurrãozinho para colocar a mão na massa. Esse é o meu grande Primeiro Encontro que passamos anos planejando. Na verdade, fizemos até uma promessa de dedinho no baile do sétimo ano, uma noite que eu pensei que seria apenas nós dois juntos como sempre, mas terminou com o primeiro beijo dela na pista de dança. O *Caderninho das Primeiras Vezes* dela começou há um bom tempo. Apesar de ter ficado feliz pela minha amiga, eu nunca havia compreendido a diferença entre nós dois até aquele momento — tipo, nunca havia sentido de verdade. Eu poderia até já ser assumido, mas se quisesse um primeiro beijo, precisaria esperar um tempo até que os outros garotos estivessem prontos também. No fim das contas, fiquei meio chateado mas não conseguia entender o porquê. Mas Hannah entendia. Ela entende tudo. Ela me procurou na biblioteca da escola, enroscou o dedo mindinho no meu e prometeu que iria ajudar a planejar meu primeiro encontro, independentemente de quando acontecesse.

Mais de quatro anos depois, finalmente está acontecendo.

Numa onda de emoção, minha terceira mensagem é para Elliot, com quem não falo desde a noite de ontem: Conseguimos!! Eu e Grant passamos horas conversando; foi tudo. Eu não teria conseguido sem você! Nosso primeiro encontro oficial é hoje à noite. Hannah está subindo aqui para me ajudar a organizar as coisas. Você trabalha hoje? Eu adoraria uma aventura parte 2 com meu trio favorito se você estiver livre.

Os três pontinhos na janela de Elliot aparecem antes mesmo de eu terminar de mandar a mensagem. Adoro quem não enrola! A resposta dele chega rapidinho: Oiiiiiiiii! Vou adorar continuar a aventura! Aquele desenho que você postou, UAU! Já estou no trabalho, mas meu turno acaba meio-dia. Muito tarde?

A Sociedade da Jaqueta continua viva!

Começo a digitar pedindo para que ele nos encontre no Iate Clube Columbia, mas paro antes de enviar. A última coisa que quero é soar todo "Quando você terminar de limpar o chão do café, ande por um quilômetro até meu iate de luxo para me ajudar a planejar um encontro romântico, e depois pode voltar para o seu apartamento abafado!"

Sem pressa!, respondo. Vai pra casa, descansa antes, etc. Encontra a gente na Scully & Sokol (aquela mercearia chique perto do Café da Audrey) lá pelas 3 da tarde, pode ser?

Ele responde todo empolgado, e eu confiro o ventilador industrial que comprei. Ainda não foi enviado. Vai atrasar por algumas semanas. Começo a rir sozinho. Elliot me zoou por querer falar com um gerente em vez de aceitar que, às vezes, não se pode ter tudo na vida.

Ele pode até estar certo, mas se eu tenho como ajudar a melhorar a situação de Elliot, o que custa tentar?

Enquanto reviro minha imaginação em busca de soluções alternativas de ventilação para Elliot, digito um rascunho para a quarta e mais importante mensagem: Grant. Escrevo e deleto umas dez mensagens diferentes, mas nada me parece ter o tom ideal. Precisa ser descontraído, mas também grandioso. Importante. Não pode ser algo tipo *Oie*.

Bom dia, bonitão?

É idiota? É idiota. Além do mais, quero guardar o *Bom dia, bonitão* para quando estiver acordando ao lado dele na cama.

Tá tentando escrever alguma coisa legal pra mim, é, Micah Summers?, Grant envia.

Fico boquiaberto. Como se ele tivesse se materializado no meu quarto do nada.

Como ele faz para sempre saber exatamente o que dizer? Digitando mais rápido do que nunca, respondo: Ia ser uma mensagem incrível, mas agora você vai ter que se contentar com os detalhes do nosso Último Primeiro Encontro Da Vida.

Tô pronto!, ele responde.

Iate Clube Columbia. 20h. Procure pela *Dama Encantada*.

Ele fica um bom tempo digitando e meu estômago revira enquanto penso algo horrível: é chique demais. Sou um metido que tem um iate e ele vai achar que estou querendo me gabar. Ele provavelmente está digitando que é exagero e que seria melhor remarcarmos para outra noite, quando ele estiver menos ocupado (mas não iremos remarcar, ele só vai me responder cada vez menos até eu me tocar e desaparecer).

Caramba, ele finalmente responde. Você não está para brincadeira. Te encontro às 20h! Não esquece de trazer aquele seu caderno mágico de desenhos. Você precisa de algo novo para postar amanhã.

Breve. Romântico. Perspicaz. Carinhoso.

Grant Rossi não poderia ser tão perfeito nem se eu o tivesse inventado.

O dia passa num frenesi de preparações. Enquanto passamos em todas as lojas de material artístico de Gold Coast, conto para Hannah os detalhes da noite anterior: o encontro com Grant no pátio, ele vestindo a jaqueta, o prólogo do encontro, o jeito como ele não parava de me tocar e como ele parecia ler cada pensamento meu em segundos. Com os braços cheios de folhas e flores de plástico, Hannah me abraça com os olhos marejados. Ela tem esperado por isso quase tanto quanto eu.

— Lembra? — ela sussurra, enroscando o dedo mindinho no meu. — Eu te prometi que iria acontecer.

Não consigo parar de sorrir enquanto aperto o mindinho dela.

— E eu te prometi que iria contar todos os detalhes depois.

Ela dá uma piscadinha.

— Isso não é uma promessa de dedinho, é um voto de sangue!

Quando encontramos Elliot na Scully & Sokol, uma mercearia rústica da zona oeste, ele imediatamente começa a provocar.

— Ah, quer dizer que vamos decorar seu iate, é? Acho que você esqueceu de mencionar esse detalhezinho, hein?

No corredor de legumes, chego a queimar de tanta vergonha.

— Pensei que eu tivesse dito...

Elliot levanta a gola da camisa polo e passa a mão ao redor do pescoço como se fosse um casaco de pele dos filmes clássicos de Hollywood.

— É só um iate pequeno, nada de mais. Algo para a família.

Hannah prende a risada com a mão e Elliot é tão hilário que eu não consigo segurar o riso.

— Me ajuda com esse encontro e você pode usar o iate com Brandon a hora que quiser.

Elliot suspira enquanto pega uma caixa de morangos.

— Esquece o Brandon! Se tiver ar-condicionado, acabei de encontrar minha nova casa de verão.

Assim que terminamos de pegar tudo da minha lista, estamos quase uma hora atrasados para encontrarmos meu pai. Faço uma prece silenciosa aos deuses gays para que a palestra dele acabe rápido e a gente consiga terminar a decoração antes das oito.

Meu celular vibra com uma mensagem. É Grant.

No caleidoscópio de ansiedade que estou sentindo agora, meu cérebro transforma a mensagem em *Não vou conseguir ir! Foi tudo um grande erro. Adeus!* Depois de piscar uma vez, a mensagem de verdade aparece: Acabei de sair para comprar meu look para o Encontro no Iate. O que acha?

Grant envia uma imagem de internet de um homem velho todo pomposo vestindo uniforme de capitão, fumando um cachimbo e admirando o pôr do sol.

Um sorriso toma conta do meu rosto.

Perfeito, respondo.

O sol se põe sobre o Lago Michigan quando chegamos nas docas do Iate Clube Columbia. Ao fundo, a roda-gigante enorme do píer já começava a mostrar suas luzes multicoloridas. A cena é tão idílica... mal posso esperar para parar de correr e finalmente aproveitar os frutos do meu trabalho. Eu, Hannah e Elliot carregamos cestos de comida, flores e decorações até as docas, que parecem um ponto de táxi só que com pequenos iates particulares. Deve ter uns cinquenta iates quase idênticos, enfileirados lado a lado.

— Estamos procurando pela *Dama Encantada* — explico, tentando não tropeçar enquanto me apresso.

Hannah dá uma voltinha com sua saia xadrez azul.

— A busca acabou, meus amores! A dama encantada está bem aqui!

— Ah, todos a bordo! — Elliot grita, entrelaçando o braço no dela.

— Vai sonhando! — Hannah chuta seu tornozelo, mas ele desvia e se afasta, rindo.

— Aquele seu homem misterioso está sonhando também — comento, acompanhando o passo dela.

Como era de se esperar, o sorriso de Hannah some.

— Bela tentativa, sr. Summers, mas hoje eu não vou falar do Homem Misterioso. Hoje é dia de realizar o primeiro encontro dos seus sonhos!

Sorrindo, Elliot bate com o cesto no meu quadril.

— Somos os ratinhos ajudantes da Cinderela.

— Eu quero ser o Tata! — Hannah exclama. — Porque também adoro vestir sempre a mesma camisa.

Quanto mais rimos, mais a confiança no meu peito vai crescendo como um castelo de cartas: intacto por fora, mas fácil de ser derrubado. Este encontro tem que ser (e será!) lendário.

Finalmente, a *Dama Encantada* aparece. À primeira vista, é bem parecido com todos os outros iates ao lado. Bonito, mas nada extraordinário. Entretanto, quanto mais me aproximo da rampa de bordo, mais vou me lembrando de tudo o que o torna único: em vez de ter a mesma cor branca/creme dos outros, o *Dama Encantada* é de um azul bem clarinho. Seu nome está escrito na lateral com uma fonte rebuscada — também em azul, mas num tom profundo, um cerúleo cintilante.

— Lá vem o príncipe. — Meu pai me recebe de dentro do barco, no topo da rampa. Quando ele sai de casa, está sempre vestindo preto, assim como minha mãe; camisa gola V preta, calças de cintura alta também pretas e um par de mocassins brancos. Ele é tão reconhecido que toda vez que tem que sair em público precisa bancar o Cara Fashion. Porém, quando está em casa, parece estar permanentemente na academia. — Se perdeu, amigão? — ele pergunta, apontando para um relógio extravagante com um nome que não sei pronunciar.

— Ficamos presos na loja, desculpa!

Subo a rampa correndo, com Elliot e Hannah quase pisando nos meus calcanhares. Às pressas, competimos para mostrar ao meu pai que não somos preguiçosos. Ele tem esse jeito de fazer com que todos sintam que nunca estão se esforçando o bastante.

Meu pai assovia.

— Cinquenta minutos atrasado, Pequeno Príncipe.

Ele nos segue para dentro do *Dama Encantada* sem parar de bufar. Me seguro para não dar nenhuma respostinha. Já estou estressado o bastante com a noite de hoje e não preciso ter que lidar com essa obsessão do meu pai com horários.

Mas pelo iate vale a pena aguentar essa enchação. Hannah e Elliot deixam as bolsas sobre uma mesa de jantar comprida no meio do salão principal. Poltronas modernas com mantas de caxemira dourada se alinham ao redor das paredes, que possuem papel de parede texturizado e estampado em vinho. Uma porta dupla de vidro dá para o convés externo.

Vai ser daqui que eu e Grant iremos observar as estrelas depois do jantar, e quem sabe — com sorte — fazer muito mais.

Meu pai, visivelmente agitado, está com a produtora dele, Theresa, uma mulher porto-riquenha animada, de cabelo escuro preso num rabo de cavalo liso, meio Ariana Grande. Ela inclina a cabeça para Elliot, que está esvaziando as sacolas do mercado às pressas enquanto observa com espanto o salão majestoso.

— Isso tudo é para a cozinha? — ela pergunta. — Vamos levar lá para baixo, meu anjo.

Elliot não parece chateado por ter que devolver tudo para dentro das sacolas. Ele provavelmente está acostumado a seguir esse tipo de ordem no Café da Audrey.

Eu e Hannah pegamos as luzes pisca-pisca e as guirlandas de videiras quando meu pai repete:

— Cinquenta minutos. — Pelo visto, não me desculpei o bastante. — Sabe quem mais me deixa esperando por tanto tempo assim, Theresa?

Enquanto Theresa ajuda Elliot a juntar todas as coisas, ela responde como quem não quer nada:

— O recorde mundial de tempo de espera de Jeremy Summers pertence ao novo dono dos Cubs: vinte e seis minutos.

— Exato. E o que eu fiz quando ele chegou?

— Cancelou a reunião.

— Assim, ó! — Meu pai estala os dedos. Hannah me encara sem nem piscar.

Suspirando, eu olho para ele.

— Desculpa pelo atraso. Obrigado por esperar e por confiar a *Dama Encantada* a mim. Estou muito nervoso por causa de hoje à noite. Meu cérebro está em Júpiter, então eu nem sei mais o que é o conceito de tempo.

A expressão durona e nervosa do meu pai se desfaz.

— Ah, vem cá. — Ele me puxa para um abraço. — Me desculpa, Micah. Fiquei todo nervoso esperando por você. Seu primeiro encontro! Quando foi que você cresceu assim? Deve ter feito às escondidas. — Ele solta um grunhido de tristeza. — Aaargh, odeio isso.

Jeremy Summer está sempre em guerra com seu pior inimigo, o Tempo.

Elliot abaixa a cabeça para levar as compras até a cozinha lá embaixo. Meu pai bloqueia a passagem.

— Opa, alto lá! — Ele estende a mão amigável. — Sou Jeremy Summers, pai do Micah.

Elliot se esforça para cumprimentar meu pai enquanto segura as três sacolas do mercado.

— Sim, eu sei, hum... Muito bom te ver...

Meu pai continua o discurso, esquecendo que já se apresentou para Elliot na noite do filme.

— Então você é o rapaz especial. Espero que se divirtam hoje à noite. Quero vocês dois fora do iate e meu filho de volta em casa às onze em ponto. Nada desse papo de "perdi a noção do tempo". Não sou um homem intrometido, mas fique sabendo que esta embarcação está equipada com câmeras de segurança com transmissão ao vivo e que eu tenho acesso a todas elas. Assim, dá para ver tudo, mas não tem áudio, então dá para me intrometer só de leve. Fiquem à vontade para conversar sobre o que quiserem, mas se a *Dama Encantada* for usada para qualquer coisa além de jantar, eu vou ficar sabendo. Falando nisso, Micah, por que é ele quem vai cozinhar? Achei que você queria impressionar!

Isso é bom demais de assistir.

Hannah pressiona as guirlandas de plástico contra a boca para segurar o riso. Elliot, tão bonzinho, ficou balançando a cabeça o tempo inteiro, todo educado. Coloco minhas bolsas no chão e junto as palmas como um professor do jardim de infância.

— Bom, pai, você está falando com o garoto errado. Esse é Elliot. Meu encontro de hoje é com Grant.

Meu pai se vira para Elliot, que parece estar tentando sorrir de um jeito que faça meu pai se lembrar dele.

— Vou ali me jogar no lago rapidinho e já volto — diz meu pai, piscando desacreditado.

Durante a hora seguinte, temos muito a fazer. Eu e Hannah nos movemos feito dançarinos, passando as folhagens de plástico e as luzes pisca-pisca em todos os corrimãos enquanto Elliot enche a geladeira no andar de baixo. Algumas dezenas de velas depois, eu e Hannah transformamos o salão numa floresta encantada. Quando Grant chegar, ele será como um lenhador entrando em uma clareira mágica e me encontrando... à sua espera.

O conto de fadas não está mais na minha cabeça.

Chega a hora de todo mundo me deixar sozinho, esperando pelo meu tão aguardado encontro. Hannah esconde as cestas vazias dentro do armário e me deseja boa sorte com um abraço de estalar os ossos.

— Está acontecendo! — ela sussurra toda feliz.

Faço uma dançadinha dentro do abraço dela.

— Finalmente!

Ela se afasta de mim com um olhar sério.

— Agora, caso seu príncipe acabe sendo um serial killer, me liga e eu chego aqui num segundo cheia de facas e golpes de karatê. — Rindo, dou um empurrãozinho de brincadeira, mas ela não desfaz a cara de mãe. — Não estarei muito longe. Tenho um encontro no Centro Histórico.

— Homem misterioso, é? — pergunto, cruzando os dedos.

— Nada de perguntas dessa vez, Micah!

E, com isso, Hannah coloca os óculos escuros, joga um beijinho para mim e sai. Logo depois, meu pai vai embora com Theresa, que acena para mim toda empolgada. Quando chega no meio da rampa, meu pai se vira para trás.

Ele não diz nada. Só olha para mim como se estivesse processando tudo.

— Pai? — pergunto.

Ele balança a cabeça, como se estivesse acordando.

— Nada. Bom encontro. — Ele desce a rampa a passos largos antes de se virar mais uma vez. — Vou te envergonhar se disser que te amo?

Respiro fundo.

— Hum, sim.

Meu pai estala a língua.

— Ainda bem que eu não disse, então. Divirta-se!

Voltando a flutuar com o corpo todo quentinho e dormente, encontro Elliot no andar de baixo. Isso aqui é coisa de profissional. Há um fogão elétrico novinho sobre a ilha da cozinha. Dezenas de utensílios de bronze pendurados no teto. Elliot está apoiado na geladeira de aço inoxidável, admirando sua obra de arte: cada ingrediente necessário para o jantar (crepe doces e salgados) está organizado de maneira impecável.

— Ficou incrível! — digo, parado na porta.

Minhas palavras ecoam pelo espaço vazio; somos apenas eu e ele aqui.

Sorrindo, Elliot passa a mão sobre o vidro preto do fogão.

— É bem bonito aqui — diz ele. — Estou imaginando você correndo nessa cozinha, fazendo sua mãe pirar.

A imagem parece deixá-lo muito feliz, e não tenho coragem de dizer que só estive nesta cozinha duas vezes na vida, e nas duas foi porque me perdi.

— Acho melhor eu ir embora — diz ele, encarando a mesa com ternura. — Só estou admirando a organização. Queria poder fazer algo assim para Brandon, algo especial como no começo do namoro. A gente não tem um encontro de verdade há meses, sabe?

— Ainda dá tempo.

Elliot assente, mas parece estar a quilômetros de distância.

— Acho que eu queria mais é que ele fizesse uma coisa dessas para mim.

— Você trabalha tanto — comento. — Merece um encontro extravagante desses mais do que qualquer pessoa. — Elliot tenta sorrir, mesmo com a testa franzida. O silêncio faz o andar de baixo vibrar. — Qual é a sua lembrança favorita de todos os tempos com Brandon?

Como se eu tivesse jogado pó de pirlimpimpim no ar, a expressão de Elliot fica feliz.

— Ele nadando comigo. — Seja lá qual for a lembrança de Elliot, do quão positiva possa ser, ele fica à beira de lágrimas imediatamente. — Nós estávamos saindo há alguns meses, era perto do Natal, e ele me levou num restaurante de frutos do mar com vista para o rio. Ai, meu Deus, eu comi quase o meu peso inteiro em casquinha de siri. Aquela manteiga... Enfim, depois ele me levou até a piscina onde ele treina. Alguém deu a ele uma chave para usar a qualquer momento. Ele queria me ver nadando. Fiquei com medo de ter câimbra, porque, sabe como é, a gata aqui estava cheia de comida, então ele... — Elliot ri. — Ele nadou comigo, com os braços ao meu redor como se fôssemos duas lontras, e ficamos nadando de costas por horas. Eu poderia ter caído no sono ali mesmo, de tanto que meu corpo confiava nele.

Abro um sorriso conforme a imagem se forma na minha mente — Elliot e Brandon como dois sereios descamisados agarradinhos. Cadê meu caderno de desenhos quando preciso dele?

Tão rápido quanto o sorriso de Elliot chegou, ele desapareceu.

— Mas agora Brandon vive tão ocupado com a natação. Com o treinador olímpico dele — Ele revira os olhos. — Que disse que ser vitorioso e relacionamento são duas coisas que não combinam.

Solto uma risada.

— Bom, ele está errado.

— Brandon mandou ele tomar conta da própria vida, mas, sério, eu nunca consigo planejar nada para nós dois...

Elliot se perde encarando os próprios sapatos, e meu peito se enche de pena. Como um começo de conto de fadas tão lindo pode acabar com Elliot decepcionado desse jeito? Nenhuma pessoa *queer* merece isso. Temos que fazer nossa própria magia, e não vou deixar essa magia abandonar Elliot!

— Se segura firme nessa lembrança da piscina — digo, tocando o ombro dele. — Isso vai voltar. Pequenas surpresas acontecem todo dia, lembra? — Assentindo, Elliot seca uma lágrima. — Eu e você somos diferentes de todo mundo. Não achamos que se apaixonar ou continuar apaixonado é o tipo de coisa que não vale o esforço. Fizemos tudo isso por mim, e agora vamos fazer por você e pelo Brandon.

Elliot morde o lábio.

— Sério?

— Príncipe e Escudeiro, juntos novamente contra outro dragão: o Namorado Ocupado.

A risada de Elliot atravessa o silêncio como uma espada. Sinto meu corpo flutuando a uns cinco centímetros do chão só de vê-lo sorrindo de novo. Ele solta o ar.

— Seria muito legal, valeu.

Ofereço uma reverência grandiosa, e ele retribui.

— Boa sorte, Micah — diz Elliot, com um abraço.

Ele não olha para mim de novo enquanto vai embora, nem mesmo quando digo:

— A gente se fala amanhã!

Do lado de fora, os trovões de verão iluminam à distância. Com a partida repentina de Elliot, fico sozinho e a vulnerabilidade volta. Pois é, agora só me resta ter meu primeiro encontro.

Grant chegará a qualquer minuto.

Capítulo 11
O CAVALEIRO PRINCESA

Quando fico sozinho, os preparativos para o encontro começam de verdade.

No banheiro do iate, arranco três pelos rebeldes da minha sobrancelha. Em seguida, cubro algumas marquinhas no rosto com corretivo e passo uma base em tom quente tão sutil que engano até a mim mesmo. Desta vez, não uso rímel — por motivos de tempo, e não porque tenho medo de usar maquiagem num encontro; ele precisa saber que eu não brinco quando se trata de cílios! Depois, as unhas — aparo todas, até as do pé, porque não sei quão reveladora pode ser a noite de hoje e Micah Summers está sempre preparado. Termino com a importantíssima Última Ida Ao Banheiro porque quero projetar para Grant a ideia de que sou um elfo iluminado, eternamente lindo e tão evoluído que não perde mais tempo com necessidades mortais nojentas, tipo ir ao banheiro.

Ninguém vai ao banheiro nos contos de fada.

Tiro a roupa e, com cuidado, pego o que vou vestir no encontro — calças recém-passadas e uma camisa preta de gola alta com botões até a garganta. Minha camisa de Príncipe Encantado. Ela acentua meus ombros e enrijece minha postura, dando a ilusão de que sou mais alto... e de que sou confiante.

Com uma última escovada no cabelo, estou perfeito.

Eu me encaro no espelho e digo para mim mesmo:

— Respira, Micah.

— Micah? — uma voz chama do lado de fora.

Sinto um espasmo na coluna quando o pânico me atinge feito uma bola de canhão.

Grant já chegou.

— MERDA — sussurro.

Preciso me livrar das evidências! Quieto como alguém tentando espirrar na igreja, jogo tudo no armário embaixo da pia: tesourinha de unha, meias velhas, camisa suada, pó compacto, tudo. Pego a escova de dentes dentro da bolsa.

Ai, meu Deus, esqueci de escovar a língua. E se eu estiver com mau hálito?

Estico a mão para abrir a torneira, porém impeço a mim mesmo. Se Grant ouvir o barulho da água, vai achar que coisas-de-banheiro estavam acontecendo aqui. Nada de água. Chiclete! Jogo um chiclete de menta na boca e mastigo como se o encontro dependesse disso.

— Micah? — aquela voz grave e linda me chama de novo, mais alto desta vez. Ele está mais perto.

Mastiga rápido, cacete! Mais rápido!

Se eu mastigar mais rápido que isso, vou deslocar o maxilar. Não posso deixar nenhum rastro do chiclete para trás, então abro a bolsa de maquiagem e grudo o chiclete usado ali dentro.

Que nojo. Espirro em mim — e no banheiro — um pouco de perfume Jean Paul Gaultier de um frasco que tem a forma do corpo de um marinheiro, respiro fundo e abro a porta.

Se eu estava com falta de ar antes, Grant Rossi acabou de roubar todo o ar que ainda me restava. O cabelo cacheado dele brilha como nunca; um bracelete de prata balança em seu pulso musculoso; uma corrente também de prata está pendurada sobre a camiseta escura com estampa floral bem justa que cobre seu peito; e as mangas curtas estão dobradas um quarto, destacando muito os braços largos que ele tem.

Um garoto que entende de estilo. Um artista, como eu.

— Grant, você chegou — digo, com um pequeno suspiro para fingir que estou surpreso.

— Cheguei a pensar que estava no lugar errado. — Ele ri. — Eu deveria ter te mandado mensagem avisando que estava aqui, mas eu, hum, me empolguei. Desculpa. Te peguei de surpresa no banheiro?

Congelo o sorriso.

— Não. Só estava arrumando o cabelo.

— Bom, ficou lindo.

Desorientado, dou um tapinha na minha nuca.

— Meu Deus, não. Nem se compara ao seu.

Grant solta um grunhido incerto enquanto estica um cacho e deixa os fios voltarem ao lugar.

— Ele fica balançando assim, não importa o que eu faça. Eu odeio.

— Eu amo.

JESUS CRISTO ME AJUDA, EU QUASE DISSE EU TE AMO SEM QUERER.

Ficamos um tempo na entrada, só olhando um para o outro. O silêncio pesa nos meus ouvidos. Grant passa a língua pelo lábio inferior. Acontece rápido — por um milésimo de segundo —, mas é o suficiente para expulsar todos os meus outros pensamentos. Ele podia me beijar bem agora, e este encontro imediatamente se tornaria só pegação, dane-se o jantar.

Mas que tipo de conto de fadas seria este? Não, está cedo demais para o nosso primeiro beijo.

— Está com fome? — pergunto.

Ele sorri.

— Sempre.

Os crepes não começam nada bem. Deixo cair um pouco de casca de ovo na batedeira, e estou tão neurótico para cozinhar tudo direitinho que fico paralisado. Não consigo levantar a cabeça. Só consigo ver a tigela da batedeira com ovos e a mão de Grant flutuando por cima, tentando pegar a casca.

— Minha mãe me ensinou uma técnica ótima para tirar as cascas — diz ele, carinhoso. Meus ombros relaxam. Levanto a cabeça. As mãos dele flutuam sobre a tigela. — Confia em mim?

Dou um sorriso, recuperando a confiança aos poucos.

— Veremos.

Ploft! Grant enfia a mão inteira dentro dos ovos e recolhe os pedaços de casca como um urso caçando salmões na beira de um rio. Uma risada incontrolável chacoalha meu corpo enquanto a clara voa pela ilha, para dentro da pia e dos armários. Com quase nenhum ovo restante na tigela, Grant recolhe a última casca e me mostra a mão todo orgulhoso, coberta com a gosma amarelada.

— Peguei tudo.

— Que ótimo truque — digo, entre uma risada e outra.

Ele toca meu queixo com os dedos molhados e pegajosos.

— Viu a bagunça que eu fiz?

É minha vez de passar a língua pelos lábios.

— Aham.

— Agora você não precisa mais se preocupar em fazer tudo certinho porque nenhuma bagunça vai ser pior do que a minha. — Abro um sorriso (o primeiro natural e espontâneo da noite). — Vamos passar por tudo isso juntos, tá bom?

— Eu adoraria isso.

Entrelaço minha mão com a dele toda melecada — mais uma marca alcançada: primeira vez segurando a mão de outro garoto. Ondas de choque atravessam meu corpo. Um cumprimento qualquer não chega nem aos pés disso aqui. Ficar de mãos dadas possui um poder e uma esperança que eu jamais imaginei.

Macio. Firme. Seguro. Perigoso. Inocente. Não-tão-inocente. Estou sem ar.

Os primeiros três crepes ficam um desastre. A cozinha do iate vira um campo de batalha com manchas de manteiga, morangos espalhados e um cheiro de Tem Alguma Coisa Queimando que não sai do ar. Mas, com Grant, cada erro se torna uma lembrança. Risos aliviados substituem cada impulso que meu corpo tem de ficar mais ansioso.

Manteiga queimada? Ninguém liga! Crepe despedaçado? O que importa é estar gostoso!

Depois que limpamos as gemas da cozinha, levamos pratos lotados de crepes até a sala. Enquanto caminho na frente, Grant provoca dizendo que meu braço parece que não vai aguentar o peso do prato. Começo a rir, o que deixa meu equilíbrio ainda mais em risco.

— Cuidado, cuidado — ele sussurra. — Cuidaaaado.

— Para! Estou tomando cuidado — imploro, rindo.

Nossa, por que esse tipo de provocação é a melhor e a pior coisa de todas?

Enquanto comemos no salão florestal sob as luzes das fadas, começa a chover. Até a chuva é perfeita. O zumbido suave é o som de fundo perfeito para a playlist de bossa nova que Elliot fez juntando as favoritas dele do Café da Audrey.

Eu, Elliot e Hannah somos uma equipe dos sonhos quando se trata de romance. Vamos fazer algo especial para Elliot e Brandon, e isso vai consertar tudo entre os dois. O adorável Elliot sereio vai voltar a nadar!

Grant corta o crepe em fatias tão finas quanto aquelas minicenourinhas. Cada mordida é dada com cuidado. Eu estava comendo pedaços com o dobro do tamanho.

Decido cortar minhas fatias iguais às dele. Não vou ao banheiro e também não mastigo feito um animal.

Quando terminamos os crepes, sirvo o café usando uma jarra de vidro, e Grant, todo orgulhoso, mostra o projeto que está criando no Instituto de Arte.

— Vou te mostrar — ele avisa. — Mas geralmente, eu arrancaria minha própria cabeça se outra pessoa visse meus projetos antes de estarem prontos.

— Eu sou igualzinho! — Sinto um arrepio e me apresso para levar o café até ele. — É por isso que posto meus Namorados Inventados no Instagram anonimamente. Ninguém me entende.

Grant abre a galeria de fotos do celular, com uma série de rascunhos.

— Né? Eu vivo falando com meu pai, tipo, "Oi, eu não fico me metendo enquanto você está no meio de uma cirurgia".

— Sim! Aliás, você nem precisa me mostrar...

— Ah, você não quer ver?

— Sim! Eu quero muito. Mas... não precisa.

Ele sorri. Covinhas por toda parte.

— Vem aqui.

Então, ele dá um tapinha no próprio joelho. Eu quase derrubo a xícara.

É para eu sentar no colo dele? Isso é esquisito? E se ele quis dizer só para eu chegar mais perto e não para sentar em seu colo? Quer dizer, eu até quero, mas... Essas câmeras idiotas do meu pai estão por toda parte.

Decido arrastar minha cadeira para bem pertinho da dele. Joelhos grudados. Nada muito sexual.

Micah, nem uma freira acharia isso sexual.

Eu e Grant nos aconchegamos, ombro a ombro, por cima do celular dele.

— Você está cheiroso — ele diz.

— Você também — respondo, sentindo o aroma de canela dele. — Meu perfume não está forte demais?

Ele ri.

— Eu gosto de perfume forte. Sou italiano. Somos ETs do Planeta Perfume.

Não consigo parar de perder o fôlego toda hora. Eu gosto muito, muito dele.

Os rascunhos no celular do Grant são conceitos dele, desenhados por uma amiga num programa de design. As figuras esboçadas mostram um vestido que vai ficando cada vez mais definido a cada imagem. A figura parece ser alguém de gênero fluido, com a parte de cima robusta e metálica, se suavizando num vestido longo de cauda.

— Eu chamo este projeto de Cavaleiro Princesa — diz ele, passando as fotos com sua mão forte e charmosa (não sei explicar como uma mão pode ser charmosa, mas a dele é!).

— Meu curso de moda vai terminar com um desfile, e esse é meu look final.

De repente, lembro do cartaz que eu e Elliot encontramos no pátio: o desfile de fim de curso em agosto.

— Que demais — sussurro. — Cavaleiro Princesa parece ter saído direto de um...

— Conto de fadas. Eu sabia que você ia gostar.

— Era para isso que você precisava de todas aquelas rosas e romãs?

—Aham. Estou usando objetos clássicos de contos de fada para tingir os tecidos naturalmente, como faziam muito tempo atrás. Dá um trabalhão, mas é muito mais mágico, sabe?

— Ô, se sei. Eu pensei em fazer isso no meu mural. Criar minhas próprias tintas.

— Mural?

A palavra escapou da minha boca sem que eu me desse conta.

Uma onda nauseante de inveja soca meu coração. Grant me mostrou seu projeto grande e ambicioso, e eu mal consigo falar do meu mural.

— Micah? — diz ele, com um olhar preocupado.

O tom de voz gentil me tira do torpor.

— Estou pintando um mural — confesso. — Ainda não sei o que eu quero que ele seja. Minha visão para os Namorados Inventados é superclara, mas com este mural eu não consigo. Talvez o problema seja eu. Queria ter confiança o bastante para encarar um projeto grande como o seu, mas não tenho.

— Ainda não — ele responde.

O nó invisível na minha garganta se desfaz um pouco. *Ainda não*. Quanta gentileza.

— Não acredito que te contei isso — comento. — Esse é nosso primeiro encontro e o mural é algo superpessoal, e...

— Ei! — Grant fecha a mão ao redor da minha. O toque não é macio como o de Elliot. É mais áspero, mais forte, faz minhas veias esquentarem. — Pare de se preocupar tanto com o que eu acho de você. Já estou impressionado, e nem sou grande coisa.

Dou uma risada.

— Cala a boca.

— Estou falando sério. Não acho que Cavaleiro Princesa seja uma grande ideia ainda, e o vestido precisa estar pronto em dois meses. Você tem que ver as coisas que os outros alunos do curso estão fazendo. A maioria é gente mais velha, já na faculdade, e eu perdido lá no meio... Um aluno de ensino médio que deu sorte com uma ideia fofinha. Preciso provar que mereço estar lá.

Minha mão esquenta dentro da de Grant. Temos tanto em comum, até mesmo nossos medos.

— Talvez a gente possa ajudar um ao outro — digo.

— Parece que nosso encontro foi mesmo coisa do destino — ele responde, sorrindo.

O céu troveja enquanto a chuva cai nas docas lá fora. Grant não desvia o olhar de mim. E o melhor: ainda não soltou a minha mão. Tento me lembrar de continuar respirando.

Não consigo nem mexer a cabeça. Quero tanto beijá-lo.

Será que a gente vai se beijar? Agora me parece um bom momento para o beijo.

Grant pisca primeiro. Ele se levanta e diz:

— Vem comigo para outro lugar.

Ele estende a mão, e aquele bracelete lindo balança de leve ao redor do pulso. Meu pai me mandou voltar para casa às onze, mas Grant quer que eu vá com ele e não vou deixar a oportunidade passar.

Saímos no meio da tempestade — sem guarda-chuva nem casaco. A única coisa responsável que faço é trancar o iate, mas assim que guardo a chave o bolso, meu corpo se rende a qualquer coisa que Grant tenha em mente. Ele corre pelas docas em direção à costa. Eu o sigo. Na chuva, os cachos de Grant ficam lisos e se transformam em mechas bagunçadas que emolduram seu rosto. Já estamos encharcados; as roupas tão bonitas grudam perigosamente em cada curva e ângulo dos nossos corpos. A chuva selou a camisa de Grant a vácuo contra o peito — e eu quero arrancá-la.

Todos os outros pensamentos fogem da minha mente.

Um raio cai sobre o Lago Michigan. Os prédios de Chicago — familiares para mim desde a infância — iluminam a noite. Quatro segundos depois, o som do trovão ecoa lentamente, como um fecho de velcro sendo aberto.

Grant urra de alegria. Os músculos da minha perna sofrem para acompanhá-lo enquanto ele corre para fora do Iate Clube.

— Não sou tão alto quanto você, peraí! — grito em meio à tempestade. — Não me faz ter que te procurar pela cidade inteira de novo.

Ele dá meia-volta na calçada, mas não diminuiu a velocidade. Grant corre de costas e grita:

— Pensei que você tivesse gostado de me procurar!

Ele tem razão.

Outra trovoada agita o céu. Grant se aproxima e me puxa para mais perto. A chuva bate no rosto dele e respinga em mim. Seus lábios brilham sob o luar. Ele se aproxima...

E para.

Ele sorri.

— Vamos nos beijar esta noite, mas ainda não. Precisa ser do jeito certo.

O alívio me atinge com tanta força quanto a chuva.

— Melhor mesmo.

Ele me puxa contra uma ventania que se recusa a se acalmar. Nós corremos com os braços entrelaçados nas cinturas molhadas um do outro, até encontrarmos abrigo embaixo de marquises das lojas na Avenida Michigan. Clientes correm das portas até os táxis e Ubers à espera, saltitando felizes da vida enquanto cobrem as cabeças com as compras.

Eu e Grant recuperamos o fôlego, mas não nos soltamos.

Até mesmo abraçar a cintura vestida dele me parece arriscado. Apoio a cabeça no ombro dele, quase me encaixando no espaço debaixo de seu braço.

— Não é melhor comprarmos um guarda-chuva em algum lugar? — pergunto.

Grant ri e aquele peitoral vibrando sob a minha bochecha.

— Pra quê? Pra gente não se molhar?

Atravessamos a cidade, de uma marquise à outra, e cada passo faz a água das poças respingar até o céu. Para onde quer que ele esteja me levando, Grant parece confiante demais para estar perdido.

Finalmente, numa rua tranquila perto do Centro Histórico, ele me guia até a porta dos fundos de um galpão de tijolinhos. Eu espero — tremendo sob a chuva — perto da escada de incêndio enquanto Grant conversa com uma mulher de roupas elegantes na entrada. Não sei o que está dizendo, mas a moça ri.

Eles se conhecem.

Qualquer um que conhece Grant se apaixona na hora.

A mulher abre a porta dos fundos e Grant me leva para dentro, sem nunca soltar minha mão. No espaço escuro, ouço música clássica preenchendo o ar. Acordes fortes e alegres. Grupos de pessoas se juntam para encarar as paredes de tijolinho. O ambiente é iluminado por luzes piscantes azul-cerúleas. Deve ser algum tipo de boate alternativa só para pessoas descoladas.

É então que reconheço: *America Windows*.

A obra-prima azul brilhante de Marc Chagall, um vitral que ele doou para o Instituto de Arte de Chicago.

Uma projeção imersiva cobre todo o salão. Os anjos rodopiantes e menorás da obra de arte são quase do meu tamanho. Manchas maravilhosas e miraculosas em amarelo e branco se misturam com as ondas vastas de azul. Estamos cercados por arte. Engolidos pela grandeza dela. A obra-prima em si dança na palma da minha mão — a que Grant não está segurando.

No centro do salão, ele me abraça.

Nada de beijo, só um abraço firme enquanto as gotas de chuva caem do nosso corpo até o chão.

Não me preocupo com o que irá acontecer nem com o que eu deveria estar fazendo. Em vez disso, meu peito se inunda de uma emoção nova e curiosa que não sei nomear. Eu me sinto mais... adulto. Não estou aqui com meus pais nem com meus amigos. Ninguém sabe onde estou.

Algo novo está acontecendo. Algo divertido. Mas meio assustador.

Com uma virada na trilha sonora e uma nova onda de cor, a pintura muda. O salão se ilumina em tons de rosa e azul-claro. As *Wheatstacks* de Monet. Mais uma do acervo do Instituto de Arte.

— Gostou? — Grant pergunta.

— Gostei — é tudo o que consigo responder.

Com mãos poderosas, Grant me vira em direção a ele. Gotas de chuva repousam sobre seus cílios como orvalho da manhã.

— Eu queria te trazer aqui no nosso segundo encontro — ele admite, um pouco menos confiante. — Mas se esta noite fosse minha única chance, eu não iria perder a oportunidade de te mostrar.

— A gente vai ter um segundo encontro.

Grant afasta o olhar, mas apenas por um instante.

— Eu sou, tipo, meio amaldiçoado. Sempre acabo no vácuo. Ou escolho um cara hétero. Ou então me abandonam. Não estou acostumado a deduzir que vai rolar um segundo encontro.

A luz rosa passeia pelo rosto de Grant enquanto a pintura muda de novo. Sob esta luz ele parece mais inocente. Com esses olhos magoados, que imploram para que eu não o magoe mais ainda.

— Você foi o primeiro garoto que chamei para sair — digo, apertando a mão dele. — Pelo menos você teve coragem de fazer isso antes.

Ele balança a cabeça.

— Mas já faz um bom tempo. Em abril eu disse para a minha amiga que já estava cansado. Que não iria ser iludido mais uma vez. Foi por isso que não te chamei para sair no trem. — Ele desvia o olhar, envergonhado. Depois de engolir em seco, confessa: — Minha amiga me mostrou sua postagem logo depois que a gente se desencontrou. Aquela em que você estava procurando por mim. Eu podia ter mandado uma mensagem. Te deixei escapar, e me desculpa por isso. Deixei você vir atrás de mim porque... gostei da sensação de ter alguém se metendo em confusão só por minha causa. Assim, talvez, você não me abandonaria logo em seguida.

Tento disfarçar minha expressão de choque. Ele está sendo tão vulnerável que não posso trair essa confiança e ficar furioso, nem sequer emburrado. Todas as voltas que dei, as dúvidas, o medo, a ajuda dos meus amigos... Nada disso precisava ter acontecido. Eu poderia ter o encontrado naquela noite.

Mas a busca... Eu amei a busca.

Quero ficar chateado, mas não consigo. Ele parece estar morrendo de medo deste ser o nosso fim.

— Você não desistiu — continua ele, com a voz grave embargada. — Você é o cara dos finais felizes de contos de fada, e... — Ele para e recupera o fôlego. — Eu não acredito mais em contos de fadas.

Fico na ponta dos pés e encosto meus lábios nos dele.

Sob a projeção brilhante de *Nighthawks*, de Edward Hopper, dois artistas dão o primeiro beijo e, com sorte, lá no fundo, Grant começa a acreditar em contos de fada.

Capítulo 12
O DESEJO REALIZADO

Menos de vinte segundos depois do nosso primeiro beijo, Grant me pergunta o inimaginável:

— Quer namorar comigo?

O medo está estampado em cada canto do rosto dele. É a pergunta que passei a noite inteira morrendo de vontade de fazer e me preparando para esperar por meses até a hora adequada chegar, seja lá quando fosse. Mas aqui está Grant — o garoto mais genuíno e sincero que já conheci — dizendo o que sente de imediato.

— Quero! — grito em meio à música clássica.

Não quero deixar nenhuma sombra de dúvida.

Grant dá uma risada aliviada.

— Sério?

— Eu já queria te perguntar a mesma coisa, mas nunca fiz isso antes e não sabia quanto tempo deveria esperar.

— Eu já perguntei logo de cara, já perguntei depois de meses. Não tem essa de hora certa.

Rindo, ele desvia o olhar com uma expressão sarcástica, mas toco o queixo dele e o trago de volta para mim.

— Não existe hora certa, só o cara certo.

Ele derrete que nem manteiga. Nós nos beijamos de novo, enquanto ele segura meu rosto entre as duas mãos. O segundo beijo é ainda mais poderoso que o primeiro. Durante o primeiro beijo, meus nervos não conseguiram acompanhar o choque da novidade. Na segunda vez, o beijo se torna ainda mais único, especial. Ele tem os aromas já característicos: perfume, morangos e menta. Isto é o que ele queria que eu provasse, mas há notas mais sutis por trás: suor, sal e saliva.

São aromas mais profundos. Que fazem parte de quem ele é.

— Você vai desenhar esse momento? — Grant pergunta, pressionando a testa contra a minha.

— Ah — sussurro. — Deixei minhas coisas no *Dama Encantada*.

A música muda dos acordes reflexivos que acompanhavam *Nighthawks* para uma canção mais animada, combinando com a nova projeção: as luzes aconchegantes de *At the Moulin Rouge*, de Henri de Toulouse-Lautrec. É como se o Café da Audrey tivesse surgido ao nosso redor num passe de mágica!

— Essa precisa ser nossa primeira foto de casal — digo, abrindo a câmera do celular.

Grant agacha para ficar da minha altura e cola a bochecha na minha, enquanto a parede do Moulin Rouge se enquadra perfeitamente acima de nós dois. Tiro a foto rapidamente — quero que pareça o mais espontâneo possível. Nada de pensar demais, como geralmente faço. Nada de arrumar o cabelo ou retocar nossos rostos cobertos de suor e chuva.

Nossos sorrisos estão relaxados e genuínos.

Dois garotos — cansados de tantos encontros que deram errado — se encontraram e podem finalmente descansar. A missão foi concluída. Os desejos foram realizados.

Quero postar a foto no Instagram dos Namorados Inventados. Acabar com o anonimato.

Esta é uma noite de quebrar as regras!

— Você faria isso por mim? — Grant pergunta enquanto subo a foto.

Para responder à pergunta, dou mais um beijo nele. Minhas mãos estão pálidas, pegajosas de tanto suar frio, mas estou decidido. O beijo de Grant me deu uma confiança inabalável, como da vez em que eu e Hannah ficamos bêbados depois de roubarmos uma garrafa de vinho da adega do pai dela.

— Sim — digo, sorrindo.

Decidimos que #DesejoRealizado será a hashtag oficial do nosso namoro. Meio vergonha alheia? Sim. Mas já passei a vida inteira fugindo da vergonha. O novo Micah vai fazer todas as breguices que eu sempre quis fazer. Mais brega do que nunca!

Publico a selfie com o #DesejoRealizado e o nome de Grant. Nada de legendas elaboradas, só nós dois: a fantasia que virou realidade.

Grant entrelaça os dedos nos meus e me guia até a porta por onde entramos.

— Espero que tenha gostado da galeria — ele sussurra com a boca colada no meu cabelo.

— Eu amei — respondo.

— Vamos fazer muita arte linda juntos...

Pressiono a bochecha contra o pescoço dele e solto um gemido de prazer. Imagina só. Vamos *mesmo* fazer muita arte linda juntos: colaborar no vestido de Cavaleiro Princesa ou talvez até mesmo no meu mural. Depois dessa noite, tudo é possível!

Quando a porta dos fundos se abre, é como se ela me levasse até outra galeria, ainda mais espetacular: a silhueta dos prédios, iluminada e cintilando sob a chuva — que diminuiu e agora é apenas uma garoa leve. A cidade é o plano de fundo e nós somos os pontos focais, deslizando pelas escadas sem pensar em mais nada além de como podemos colocar as mãos um no outro o mais rápido possível.

Mal chegamos na rua e Grant já se vira para mim, com os olhos hipnotizantes tão fixados em mim que parecem estar girando. Só tenho tempo para molhar os lábios. Ele me guia para trás, pressiona minhas costas contra a parede de tijolinhos da galeria e devora meus lábios.

Ele foi mais delicado quando estava comendo crepe.

A barba por fazer arranha meu queixo, e sinto uma dor afiada e cócegas alternadas entre cada beijo delicado. *Afiado. Delicado. Afiado. Delicado.*

Se dói tanto assim... Por que estou gostando?

Entrelaço os dedos nos cachos dele e o puxo para mais perto da minha boca. Não consigo respirar. Minha única chance de recuperar o fôlego é quando abro a boca para gemer. É impossível me afastar dos lábios dele.

Grant desliza as mãos pelas minhas costas e tronco, mas sempre acima da cintura. Ainda bem que ele está se segurando, porque estamos em público e eu já estou duro.

Dá vontade de pedir para que Grant abra meu zíper e me toque.

Mas não posso fazer isso. O príncipe da Cinderela nunca teve uma ereção dessas nos fundos de uma galeria de arte.

Talvez até tenha tido, mas deixaram essa parte de fora da história. Ninguém avisa que, quando os contos de fadas se realizam, também é preciso lidar com as realidades do nosso próprio corpo — e todas as sensações esquisitas e vergonhosas que vêm junto.

— Vamos voltar para o barco — sugere Grant entre os beijos apressados.

— Tem câmeras lá.

Solto os ombros do meu príncipe para recuperar o fôlego. Como um vampiro, Grant ataca meu pescoço recém-exposto e começa a beijar. O beijo é esquisito, meio desentupidor de pia, mas, ainda assim, muito bem-vindo. Sinto um formigamento ao fim de cada beijo, como aquelas balas que explodem na boca.

Eu já deveria ter ido para casa.

Estou nervoso demais para conferir o celular, mesmo sentindo o aparelho vibrar cada vez mais conforme nos aproximamos da meia-noite. Estou atrasado. Meus pais estão furiosos.

Ah, mas e daí?

Finalmente, Grant me solta para respirar.

— Vamos para o meu quarto — pede ele, a milímetros da minha boca. — *Por favor*. Minha colega de quarto está fora pelo resto da semana.

Se eu não o parar de uma vez...

Saindo do torpor, toco o peito dele. Sinto o turu-turu-turu do coração contra a minha mão. Encaramos um ao outro enquanto acalmamos nossas respirações.

— Foi uma noite de primeiras vezes — digo. — Mas esta não. Ainda não. Tudo bem? — Grant assente, voltando à realidade. Nós dois sorrimos. — Quer ser meu namorado? — pergunto.

É redundante, mas gosto de escutar a resposta.

— Sim. — Ele suspira, me dando um último beijo.

Ele me entendeu.

* * *

Entro de fininho no apartamento escuro; a única luz vem da vista da cidade na janela panorâmica. A paisagem brilhante e cintilante atravessa meus olhos exaustos como um clarão. Vou até meu quarto na ponta dos pés, mas não há ninguém para me dar sermão.

Só Maggie.

A porta do quarto dela se abre sem nenhum som e eu salto de susto. Ela me analisa de cima a baixo, com os fones de ouvido grandes demais para a própria cabeça. As luzes do quarto dela estão todas acesas. O notebook está aberto sobre a cama, e Lilith, esparramada logo ao lado.

Será que Maggie vai me dedurar?

Se divertir me contando como o pai ficou furioso por eu ter voltado depois da hora?

Com um sorriso radiante de líder de torcida, ela me oferece uma salva de palmas silenciosas. Por um minuto eterno e muito bonito, dançamos juntos na porta do quarto dela enquanto Lilith nos observa sem dar a mínima. Antes de me jogar na cama, pego o *Caderninho das Primeiras Vezes* na mesa de cabeceira e, com ar de triunfo, registro minha vitória. *Primeiro beijo*: 10 de junho de 2022.

Na manhã seguinte, nem sei se cheguei a dormir. Tateio a mesa de cabeceira procurando o hidratante labial, mas não encontro. Deve ter caído debaixo da cama. Droga, eu preciso dele. Mal consigo abrir os lábios. Meu corpo inteiro está seco para caramba. Nenhum pensamento se passa pelo meu cérebro, que parece tostado, molengo e está se desfazendo como frango desfiado.

Em algum lugar no quarto, meu celular não para de vibrar. O som está abafado — deve estar debaixo do edredom. Provavelmente deixei cair ali na pressa de deitar a cabeça no travesseiro. Na noite passada só tive forças para tirar as meias e a camisa.

Dou um sorriso fraco enquanto passo a ponta do dedo pelo arranhão que a barba do Grant deixou ao redor dos meus lábios. Ainda arde, mas é uma dor gostosa. Continuo com o cheiro dele.

Do cabelo dele. Da pele dele. Um cheiro que só consigo chamar de "Grant".

Eau de Grant.

Noventa e nove namorados passaram pela minha vida, mas nenhum deles foi real. Eram contos de fadas agradáveis e doces, casulos que nunca deixaram a alegria viajar para fora do torpor da minha imaginação. Grant trouxe o faz-de-conta para a realidade com força — como uma maré subindo — e preencheu cada cantinho da minha vida com uma brutalidade inconveniente, sem deixar sobrar nada.

Os beijos ardiam.

Meu horário de voltar para casa, deixei para lá.

O anonimato na internet, abandonado

Meu celular? Deve estar em algum lugar. O hidratante labial? Perdi. Que horas são? Que dia é hoje? Preciso estar em algum lugar? Alguém está me esperando? Não sei. Não ligo.

Algo grande e avassalador invadiu minha vida, e não sou o mesmo Micah Summers de ontem. Nunca mais serei.

Que bom.

O celular vibra de novo e eu levanto aos tropeços enquanto me lembro de como usar as pernas. Preciso desenhar alguma coisa. Essa necessidade é maior do que a de beber água, usar o banheiro ou pensar na melhor maneira de mandar bom-dia para Grant sem parecer desesperado. Não consigo parar de pensar no vestido de Cavaleiro Princesa — e como ele pareceu aberto a ouvir minha opinião artística.

Dois namorados artistas trabalhando no mesmo projeto? É o sonho dos sonhos!

O jantar foi um borrão, então o desenho não aparece por completo na minha memória. Decido trabalhar com as emoções que ele me fez sentir: uma fantasia grandiosa, a força da vulnerabilidade e a desconstrução das normas de gênero.

Em meio à bagunça do meu quarto, encontro um lápis perdido e um caderno antigo com algumas páginas em branco no final. Dentro de segundos, termino um rascunho inicial de Cavaleiro Princesa 2.0.

Ou *Cavaleiro Princesa por Grant Rossi (participação especial: Micah Summers)*.

Com alguns ajustes, o conceito de Grant se torna algo que apenas uma divindade poderia vestir: um corpete de metal acentuando uma saia esvoaçante que termina numa cauda longa tipo de noiva feita com as correntes de um cavaleiro. Combino a tiara de uma princesa com o capacete de um cavaleiro para criar algo fabuloso e ambíguo. A haste é coberta de joias e a proteção do rosto não é mais feita de metal, e sim de veludo drapeado.

Por que é tão mais fácil executar a visão de outra pessoa do que a minha própria?

Mesmo que isso não se encaixe exatamente na visão de Grant, talvez possa inspirá-lo.

Além do mais, é um ótimo jeito de puxar assunto na manhã seguinte ao primeiro encontro. Um jeito de mostrar que não parei de pensar nele sem precisar dizer com todas as palavras.

Agora, cadê aquele celular que não fica quieto um segundo? Vasculho o emaranhado de roupas de cama atrás da origem da vibração infinita. Estou popular hoje! Provavelmente a maioria das mensagens é dos meus amigos querendo saber como foi a noite — e do meu pai, querendo saber no que eu estava pensando ao voltar para casa tão tarde. Quando minha mão finalmente encontra o celular debaixo das cobertas, a porta se abre depois de uma batidinha.

Hannah entra usando uma boina lilás, que combina com suas botas de cano alto, e segurando dois copos do Café da Audrey para viagem.

— Brigadoooooo — digo quando ela me entrega um dos copos.

— Elliot acabou de fazer — diz ela, se sentando na cama de pernas cruzadas. — Por conta dele. — Quando começo a protestar, ela levanta a mão. — Eu tentei pagar. Ele insistiu. É o jeitinho dele de te parabenizar pelo seu primeiro encontro fabuloso.

Elliot é muito fofo. Ele não precisava fazer tudo isso.

Hannah bebe um gole antes de ir direto ao ponto.

— E esse negócio de Desejo Realizado, hein? Isso é o que eu chamo de sair do armário... Quer dizer, de novo.

Envergonhado, me escondo atrás do copo vazio.

— Você já viu?

No susto, ela se afasta com tanta força que quase bate na cabeceira da minha cama.

— Hum... Sim, todo mundo viu.

Sinto o sabor do chai quente na boca e confesso:

— Grant é... tuuuudo!

A noite inteira me parece um sonho dentro de um sonho. O tipo de coisa que nunca aconteceria com Micah Summers, o Bebê Bubu chorão com a cabeça nas nuvens e os olhos no próprio umbigo.

— Preciso de mais detalhes! — Hannah dá um tapinha na coberta. — Aquela promessa de dedinho envolvia eu ser a primeira a receber o relatório completo. — Antes que eu possa responder, Hannah arregala os olhos em choque. Ela aponta para mim. — Tem uma marca de mordida no seu pescoço!

Ai, não.

Ignorando milhões de chamadas perdidas e mensagens não lidas, abro a câmera frontal do celular e estremeço. Meu queixo está levemente vermelho — a barba por fazer de Grant acabou mesmo comigo. Além disso, dois hematomas grandes cobrem meu maxilar e pescoço.

Chupões.

Cubro as marcas com as mãos, mas é tarde demais: Hannah já viu tudo. Ela me puxa para um abraço animado.

— Aaaaaah! Estou tão feliz, meu melhor amigo é um safadinho!

Solto uma risada no ombro dela.

— Sou mesmo! Ele é tão fofo, engraçado, gato, confiante e está tão na minha! — Nós dois caímos no riso. — E ele me pediu em namoro. — Ela suspira. — E a gente se pegou por um tempão. — Ela comemora. — E ele me chamou para ir para a casa dele, para o dormitório, sei lá. Tipo, ele praticamente *implorou*, Hannah. — Ela solta um gritinho abafado. — Mas eu, hum, preciso de mais tempo, e ele entendeu super de boa.

Hannah e eu trocamos tapinhas até não dar mais.

Não consigo parar de sorrir. Depois de anos ouvindo histórias dela, finalmente tenho a minha para contar. A dívida que havia entre nós dois depois daquele baile está paga.

Insistindo para que eu conte mais detalhes depois, Hannah se despede com um pedido misterioso:

— Liga para Grant antes de ler qualquer outra mensagem. Não olha o Instagram antes de falar com ele. Confia em mim.

— Tá bom — respondo, jogando o copo de chai vazio na lixeira. — Mas por quê?

— Confia em mim, tchau!

Bizarro.

Não dá para ligar para Grant do nada. Preciso mandar uma mensagem antes… E meu desenho atualizado do Cavaleiro Princesa é o jeito perfeito de fazer isso. Penteio o cabelo, visto uma regata limpa e tiro uma foto minha segurando o desenho. *Nossa, que coisa feia esses chupões.* Grant estava faminto na noite de ontem. Canto "That Boy Is a Monster" num sussurro enquanto abro o FaceApp para retocar as marcas de beijo, os chupões… e meus olhos inchados de sono também.

Prontinho! Na foto eu pareço novinho em folha e superdescansado. Como pode?

Envio a foto para Grant, junto com uma mensagem simples e não muito longa: Bom dia, Garoto 100. Ignore essa mensagem se eu estiver me apressando demais, mas não consegui parar de pensar no Cavaleiro Princesa e em como você gostaria de deixar esse projeto ainda maior. Fiz esse desenho rapidinho com algumas ideias — como eu disse, talvez a gente possa ajudar um ao outro? E se você não precisar de mais ideias no momento, pfvr aproveite esta imagem da minha cara.

E se ele não responder? E se ele odiar? E se…?

Não fico remoendo por muito tempo.

Grant responde com uma chamada de vídeo imediatamente. A emoção alucinante no meu peito é substituída rapidinho por um medo fatal.

SE EU ATENDER, ELE VAI VER MINHA CARA AMASSADA E PERCEBER QUE EU EDITEI A FOTO.

Bom, Micah, foi ele quem amassou a sua cara. Não deixe o garoto esperando.

Enrolo o edredom em volta do pescoço como se fosse uma capa aconchegante e atendo a chamada.

— Nossa, que rápido! Eu...

Mas Grant está hiperativo demais para me deixar terminar.

— Ai, meu Deus, Micah, dá para acreditar?

Ele está ofegante. Está andando na rua — a câmera está baixa, como se estivesse falando comigo enquanto anda. Mesmo neste ângulo nada a ver, Grant continua sendo o garoto mais lindo que já existiu. Ele tem até um chupão próprio no pescoço, então acho que Grant não foi o único monstro ontem.

— Estou tão empolgado! — ele bufa antes de acenar para alguém que não aparece na câmera. — Oi, Elise!

— Grant, pelo amor de Deus — ouço a voz dessa tal de Elise. — O que está rolando?

— Queria poder explicar. — Grant ri. — Estou atrasado para a minha reunião com Tamiko.

— Depois te pago um café e você vai me contar tudo!

— Se eu chegar lá a tempo, com certeza!

Com isso, Grant se recusa a explicar para Elise — ou para mim — o que aconteceu para deixá-lo tão empolgado. Ele aproxima a câmera do rosto e confessa:

— Elise é a pior pessoa do mundo. Muito falsa. Nunca falou comigo por mais de cinco segundos e agora quer *me* pagar um café? Nossa, tô adorando isso.

Meus dedos tremem mais e mais conforme o tempo passa. O que está acontecendo? E ele não vai nem sequer mencionar meu desenho? Será que foi falta de respeito da minha parte enviar?

— Nossa, ela parece ser chata mesmo — respondo. — Enfim, eba! Devo ficar feliz por você?

— Graaaaaaaant! — Outra voz fora da câmera grita enquanto ele corre pela rua.

Depois de sorrir e acenar, ele aproxima o rosto mais uma vez.

— De novo! Você tinha que me ver ontem no campus: um Zé Ninguém. Hoje eu sou tipo um super-herói do pedaço, meu celular não para de tocar e...

— Grant, para de andar! — exclamo.

Se não o interrompesse logo, eu iria explodir.

Ele obedece. O ângulo da câmera volta ao normal. Suas bochechas estão rosadas de tanto correr no calor.

— Está tudo bem? — ele pergunta.

— Desculpa se estou te atrasando para a reunião.

— Não se preocupe, posso atrasar um pouquinho. Só disse aquilo para me gabar na frente de Elise.

Decido respirar fundo. *Não fique ansioso, Micah. Não seja grosseiro.*

— Primeiro, queria dizer que a noite de ontem foi incrível e que você está um gato.

— Foi ótimo! Você está um gato também. Bem sexy, na real. Esse cobertor em volta do seu pescoço é...?

Puxo o edredom com mais força.

— Segundo, me desculpa por ter mandado aquele desenho do Cavaleiro Princesa sem te perguntar se você precisava da minha ajuda...

— Ainda não parei para olhar, mas estou empolgado! Foi fofo da sua parte. E eu adoraria trabalhar contigo em coisas criativas e tal... E te apresentar para as pessoas certas aqui no Instituto! Vou olhar assim que puder dedicar o tempo que você realmente merece.

As linhas de tensão vincando a minha testa desde o início dessa chamada caótica finalmente relaxam. Ele quer colaborar em alguma coisa. Quer me ajudar a realizar meus sonhos. Ele acha que eu mereço atenção exclusiva. E ainda acha que sou sexy.

Só que... ainda não se explicou.

— Então — pergunto. — O que te fez ficar popular do nada agora que todas essas falsas estão correndo atrás de você?

Ele arregala os olhos.

— Como assim? Você não recebeu nenhuma mensagem?

— Recebi um milhão, mas não li nenhuma. Acabei de acordar.

Grant solta uma risada diabólica.

— Micah! Lê as mensagens. — Assim como Hannah, Grant está todo misterioso. — Na verdade, peraí. As mensagens podem te confundir ainda mais. Abre o Instagram. Não leia as notificações. Só procure pela hashtag #DesejoRealizado.

Um sorriso ainda maior toma conta do meu rosto. Grant me beija através da tela e eu beijo de volta. Só se passou um dia, mas já temos um ritmo confortável um com o outro, e até esses beijinhos virtuais fazem parecer que nos conhecemos a vida inteira.

Quando o universo une duas pessoas, é assim mesmo.

— Me manda mensagem depois — ele diz, encerrando a chamada.

Meu coração vai explodir dentro do peito se eu passar mais um minuto no suspense.

Meus dedos trêmulos procuram a hashtag e, de uma vez só, sou bombardeado com a foto que eu sabia que iria encontrar ali: nossa selfie da noite passada. Porém, olhando agora, fica claro quantas pessoas estavam esperando pela conclusão da história do Garoto 100 e acabaram descobrindo a identidade misteriosa do filho de um famoso por trás daquilo tudo. #DesejoRealizado está por toda parte. Nossa foto está por toda parte. Um monte de gente já compartilhou: meus seguidores famosos, a estação de rádio do meu pai, muitos atletas olímpicos, o produtor daquele filme do meu pai... Mas, principalmente, a maioria parece ser pessoas normais compartilhando a imagem — e meus desenhos dos Namorados Inventados — centenas de milhares de vezes no Instagram e no TikTok.

Da noite para o dia, meu número de seguidores dobrou.

O post original já está na casa do milhão.

Não somos apenas um casal oficial, somos um casal famoso.

Capítulo 13
OS PRESENTES

Você está escorregando. Prestes a cair por centenas de metros até as pedras lá embaixo.

> Mas seu herói bonitão chega bem na hora. Ele te alcança, estende a mão, pede para que você confie nele. Você confia?
>
> Você está morrendo de medo, mas então se dá conta de que ele não irá te deixar cair. Tudo o que você precisa fazer é acreditar e segurar a mão dele.
>
> Encontre a pessoa na sua vida que faça você se sentir assim e nunca a deixe ir embora!
>
> #DesejoRealizado

Duas semanas depois, tudo está diferente.

Eu e Grant evoluímos de recém-namorados para namorados sérios. Depois de compartilhar dois dos momentos mais íntimos de toda a minha vida — um no trem quando nos conhecemos e o outro quando ficamos de mãos dadas na galeria —, pensar nele ainda me deixa todo arrepiado. Toda vez que nos despedimos, não sinto mais medo de que, por algum motivo, ele irá mudar de ideia e me deixar para lá. Minha confiança nele cresce a cada encontro, e estamos nos vendo quase todo dia: escaladas (eu não caí e morri!), almoços no parque, muitos beijos, conversas até tarde da noite sobre o vestido de Cavaleiro Princesa, mais beijos. Por mais que tudo pareça rápido, cada momento é completamente natural. Predestinado. Encontrei meu gêmeo artístico. Não vou desacelerar o ritmo só porque a sociedade diz que é o certo a se fazer. Se está tudo bem, eu quero mais — e mais rápido.

Aparentemente, a internet concorda.

Meus desenhos fantasiosos de Grant comigo rendem milhares de seguidores a cada postagem. Infelizmente, há uma desvantagem em não ser mais anônimo no Instagram:

demoro cinco vezes mais para finalizar os desenhos. Agora tenho muito mais noção de que as pessoas estão de olho no que faço. Duvido de muitas das minhas escolhas. A página dos Namorados Inventados sempre foi um lugar onde eu podia deixar a criatividade ganhar vida e colocar tudo para fora. E se estar num relacionamento feliz acabar arruinando minha visão artística e o Instagram ficar tão abandonado quanto meu mural?

Isso não pode — e não vai — acontecer, porque Grant é artista como eu! Lá no fundo, eu sei que estar com ele — independentemente das inseguranças momentâneas — uma hora ou outra irá me levar até minha verdadeira voz artística, uma originalidade forte.

Seja lá o que isso for.

Apesar do nervosismo, meus seguidores continuam amando tudo o que posto, acompanhando meu progresso de uma série de paixonites fracassadas para meu próprio final feliz. Criei uma conta de e-mail para o Desejo Realizado, junto com uma caixa postal, porque minhas DMs travaram depois de tanta gente me mandando histórias de amor e agradecimentos por ajudá-los a continuar acreditando. A galeria imersiva no Instituto de Arte até nos mandou uma cesta de doces pela divulgação de graça. O bolo de morango de três camadas ajudou a aliviar as coisas com meu pai, que concordou em não brigar comigo por eu ter voltado para casa depois do horário combinado.

— Olha a moça dos correios chegando! — minha mãe grita enquanto carrega sacolas de mercado cheias de cartas até a cozinha.

— Eu poderia ter buscado essas — respondo, já revirando as pilhas de cartas, cartões e caixas.

— Não quero ninguém tirando fotos suas enquanto você busca carta dos fãs — diz ela, ofegante. — Se as pessoas descobrirem que é você quem vai lá buscar pessoalmente, vão ficar esperando no saguão para te encontrar!

— Mãe, isso não está ajudando em nada com a minha ansiedade em sair de casa.

Enquanto abro as cartas do dia, Maggie, Manda e a gata entram na sala de estar para ver o que está rolando. As duas estão de roupão verde-esmeralda combinando, com as iniciais M & M que Manda bordou nos bolsos. Manda, toda feliz, dá a volta por mim enquanto despeja um pouco de cereal numa tigela. Quando minha irmã finalmente descobre as sacolas cheias de cartas, seu rosto fica pálido.

— Ainda isso? — pergunta. — Todas essas cartas são para você? Virou Papai Noel agora, foi?

— Já passou da hora de termos um Papai Noel novinho e gato — diz Manda, pegando uma pilha grossa de envelopes enquanto mastiga o cereal a seco.

— Timotheé Chalamet já roubou esse papel de mim — respondo, pegando os envelopes de volta.

Manda franze o cenho e solta um "Aff" enquanto minha mãe mexe os dedos, inquieta.

— Não gosto dessa coisa de todo mundo ficar mexendo nas cartas — diz. — Deixa isso no canto até eu e seu pai decidirmos o que fazer com elas.

— Por quê? — pergunto, abraçando as cartas para protegê-las.

— Por quê? — Minha mãe ri. — Bactérias. Veneno. Podem mandar um dedo decepado. Nunca se sabe!

Eu e Maggie grunhimos ao mesmo tempo. Manda fica boquiaberta, paralisada em repulsa.

— Mãe — digo, impaciente. — São apenas mensagens gentis de pessoas que estão muito felizes por mim e por Grant. Se você ao menos lesse algumas delas...

— Eu já leio!

— Então já deve saber como são cartas fofas. — Protejo as sacolas com os braços. — Mas eu te aviso se encontrar algum dedão.

Maggie e Manda trocam uma risadinha contida enquanto minha mãe cerra os lábios.

— Você acha que eu não entendo perfeitamente como é a sensação de ver seu relacionamento recente e empolgante ficando famoso? — ela pergunta. — Eu namorava Jeremy Summers. As ex dele eram modelos. Atrizes. Daí eu apareci, uma estudante de medicina que não sabia diferenciar uma grife da outra. As pessoas ficaram furiosas! Me mandaram um feto de porco pelo correio!

— Pelo amor de Deus, mãe! — grito.

Em choque, Manda para de mastigar, mas Maggie apenas revira os olhos.

— Isso não aconteceu.

— Pergunta pro seu pai! — responde minha mãe, apontando o dedo enquanto sai da sala. — Seu namoro é empolgante. Estamos felizes por você, mas tome cuidado. A fama é um monstro. Tipo aquele disco da Lady Gaga, o *Fame Monster*. O nome é esse, né?

— Acho que sim. — Não consigo esconder a expressão de surpresa.

— Beleza, nós vamos nessa. Podem ficar aí com seus fetos de porco — diz Manda, entregando a tigela para Maggie.

Parecendo dois pais de meia-idade com seus roupões de seda, elas entrelaçam os braços e se arrastam de volta para o quarto.

— Planejaram algo empolgante para hoje? — pergunto para Maggie.
— Hoje é dia de relaxar — minha irmã responde. — Um dia relaxante de autocuidado.
— Ah, mais um desses.
— Você e Grant deveriam experimentar — diz Manda com a boca cheia de cereal. — Nem todo dia precisa ser uma aventura épica.

Com um último olhar de pena, me seguro para não dizer "Quer apostar?". Vou deixar as duas aproveitarem o bilionésimo dia de descanso delas. Eu e Grant temos muitas aventuras nos esperando.

Apesar das altas expectativas, um clima meio recluso toma conta do restante da minha tarde. O sol começa a se pôr sobre o Lago Michigan do lado de fora da janela panorâmica enquanto me aninho debaixo dos cobertores e leio uma matéria que Hannah me enviou. Ela e Elliot foram entrevistados pelo *PopClique*, um blog famosinho de cultura pop, sobre o papel dos dois no Desejo Realizado e para falar sobre como foi manter minha identidade em segredo.

Entrevistas sobre mim? A coisa está ficando grande.

Será que Maggie tem razão? Será que tudo isso é grande demais para eu aguentar? Eu amo ver minha arte ganhando reconhecimento, e sei que preciso me sentir mais confortável em me mostrar para os outros se quiser entrar para o Instituto de Arte e ir além... Mas será que meu corpo entendeu isso?

Meu estômago revira assim que abro o link.

CONHEÇA OS RATINHOS ENCANTADOS POR TRÁS DO FINAL FELIZ DO CASAL DESEJO REALIZADO

Um trecho da entrevista exclusiva do *PopClique* com os melhores amigos do Príncipe Encantado de Chicago: Hannah Bergstrom e Elliot Tremaine.

ELLIOT: Micah é o príncipe sonhador, mas nós o apoiamos. Não importa o tamanho da missão, todo mundo precisa de amigos que acreditam em você para seguir em frente! (Risos) E nós somos os melhores.

HANNAH: (Risos) Os melhores mesmo! Acho que somos como os ratinhos ajudantes na aventura dele. Contos de fada sempre foram uma parte importante da vida do Micah. Se colocar no papel de Príncipe Encantado foi o que o ajudou a acreditar que tudo daria certo no final.

POPCLIQUE: Micah chegou a acreditar que não encontraria um final feliz?

ELLIOT: Romance é assim mesmo. Se você não tiver dúvidas, vai acabar quebrando a cara. É por isso que as pessoas se identificam tanto com o Namorados Inventados no Instagram: elas veem alguém se dando mal noventa e nove vezes, mas vencendo na centésima. Isso foi o que eu mais amei no projeto, mesmo antes de saber que era o Micah. É tipo "Aqui estou eu. Tentei, flopei, mas continuo tentando". Determinação é tudo!

Paro de ler. A acidez no meu estômago não me deixa continuar. Elliot me achava um flopado?

Não, bobinho. Ele te achava incrível por sempre dar a volta por cima!

Não dá para acreditar no quanto Elliot e Grant são diferentes. Grant parecia tão traumatizado pelos relacionamentos fracassados que nem teve coragem de entrar em contato comigo depois de ver minha publicação no Instagram. Mas não consigo imaginar nada capaz de deixar Elliot para baixo por muito tempo. Abro um sorriso — ele acha que somos parecidos. Alguém que não abaixa a cabeça depois de um golpe. Nunca me senti incrível ou forte, mas acho que sou, sim. Não desisti até encontrar Grant.

Elliot é como um espelho que só reflete as melhores partes dos outros.

Tomado por uma nova energia, deixo o celular de lado e pego meu caderno de desenhos.

Não sei o que vou fazer, mas, quando fecho os olhos, minha mão começa a se mover sobre a página. E logo em seguida a imagem aparece: Elliot e Brandon nadando juntos num encontro mágico. A lembrança feliz que eu pedi para que Elliot não se esquecesse até podermos reacender aquela chama. Vupt, vupt — minha mão voa pela página e a fantasia emerge das memórias de Elliot: ele e Brandon se transformam em dois sereios. Brandon (alto e esguio) carrega Elliot (pequeno e cheio de curvas) pelo oceano, nadando de costas juntos como um casal apaixonado de lontras.

Um sorriso nasce no meu rosto.

Caramba! Esse é o desenho mais rápido que consigo fazer em semanas. Acho que ainda não perdi minha visão artística. Valeu, Elliot!

Vou precisar de mais alguns dias para colorir e fazer os retoques finais antes de dar o desenho de presente para Elliot. Esse não vai para o Instagram — será só para ele. Espero que o ajude a não esquecer aquela memória feliz. Se tem alguém que merece um final de conto de fadas, é ele.

Naquela noite, Grant e eu nos encontramos no dormitório dele para ficarmos de boa trabalhando numas artes. Grant precisa entregar o design revisado do Cavaleiro Princesa até o final da semana, ou seja, é hora de arregaçar as mangas! Trouxe meu caderno comigo para trabalhar no Elliot sereio — e para rascunhar novas ideias para ajudar Grant.

Embora ele já tenha me pedido ajuda com o Cavaleiro Princesa duas vezes (e já sejamos namorados oficiais por duas semanas), continuo com medo de acabar forçando demais. Mas estar aqui, no Instituto de Arte — o palácio onde um dia irei aprender com os maiores a expandir os limites da minha pintura —, me enche de confiança.

O dormitório de Grant é bege e sem graça, e no momento em que entro no quarto sinto como se um mundo novo estivesse esperando por mim. Música *lo-fi* toma conta do ambiente enquanto meu namorado se debruça sobre a escrivaninha, esboçando silhuetas num tablet. Estou esparramado na cama de solteiro atrás dele, sombreando a cauda do sereio de Elliot com tons diferentes de violeta. A parede acima da cama de solteiro de Grant é coberta por rascunhos diferentes do Cavaleiro Princesa. Dezenas de versões descartadas. Colada bem no meio, há uma cópia da versão que desenhei para ele.

Dou um sorriso.

— Você acha que meu rascunho vai ajudar em alguma coisa? Com o Cavaleiro Princesa?

Sem levantar os olhos, Grant rabisca mais uma linha num corpete de armadura e pergunta:

— Oi? Ah, claro que vai! Sinceramente, ter você aqui já me ajuda muito. Eu estou meio que surtando. Mal consegui pensar no Cavaleiro Princesa essa semana inteira. Minha cabeça está explodindo com toda essa atenção por causa do Desejo Realizado e... você. — Ele levanta a cabeça e abre um sorriso, mostrando a covinha. Olhar diretamente para ele é algo poderoso demais, então continuo de olho nos rascunhos. — Preciso manter o foco, porque o desfile é daqui a seis semanas e do nada todo mundo está morrendo de curiosidade para ver o que eu vou apresentar.

— Ah, é?

— Meu Deus, o Desejo Realizado mudou tudo. Ninguém se importava com o Cavaleiro Princesa antes. Agora todo mundo da turma quer almoçar comigo. É muita pressão, mas... — Ele solta a caneta e respira fundo. — Pode acabar sendo muito bom para mim, sabe? Isso tudo. Finalmente tenho chances de me destacar aqui.

— Você merece! Estou aqui para ajudar.

Trocamos sorriso delicados, e eu me aconchego na cama. Nós dois compartilhamos o mesmo medo de que esse relacionamento incrível e positivo acabe desacelerando nossos motores criativos. E ele não tem medo de me contar o que está se passando na cabeça dele. Me conforta saber que consigo confortá-lo.

— Aliás... — Grant me olha de novo. — Deixa pra lá.

Ajusto a postura.

— Que foi?

Ele morde o lábio.

— Bom, eu notei que nas duas vezes em que você postou fotos de nós dois no seu Instagram, o número de curtidas e comentários foram incríveis. Talvez... Você já pensou em intercalar seus desenhos com fotos de nós dois trabalhando nos nossos projetos? Talvez marcando o Instituto também? Isso pode ser muito bom para nós dois se os números continuarem subindo como tem acontecido!

Meus pés tocam o chão conforme minhas costas se enrijecem.

— Ah...

Grant deve ter notado o choque no meu rosto, porque imediatamente abana a mão.

— Esquece o que eu disse. A conta é sua!

O que não consigo dizer é: *Você ainda não me conhece muito bem, mas eu já fiz umas mudanças bem drásticas na minha conta por causa de você e isso já me deixou nervoso o bastante!*

Mas ainda estou tentando entender o que quero que meu Instagram seja agora, então talvez seja uma boa ideia expandir os limites de novo.

— Na real, sua ideia faz muito sentido — respondo com animação. Empolgado com minha resposta, Grant se vira para me encarar. — Venho pensando no que eu quero fazer com a minha conta agora que, sabe como é, não vou mais desenhar outros namorados. Vou tentar brincar com algumas ideias!

Radiante, Grant volta a trabalhar. Ele é perfeito.

Enquanto ele retoma o foco, o meu vai embora. Meu namorado lindo está vestindo uma regata preta, assim como a minha, mas o peitoral dele preenche a peça de um jeito bem mais impressionante. Eu nunca tinha visto os braços e ombros dele tão expostos assim — lisos e arredondados, mas, de alguma forma, meio macios. Essas duas últimas semanas foram cheias de beijos e carícias, mas parece que estamos nos encaminhando para algo maior. Uma nova aventura que está aumentando cada vez mais nossas expectativas.

Agora que estamos sozinhos no quarto dele, me parece o momento certo. Quero ir além.

— Onde sua colega de quarto está mesmo? — pergunto, usando o caderno para esconder minha ereção.

— Na Suíça com a família — responde, sem tirar os olhos do trabalho. Os bíceps pulsam enquanto ele desenha. São como pistões de carro gigantes. A calça de moletom dele está baixa, revelando um pedaço de pele e pelos acima da bunda. Os pés — descalços, macios e grandes — balançam embaixo da cadeira.

Hora de fazer ele esquecer do prazo.

— Ei — digo com uma voz grave e séria.

Como esperado, minha mudança de tom chama a atenção. Ele se vira...

Estou esparramado na cama, balançando os pés. Logo de cara, os olhos dele caem exatamente onde eu gostaria. Ele solta a caneta de qualquer jeito sobre a mesa e o peito dele sobe e desce numa respiração ofegante. O olhar predatório volta para aqueles olhos brilhantes, assim como aquele leão que tentou me devorar no beco da galeria de arte quando eu ainda não estava pronto.

Mas agora eu estou.

— Primeiro, tranca a porta — ordeno.

Ele desliga o tablet e, quando atravessa o quarto para nos trancar com segurança, percebo que já está tão duro quanto eu.

Precisamos que a iluminação dê um certo clima. Se eu tivesse me preparado, velas seriam uma boa, mas sou rápido no improviso. Jogo algumas peças de roupa da colega de quarto dele em cima das luminárias ao lado da cama e na escrivaninha, projetando uma luz baixa cor de âmbar nas paredes beges de penitenciária. Em meio à escuridão cintilante, Grant se aproxima, pronto para me agarrar com seus braços poderosos. Mas parece tão assustado quanto eu, como se nós dois estivéssemos prestes a saltar de paraquedas.

— Você já fez isso antes? — pergunto.

— Já — ele admite, ofegante.

— Você parece nervoso.

Ele engole em seco.

— Nunca fiz isso com *você* antes.

E não é que ele arrumou a coisa perfeita a dizer?

Eu o puxo para um beijo. Ele tira minha regata e me pressiona contra o colchão. Deitado, respiro fundo, tentando me preparar rapidamente para o que quer que aconteça em seguida. Por um instante, sinto o terror tomar conta do meu peito: *Ele vai ser o ativo. E é um cara bem grande; será que vai doer? O pau dele vai entrar em mim. E se doer muito e eu precisar que ele pare?*

O estrado da cama range quando ele sobe. Sob a luz fraca, tudo o que vejo são seus cachos, o peitoral nu e musculoso e a luz da luminária cintilando nos olhos reluzentes de Grant.

— Você tem hora para voltar para casa? — ele sussurra.

— Quero passar a noite aqui.

Uso toda a força em mim para que a frase soe como uma afirmação e não como uma pergunta.

Grant engatinha para cima de mim e eu finalmente consigo ver as feições delicadas e marcantes dele.

— Não se preocupe, não vamos direto para o prato principal logo de cara. — Solto uma risadinha e finalmente consigo respirar. Grant dá um beijinho no meu nariz. — E não se preocupe se não rolar hoje.

— Não! Eu quero que...

—Ah, a gente vai se divertir, mas às vezes o corpo precisa de algumas tentativas antes de ficar pronto.

Assinto, minha confiança em Grant crescendo a cada segundo. Ele se esfrega em mim e eu pressiono o quadril contra o dele. Por um instante paro de respirar — seja por medo ou pela ansiedade, não dá para saber.

— Vai doer? — pergunto.

Ele balança a cabeça.

— Isso aqui não. — As mãos dele deslizam pelo meu tronco e param na minha cintura. — Se você se assustar, é só me dar um toque.

Sorrio. Estou seguro com ele.

Grant puxa meus shorts, me libertando da última camada de roupa — e da última camada do Velho Micah. No segundo em que a cabeça cheia de cachos do Grant desaparece debaixo da minha cintura, perco qualquer medo de dor. Sinto uma onda de prazer dentro de mim, e arqueio as costas para me preparar para o choque.

Os contos de fada *com certeza* não falam dessa parte, mas, sinceramente, bem que deveriam. Romance é como um salto de confiança e, nas minhas breves duas semanas com Grant, este é o salto mais sagrado e recompensador que já encarei. Quero voltar no tempo e gritar para o Velho Micah, tão assustado, sobre como sua conexão com Grant ficará intensa depois de tudo isso.

Como é que eu pude sequer me preocupar com a dor? Deve existir alguma conspiração homofóbica por aí, feita para assustar gays inocentes.

Quando terminamos, eu e Grant concordamos em guardar o prato principal para outra noite — não porque eu não esteja pronto, mas porque quero aproveitar cada momento, cada novidade, o máximo possível. Me jogo no colchão, exausto, ofegante e tontinho de tanta felicidade. Finalmente encontrei o que eu sempre quis: um príncipe bonitão com um peito macio para eu descansar.

Quando Grant começa a roncar, minha alma flutua para fora do corpo. Ele se certificou de que eu estava bem. Se preocupou com meu nervosismo. Sou importante para ele. Sorrindo sozinho e sentindo os pelos do peito dele fazendo cócegas no meu nariz, me desprendo da consciência e de tudo o que eu pensava saber antes da noite de hoje.

Capítulo 14
O RATO

Acordar de manhã numa cama estranha, em cima do garoto mais quentinho do mundo, é confuso de um jeito bom. Os cachos do Grant ficam ainda mais bonitos sem pomada para cabelo. Ele abre os olhos devagar, e meu coração acelera ao perceber que finalmente minha oportunidade chegou.

— Bom dia, bonitão — sussurro.

Primeira vez acordando ao lado de um garoto — mais um registro para o *Caderninho*.

— Bom dia, lindo — diz ele, sorrindo.

O estrado da cama range quando ele tira os braços de debaixo de mim e espreguiça o corpo esguio como um gato. A mão dele vai direto para uma caixa de biscoitos, como se estivesse desligando um despertador. Ele parte um biscoito grande ao meio e me dá uma das metades.

— É engraçado comer na cama com você aqui — diz Grant, lambendo migalhas de biscoito no dedão. Eu me recosto nele. — Quando a gente preparou aqueles crepes, eu

comi tão pouquinho. — Suas bochechas ficam vermelhas.
— Fiquei com medo de devorar tudo na sua frente porque, quando se trata de comida, eu não dou bobeira.

— Ah, é? — dou uma risada.

— Cresci numa casa com dez pessoas. Quem desse mole com a comida, ficava sem.

Mordo o lábio inferior.

— Eu reparei que você estava cortando o crepe em pedacinhos bem pequenos, daí decidi fazer o mesmo.

— Sério?

Rindo, ele passa os dedos pelo meu cabelo. Me sinto cinco por cento mais calmo.

— Fico feliz de saber que você está confortável de comer do jeito que quiser na minha frente agora. É um saco ter que ficar escondendo essas coisas num encontro, tipo o quanto a gente come. Todo mundo come.

— Pois é. — A voz rouca dele, tão gentil e grave, é capaz de me fazer dormir de novo.

— Além do mais, é meio constrangedor... — Cubro os olhos. Ele cutuca minhas costas até eu continuar. — Eu não fui no banheiro durante o nosso encontro. Em nenhum dos nossos encontros. — Grant tenta segurar, mas deixa escapar uma risada. — Não queria que você pensasse que eu sou o tipo de pessoa que vai ao banheiro.

Grant franze a testa, com cara de nojinho.

— Você usa o banheiro?

— Eu sei, mas não consigo evitar. É horrível.

Grunhindo, ele cutuca meu peito.

— Sai da minha cama! Seu nojentinho de banheiro!

— Beleza, eu saio — respondo, saindo da cama todo curvado, feito um cãozinho envergonhado.

— Onde você pensa que vai, rapazinho?

Com uma só puxada de seu braço forte, Grant me traz de volta para debaixo dele. Nós dois rimos enquanto a cama barata balança.

O garoto perfeito é mesmo perfeito.

Encaramos um ao outro; nossos narizes ficam a um centímetro de distância enquanto os raios de sol da manhã atravessam o quarto e iluminam as partículas de poeira que dançam pelo ar.

Com o coração acelerado, digo:

— Me sinto seguro do seu lado. Você se sente seguro comigo?

— Como assim? — ele pergunta.

Mas acho que ele entendeu. Sua expressão fica preocupada.

— Você ainda se sente amaldiçoado? Ou eu quebrei a maldição?

Os olhos de Grant ficam distantes, como se estivesse mentalmente se teletransportando para longe dos meus braços, voltando no tempo, para quando ou onde ou quem fez com que ele se sentisse amaldiçoado. Quando começo a ficar com medo de ter arruinado nossa Primeira Manhã Acordando Juntos, ele pisca e abre um sorriso delicioso.

— Se você não conseguir quebrar minha maldição, ninguém consegue.

Ele me beija.

Apesar de ter sido fofo, ele não respondeu minha pergunta.

O trauma dele é antigo, Micah. Não vai passar tão rápido assim.

* * *

Meus pais ficaram furiosos por eu ter passado a noite fora, mas Maggie me acobertou — em partes — dizendo que eu havia avisado a ela sobre o meu paradeiro. Na verdade, ela olhou o aplicativo *Buscar* e viu que minha localização passou a noite inteira no Instituto de Arte. Na manhã seguinte, meus pais chegaram no meu quarto pisando firme e perguntando na cara dura se eu estava transando com Grant.

— Fizemos as mesmas perguntas para sua irmã quando ela começou a namorar com Manda — meu pai afirma, protegendo o próprio rosto como se eu fosse atirar um travesseiro nele pela falta de respeito.

Enquanto tento me esconder atrás das mãos, minha mãe diz:

— Você já é grande o suficiente para tomar suas próprias decisões. Só temos três regras. Um: queremos conhecer o garoto. Vamos combinar um dia dessa semana e chamá-lo para jantar.

— Certo — digo, apoiando o queixo sobre os joelhos.

Sinto um friozão na barriga só de pensar na ideia empolgante (e aterrorizante) de ver Grant na minha casa, conhecendo minha família.

— Dois — meu pai continua. — Você não pode passar a noite fora sem nos avisar outra vez. E avisar a sua irmã não conta.

Afundo o queixo nos joelhos quando ouço "outra vez". Não consigo parar de pensar em passar a noite com Grant de novo, mas a colega de quarto dele voltou hoje de manhã. Teremos que pensar numa outra solução que funcione para nós dois.

— E, por último — diz minha mãe com um tom de aviso. Ela pigarreia antes de continuar —, vamos conversar com sua médica sobre PrEP, e…

— Pelo amor de Deus!

Puxo o travesseiro para cobrir o rosto. Talvez eu consiga me sufocar sem ter que sair daqui.

— Eu sou médica, e você está praticando atividades sexuais...

— Não posso conversar com a dra. Walcott sobre isso — digo com o rosto enterrado no travesseiro.

Ela é minha médica desde quando peguei catapora com quatro anos. Com que cara vou chegar lá e falar sobre minhas atividades sexuais e medicamentos de prevenção ao HIV?

Minha mãe tira o travesseiro do meu rosto com dois puxões.

— Bom, agora você é um garoto crescido que toma decisões sérias, então vai ter que conversar com ela, sim.

— O que é PrEP? — meu pai pergunta, sem a menor noção.

Talvez eu possa cavar um túnel e escapar desse quarto.

— Mais tarde eu te explico — minha mãe responde, o expulsando com as duas mãos. — Micah não precisa ver sua reação.

E, com isso, eles finalmente me deixam em paz. E, pensando bem, a conversa poderia ter sido bem pior.

A semana seguinte passa voando enquanto junho se transforma em julho. Passo todos os momentos que posso com Grant — estar com ele é como viver dentro de um sonho impossível. Embora seja um saco encontrar lugares com privacidade depois que a colega de quarto dele voltou, ainda conseguimos dar um jeitinho aqui e outro ali para ficarmos juntos. Quando o prato principal finalmente chega, dói de verdade, mas a esta altura eu já me sinto tão seguro com Grant que deixo ele ir me orientando pouco a pouco. Ele promete que a cada vez a dor vai diminuindo. E, além da dor, existe uma sensação surpreendente e engraçada de ter outra pessoa conectada lá dentro.

Mas estamos mais conectados do que nunca.

Quando minha família chama Grant para jantar, ele manda muito bem, apesar de estar bastante nervoso. Ir cumprindo todas essas etapas do relacionamento logo de cara parece super-rápido, mas, ao mesmo tempo, me parece certo. Predestinado. Eu e Grant tivemos nossas primeiras vezes negadas por tanto tempo que talvez o universo esteja se apressando para compensar. Meu *Caderninho de Primeiras Vezes* explode de tantos registros: *Primeira vez apresentando meus pais para um garoto*: 1º de julho de 2022. Logo depois, escrevo cada novidade seguinte, embora ainda falte uma semana para chegar em: *Primeiro mês de namoro!* 07 de julho de 2022. Um mês desde a primeira vez que nos vimos no trem — e eu pensando que nunca mais o veria de novo.

Não sei o que vou planejar para a data, mas precisa ser épico.

Quatro de julho está chegando, e Hannah me manda mensagem sobre os planos para curtir o feriado com Elliot. Assim que o nome dele aparece na tela do meu celular, sinto um gostinho meio amargo no meu sorriso: não tenho conversado com Elliot o mesmo tanto que nos falávamos durante a missão. Venho passando tanto tempo com Grant que esqueci da minha promessa de ajudá-lo a organizar um encontro especial com Brandon.

Sem problemas!, ele responde ao meu pedido de desculpas. Você está vivendo tantas aventuras com Grant (e provavelmente meio sobrecarregado com toda essa atenção). Você merece. Eu estou de plantão na Audrey durante todo o final de semana do feriado (tradução para o meu amigo riquinho: plantão significa trabalhar o dia inteiro, abrindo e fechando o café). Se tiver tempo, dá uma passadinha lá!

Como sempre, as palavras gentis de Elliot firmam meus pés no chão.

Chegou a hora do final feliz de Elliot.

Enquanto tomo banho, vou juntando as peças do encontro perfeito para Elliot e Brandon: música... um piquenique, porém mais grandioso... algo que convença Brandon a abrir um espaço na rotina ocupada... algo onde Elliot esteja no centro das atenções, sem preparar a comida, mas sendo servido...

O festival.

O Taste of Chicago começa logo depois do feriado, no final de semana. Acontece nos dois parques, Millennium e Grant Park, tem muita comida, e meu pai faz uma transmissão remota de uma cabine lá todos os anos. Elliot disse que Brandon largou tudo quando descobriu que foi convidado para conhecer meu pai na minha casa. Talvez eu consiga fazer essa magia acontecer duas vezes!

Envio o plano geral para Elliot: uma caça ao tesouro que levará Brandon pelo festival gastronômico, até chegar num piquenique surpresa no Grant Park com Elliot e um programa ao vivo do Jeremy Summers.

SERIA TUDO!!!!, ele responde, sempre disposto a concordar com qualquer coisa.

Assim que puder, me manda uma lista das suas lembranças favoritas com Brandon, escrevo. Não existe resposta errada. Só as comidas favoritas de vocês dois, coisas especiais que já compartilharam, piadas internas. Vou usar isso para escrever as pistas da caça ao tesouro.

Mando hoje à noite! Obrigado!!!

Elliot vai trabalhar no feriado de quatro de julho, e no dia seguinte também, e meu aniversário de um mês com Grant é no dia sete, então combinamos que a grande surpresa será no dia seis.

Você acha mesmo que vamos conseguir organizar tudo isso a tempo?, ele pergunta.

Deixa comigo, respondo.

Um dia antes da caça ao tesouro de Elliot, percebo que estou atrasado para o planejamento do meu aniversário de um mês com Grant. Não precisa planejar NADA, Grant me envia. É minha vez de te surpreender. Passei a semana inteira me preparando! Agora esquece que eu disse isso!

Sentado numa banqueta na cozinha do apartamento de Hannah, aperto o celular contra o peito e jogo a cabeça para trás no mais puro êxtase. O que Grant está tramando que poderia demorar uma semana de planejamento? Uma viagem? Será que está desenhando um look para mim?

Ai, meu Deus, ele está fazendo um look para mim?

O apartamento da família de Hannah é idêntico ao nosso, só que com metade do tamanho e alguns andares abaixo. Palmeiras envasadas, almofadas com estampas tropicais e cortinas transparentes e esvoaçantes dão à casa dos Bergstrom um ar de hotel caro em Miami. De pé em cima de um banquinho, Hannah ajusta uma tabela na lousa de giz que tem a largura da parede inteira da cozinha. A tabela é dividida por membros da família — Mãe, Pai, Hannah e Red Velvet (a cachorra deles) — e depois categorizada por tarefas — Trabalho, Colégio, Pré-Vestibular, Exercícios, Autocuidado, Espiritualidade e Saúde.

A lousa representa as tarefas de um único dia, e as categorias são divididas por hora, muitas vezes quebradas em blocos de quinze minutos. Hannah apaga o borrão de giz na coluna de autocuidado dela. Depois, transforma o bloco de meia hora em um de uma hora inteira. Antes, estava escrito *Planejar encontro de Elliot*. Com o tempo extra, ela acrescenta: *Museu*.

Não planejamos nada no museu. Será que vai rolar uma excursão com o homem misterioso dela?

— Pronto — diz Hannah. Ela salta do banquinho com um brilho frenético nos olhos. — Vamos para sua casa.

Desço da banqueta aos tropeços.

— Pensei que a gente ia encontrar Elliot…

— Tá bom, vamos para o Café! — Ela abaixa a voz num sussurro. — Só vamos logo.

— Estou te ouvindo sussurrar! — diz uma voz grave e feliz diz do outro quarto.

Hannah fecha os olhos, aceitando seu destino com uma careta. Yann Bergstrom, pai de Hannah, entra na cozinha por um par de portas vai-e-vem que dão numa cozinha industrial separada. Yann e a esposa, Jean, são donos de restaurantes — pais mais velhos, que já estavam na casa dos quarenta quando tiveram Hannah. Meus pais e os dela sempre tiveram rotinas ocupadas, então, quando éramos mais novos, eu e Maggie sempre vínhamos até a casa de Hannah tomar os picolés gourmet que Jean fazia todo verão. Os filhos da família Summers se apaixonaram por sabores como limonada de alecrim, ameixa e batata-doce.

Tudo que Hannah sempre quis era um picolé azul sabor pedacinho de céu.

Yann traz da cozinha de testes um prato com algo rosa e fresco. Ele é alto e bonitão, com a cabeça raspada, uma barba grisalha bem feita e pele escura como a de Hannah. Os dois têm o mesmo gosto por óculos fabulosos. Yann está com uma armação retangular Tom Ford, que quase escorrega pelo nariz quando ele se apressa para entrar no caminho entre Hannah, eu e a saída.

— Micah, você não pode ir embora sem provar isso aqui. — Ele estende o prato para mim. — Você é quem vai experimentar antes do Taste.

Todo verão, com a corrida para o Taste of Chicago — onde os cafés da moda, os restaurantes novos e os food trucks começam a liberar amostras de pratos novos e clássicos — a casa dos Bergstrom vira ansiedade pura. Hannah sempre brinca que quer uma casa de verão para fugir dos pais durante o período do ano que ela menos gosta.

Yann abaixa o prato com três fatias de sushi de fruta dispostas de maneira elegante.

— Frushi! — diz ele, todo orgulhoso. — Morango, abacaxi e melão. Redução de amora preta. Eeeeeee caqui tostado. — Coloco uma fatia inteira na boca. Yann tenta me impedir, mas é tarde demais. — Não, não! Tem que saborear.

— Pai — diz Hannah. — Ele já comeu. Agora temos que ir.

— Está uma delícia! — digo, devolvendo o prato.

— Delícia... — Yann repete, desacreditado. — E como está a sensação na boca?

Levanto a mão para elogiar.

— Sensação na boca dez de dez.

— E a sensação no nariz?

— No nariz? — Está ficando difícil manter o entusiasmo.

— Agora você já está inventando coisa de novo — Hannah rebate.

— Senhorita Bergstrom, o aroma é noventa por cento da experiência de degustação. — Yann devora as últimas duas fatias. — E você insinuando que eu estou "inventando coisa". Sabe quem entende de verdade do que estou falando? Todas as avaliações positivas que recebo nos guias de viagem!

Enquanto Hannah me puxa em direção à saída, Yann nos segue, jogando mais informações.

— Estamos com um cardápio novo no Taste deste ano, então, Hannah, é melhor que você apareça para nos ajudar...

— Relaxa, eu estarei lá! — diz ela, pronta para sair batendo a porta.

Antes de ir embora, faço carinho em Red Velvet, a Lulu da Pomerânia fofa da família, que gosta de se esconder no armário de casacos porque muito falatório a deixa nervosa. Dou um beijinho na cabeça dela e depois a deixo escondidinha no escuro.

Red Velvet também gostaria de ter uma casa de verão para fugir da família por um tempo.

Ultimamente, vir até o apartamento de Hannah tem sido bem estressante. Quanto mais percebo como os pais dela são superprotetores, mais me preocupo se ela vai conseguir realizar o desejo de se mudar para o mais longe possível deles. Por enquanto ela só comentou vagamente sobre isso — cursos de escrita criativa em Nova York ou Iowa —, mas sempre se recusa a entrar em detalhes. Gosto de acreditar que, se estivesse pensando em ir para algum lugar tão longe assim, ela já teria me contado, mas ultimamente Hannah tem sido a Rainha dos Segredos. Ainda não sei nada sobre esse garoto novo.

E se o ano que vem for nosso último ano juntos? E se ela for embora e, do nada, eu e Elliot nos tornarmos melhores amigos em vez de amigos emprestados até que, um dia, a gente vire um para o outro tipo "Nossa, lembra da Hannah?".

Seguro a mão dela e andamos balançando os braços como fazíamos quando éramos crianças.

Só isso já basta para tranquilizar minha mente por enquanto.

Quando chegamos no Café da Audrey, a loja está lotada com o dobro de clientes de um dia comum, mas Elliot parece estar controlando a tempestade. Enquanto eu e Hannah nos espremos até um banco no cantinho, Elliot corre de uma mesa para outra entregando doces e sanduíches para os clientes. No momento em que alguém vai embora, Elliot voa para limpar a mesa com um paninho molhado. As mãos dele são tão ágeis — ele limpa com a mesma fluidez com a qual prepara uma bebida atrás da outra.

A gerente de Elliot, Priscilla, fica desconfiada da gente no momento em que nos sentamos. Ela nos observa toda sorrateira detrás da máquina de *espresso* enquanto prepara um latte.

Já sinto muita gente de olho em mim. Ainda não fui reconhecido — graças ao par de óculos escuros enorme e uma bandana cheia de brilho —, mas um grupo de garotas me encarou antes de ir embora e um casal gay de vinte e poucos anos não para de me olhar. Quanto mais me escondo no cantinho, mais eles olham.

Já fazia um tempo que eu não lidava com tantos olhares de desconhecidos assim. Sinto aquele formigamento na nuca. Quando *Passa o disco* estava no ar, alguém sempre me encarava e eu ficava parado no mesmo lugar, tentando sumir dentro de mim mesmo.

Mas não sou mais aquele garotinho. Sou um Príncipe agora. Destemido.

— Para Hannah — diz Elliot, entregando o croissant de amêndoas dela e depois estendendo um sanduíche de tomate na minha direção. — Para Elizabeth Taylor.

— Eeeei, para de chamar a atenção dos outros para a minha presença — digo, brincando. — Como você está?

— Eu? Arrasando — Elliot responde.

Os clientes no banco ao nosso lado vão embora. Elliot os agradece pela preferência, pega um paninho úmido no bolso do avental e começa a limpar a mesa. Hannah se encolhe.

— Você deixa esse pano no avental?

— Ei, quem é o barista cansado aqui? — Elliot equilibra quatro pratos sujos na dobra do braço. — Não dá tempo de ir até o balde toda hora. Quando eu voltar, já vai ter outra pessoa ocupando este lugar. As pessoas só querem ver que a mesa está molhada.

Antes que ele consiga terminar, uma família de quatro pessoas brancas se senta.

Não teremos a presença de Elliot por muito tempo, então vou direto ao assunto. Viro meu caderno na direção dele e mostro um diagrama das barracas do festival que desenhei, junto com uma linha traçando um caminho em ziguezague pelo evento. Parece um daqueles labirintos de revistinhas infantis.

— É uma caça ao tesouro pelo festival gastronômico — explico. — Cada pista leva Brandon para uma barraca diferente. Todas as barracas que escolhemos têm alguma relação com uma lembrança feliz de vocês dois que foi transformada numa pista. Obrigado por ter me enviado a lista de lugares por e-mail.

— Foi fácil — diz Elliot, reequilibrando os pratos. — E foi bem legal pensar em todas essas memórias de novo.

Nós sorrimos. É isto. Este sentimento bom é o motivo de estarmos bolando este plano.

Elliot terá um final de semana inesquecível.

Pelo canto dos óculos escuros, percebo o olhar de Hannah passeando entre mim e Elliot. Com a expressão que ela faz quando percebe algo interessante. Mas o que será que ela viu?

Aponto para o meu caderno.

— Tudo termina na cabine do meu pai, onde ele estará fazendo o programa ao vivo…

— Com licença, mas essa mesa está meio grudenta — o homem ao lado de Hannah resmunga.

Hannah revira os olhos, mas Elliot encara a interrupção com toda a tranquilidade.

— Está limpa — afirma ele, rodopiando o pano úmido na ponta do dedo como um pistoleiro. — Eu mesmo acabei de limpar.

O homem passa os dedos num respingo de sujeira na borda da mesa.

— Pelo visto, limpou muito mal.

— Mil desculpas! — Elliot dá de ombros e limpa a mancha. Ele dá uma piscadinha. — Agora sim!

— Esse pano não me parece muito limpo.

— Senhor, dou a minha palavra de que este pano acabou de sair do balde de limpeza. Sua mesa está um brinco de tão limpa. Posso ajudar em mais alguma coisa?

— Pode limpar minha mesa com um pano limpo.

O sorriso de Elliot congela. Ele poderia atacar este homem a qualquer momento. Mas numa situação em que eu já teria explodido umas sete vezes, Elliot lida com toda a força. Não é a primeira discussão que ele tem com um cliente, e também não será a última.

— Senhor, a mesa está limpa — Elliot repete. — Temos muitos clientes para atender, então, infelizmente, preciso ir agora. Mas que tal um dos nossos famosos rolinhos de canela por conta da casa? Um pão melado para uma mesa melada?

Elliot faz uma arminha com os dedos e o homem relaxa. Ele até se anima!

— Bom... Seria ótimo.

Furioso por trás do sorriso, Elliot dá uma batidinha animada na mesa e sai apressado. Enquanto Hannah solta fumaça pelo nariz, eu corro até Elliot e sussurro:

— Ei, pode colocar o rolinho de canela na minha conta.

Ele ri e dá um tapinha no meu braço.

— Só custa quatro dólares, Riquinho Rico. É até bem barato se vai me livrar desses babacas.

— Concordo.

Dou uma risada enquanto o observo andando de um lado para o outro atrás do balcão.

Meu Deus, como Elliot consegue simplesmente resolver coisas que já teriam me feito perder a cabeça?

Quando volto para a mesa, Hannah já guardou todas as minhas coisas na bolsa e está atravessando a multidão de clientes em direção à calçada cada vez mais lotada. Eu a sigo. Ela devolve minha bolsa e murmura:

— Minha hora de descanso já está quase acabando, e eu não vou passar os últimos minutos ao lado dessa gente.

— Está tudo bem? — pergunto.

— Eu estou bem. — Ela assente de olhos fechados. — O problema são essas pessoas. O jeito como elas tratam Elliot.

— Eu sei. Mas amanhã nós vamos dar um dia incrível para ele.

Respirando fundo, Hannah segura minhas bochechas com aquelas unhas perfeitamente pintadas com esmalte *Verde Água de Verão*.

— Estou tão feliz que vocês dois finalmente viraram amigos.

— Né? — Dou uma risada entre as duas mãos dela. — A vida sempre tem umas reviravoltas assim.

Sem nenhum alerta, ela abre um sorriso triste.

— Pois é. Acho que as reviravoltas ainda não terminaram.

— Como assim?

O tom de voz sério dela vira meu estômago do avesso, e minha vontade é gritar para que ela pare de falar comigo em códigos.

Ela ri de si mesma.

— Nada. É só o festival, meus pais sendo intensos demais, meu cérebro fritando. Falando nisso: eu tenho... — ela confere o celular — trinta e um minutos de autocuidado, então vou nessa encontrar meu amigo.

Nos abraçamos. Pouco a pouco, meu corpo volta a ficar quente.

— Já faz um mês — sussurro. — Eu sou seu melhor amigo. Não pode me dizer nem o nome dele?

Parecendo estar num filme, Hannah dá meia-volta, estica o braço e arruma um táxi em segundos. Ela tem chamado táxis pra gente desde que descobrimos como usar o cartão de crédito virtual das nossas famílias. Antes de se acomodar no banco de trás, ela se vira para mim.

— Jackson — diz. — O nome dele é Jackson, e isso é tudo que posso dizer.

Depois que Hannah vai embora, decido acampar no quintal do café enquanto o fim de tarde vira noite e as luzes da rua me pintam de dourado. Passo horas dando os toques finais nas cores do desenho de Elliot e Brandon como sereios. Fiz até uns brilhos nas barbatanas. A ilustração mais gay do mundo. Quando termino, faço uns desenhos ao redor do plano da caça ao tesouro para o Encontro de Elliot no Festival, usando tinta roxa e preta. Algo fofo que ele e Brandon possam guardar de recordação.

Finalmente Elliot aparece. Ele se joga na cadeira à minha frente com um grunhido. Tirou o avental e está com o cabelo grudado na testa por causa do suor. Sei que está cansado de tanto trabalhar, mas Elliot fica ainda mais fofo assim, todo vermelho e suado. Tipo, alguém providencie uma soneca para esse garotinho cansado.

Mas tenho a coisa certa para animá-lo: empolgado, viro o caderno para mostrar o diagrama da caça ao tesouro, mas ele está massageando o rosto inteiro.

— Sinto muito por aqueles clientes hoje mais cedo — digo, com cuidado.

Talvez este não seja um bom momento.

Com uma risada, Elliot balança a cabeça.

— Todo dia aparece um desses por aqui, deixa para lá.

— Ele bebe um gole de água gelada. — Estou morrendo

de calor e ainda preciso voltar para o forno que é meu quarto.

Quase salto da cadeira ao perceber a oportunidade de melhorar o dia de Elliot.

— Ah, eu queria que fosse surpresa, mas comprei um ventilador industrial para você!

Elliot pisca e, imediatamente, os olhos dele começam a brilhar como duas pedras preciosas.

— Sério?

— Sim, hum... — Cerro os punhos, morrendo de medo da próxima parte. — A entrega ainda vai demorar. Por causa do feriado e tal. Mas estou rastreando, e logo, logo chega. Quando chegar, você vai precisar dormir de suéter, de tão frio que seu quarto vai ficar.

Elliot se esforça para sustentar o sorriso que, de repente, parece pesar uma tonelada.

— Obrigado, mas não precisa ficar comprando coisas para mim. Fico meio envergonhado...

— Desculpa! — respondo rapidamente. — É só que você parecia já ter desistido do ar-condicionado, e eu... só queria ajudar. Mas vou cancelar o pedido!

Elliot sorri no meio do que parece ser uma dor de cabeça bem evidente de nervosismo.

— Você deve achar que eu preciso de muita ajuda. Vindo me resgatar dos clientes. Comprando um ventilador para mim. Dando um jeito no meu namoro decadente...

— Não tem nada de decadente! — Me debruço sobre a mesa, mas ele se afasta.

— Preciso voltar. — Ele balança a cabeça de novo, como se estivesse prestes a gritar. — Esse emprego. Não serve nem para me manter aqui.

Elliot se segura antes de dizer a palavra "aqui", mas é tarde demais. Arregalo os olhos. Faço os cálculos na cabeça, e eles são horríveis.

— Você vai... embora de Chicago?

Ele dá de ombros, segurando uma montanha de angústia.

— Talvez eu tenha que ir embora, sim.

— Por quê?

— Dinheiro. Você me vê fazendo isso tudo, trabalhando o tempo inteiro, e mal consigo juntar dinheiro para a faculdade de veterinária. Se eu entrar para a faculdade, quando vou arrumar tempo para estudar? Nem consigo manter meus horários de estágio na clínica durante o verão. Como vou fazer para funcionar?

Enquanto Elliot encara os carros passando na rua, meu peito parece estar trancado numa salinha minúscula.

Elliot não pode ir. Nossas aventuras precisam continuar.

Com mais um aperto terrível, uma imagem do próximo verão se forma na minha cabeça: sem Hannah e sem Elliot. A sociedade destruída para sempre.

Sinto um nó na garganta. Não quero perguntar algo tão pessoal e egoísta, mas essa revelação revirou minha cabeça.

— E Brandon?

Elliot encara a mesa.

— Ele não vai sentir minha falta.

— Não é verdade! Ele te ama. Olha, acho que você só está muito cansado por causa deste dia de trabalho. Você vai se sentir muito melhor depois que Brandon fizer a caça ao tesouro amanhã e te encontrar no final, esperando por ele.

Com todo o meu sistema nervoso prestes a saltar para fora do meu corpo, abro o caderno e mostro o presente que fiz para Elliot. A expressão amarga dele não muda ao ver a imagem dos dois sereios nadando de costas, flutuando juntos no oceano. Num piscar de olhos, seu rosto se ilumina como o nascer do sol. Ele reconhece instantaneamente.

— Minha lembrança feliz com Brandon! — diz, batendo em mim com o caderno. — Eu sabia que você estava tramando alguma coisa quando me perguntou sobre isso lá no barco!

Com um sorriso bobo e sem saber o que fazer com as mãos, retribuo batendo no ombro dele.

— É um iate, não um barco — brinco. — Fala direito.

Ele revira os olhos com outra risada.

— É claro, que plebeu da minha parte.

Mordo o lábio.

— Um desenho exclusivo para você. Para te ajudar nos momentos difíceis. Até eles melhorarem, que tal?

O sorrisão de Elliot se desfaz, e o silêncio toma conta da área externa do café.

Argh. Será que falei a coisa errada de novo? Eu juro que não estava tentando fazer com que ele se sentisse um caso de caridade.

Mas então... ele envolve meus ombros num abraço. Sinto uma onda de choque no corpo quanto a pele macia e úmida de Elliot toca meu pescoço.

— Obrigado por sempre tentar — ele sussurra.

Depois que Elliot vai embora, continuo no quintal por mais trinta minutos. Ainda assim, nenhum desenho que tento fazer tira esse medo horrível do meu peito. E se eu perder a amizade de Elliot bem agora que acabamos de nos conhecer? Será que qualquer dia desses irei passar na Audrey e ele não estará mais aqui?

Nem consigo imaginar.

Ansioso, pesquiso *quanto custa faculdade de veterinária?* no Google, mas as respostas são muito diferentes. É caro. Talvez eu possa conversar com meu pai. *Oi, pai! Preciso de trinta mil para pagar a faculdade de um garoto que não é meu namorado para que ele continue morando nessa cidade cara e preparando chai para mim!*

Talvez eu deva escutar mais Elliot e parar de achar que é só jogar dinheiro em cima de qualquer problema e pronto. Só preciso ser um bom amigo e ajudá-lo a passar por isso, aconteça o que acontecer. O melhor jeito de encorajá-lo é apoiar seu relacionamento com Brandon, e essa é uma missão super Micah.

Pela janela do café, vejo Elliot se mover como um furacão atrás da máquina de *espresso*, rindo carinhosamente enquanto entrega os pedidos dos clientes. Não é como se ele estivesse atuando. Elliot emana alegria de verdade, com ou sem o coração pesado. Ele sorri genuinamente até mesmo enquanto prepara as bebidas. Não está enfileirando um monte de lattes, nem tentando bater a meta da gerente. Ele está competindo consigo mesmo. Transformando tudo num jogo. Cuidando de cada pedido que aparece.

Do mesmo jeito como cuidaria do gato ou do cachorro de alguém. Ou da cobra, sei lá. Ele ama todos do jeito como merecem ser amados.

E ele merece receber esse carinho de volta.

Quando já estou a ponto de morrer de preocupação por Elliot, Grant chega. Meu namorado — cheio de covinhas, cachos e pernões num short bem curto — atravessa a faixa de pedestres para me encontrar. O abraço me levanta a alguns centímetros do chão. No momento em que as mãos dele tocam meu corpo, minha ansiedade vai embora como fumaça no vento.

— Estou livre pelo resto da noite — diz ele. — Quer me levar para sair?

— Sim, acho que quero.

Nos beijamos. E toda vez que fazemos isso parece que é a primeira.

Ele entrelaça os dedos nos meus. Estou pronto para ir a qualquer lugar com ele. Enquanto Grant me leva para longe do café, eu me viro: por trás de uma nuvem de vapor, Elliot nos observa indo embora.

Capítulo 15
O ESCUDEIRO CATIVO

O festival The Taste of Chicago finalmente chegou, mas não aguento mais esperar para ver meus planos dando certo. Enquanto Grant escova os dentes, estou deitado em posição fetal na cama dele, incapaz de tirar os olhos da imagem horrorosa no meu celular: Elliot, na máquina de *espresso*, encarando eu e Grant nos beijando com a expressão mais triste da face da terra. Não sei quem tirou essa foto de nós dois, mas Elliot acabou virando um meme que está sendo compartilhado por toda parte.

Pelo que me lembro, ele não parecia tão borocoxô — pelo menos não tanto assim. Mas a câmera não mente. Do dia para a noite, Elliot virou a nova representação dos sonhos destruídos:

EU TENTANDO DAR CERTO NO AMOR

Quando ele diz que vai ligar no dia seguinte

Eu quando a máquina de sorvete do McDonald's está quebrada

Essa foto assustadora já deu tantas voltas na internet que os memes foram ficando cada vez mais específicos. Em uma imagem, escreveram em cima de mim e de Grant: A Rose velha superando o próprio passado. E em cima dos olhos marejados de Elliot: O colar que ela jogou no oceano.

Já vi umas onze versões diferentes desse, mesmo tentando a todo custo evitar os memes.

— Eu tô BEM — diz Elliot numa chamada de vídeo comigo, mas as olheiras dele me dizem outra coisa. — Aliás, seu desenho dos sereios ficou incrível. Chorei ontem à noite pensando nele.

Apesar de sentir um alívio no peito ao ouvir isso, queria que as circunstâncias fossem outras para Elliot. Nunca fizemos uma chamada de vídeo sem Hannah antes — e, para minha surpresa, não é esquisito —, mas eu insisti. As mensagens dele me pareciam muito vagas e distantes, sem o entusiasmo e os pontos de exclamação de sempre. Eu, sempre egoísta, precisava sentir que ele estava bem e explicar que não achei aquela foto esquisita.

— Você dormiu bem? — pergunto.

Elliot solta um suspiro violento.

— Estou com cara de defunto, né? Eu e Brandon passamos a noite inteira brigando.

Perco todo o ar dos pulmões.

— Sinto muito.

— A gente acabou se entendendo depois de... — Ele solta um bocejo. — Três horas.

— Pelo menos se resolveram. E agora ele acredita que você... Que você não está...

Apaixonado por mim. Que você não está apaixonado por mim.

— Que eu não estou super mega morrendo de inveja de você e do Grant? — Elliot pergunta. — Pois é, acho que enganei ele direitinho. E Grant? Vocês tiveram uma noite bem romântica? Não passaram horas discutindo por causa de qualquer merda idiota e paranoica depois de um dia inteiro de trabalho?

Sinto a culpa formando um nó no meu estômago.

— Nossa, deve ter sido horrível.

— Pois é, de legal não teve nada — Elliot passa a mão pelo rosto, cansado. — Sabe, durante todas as horas que a gente passou conversando, Brandon não perguntou se eu estava bem nem uma vezinha sequer. Não quis nem saber se eu estava me sentindo envergonhado.

— E você está?

— Vão precisar inventar uma palavra nova para definir o tamanho da minha vergonha

Não tenho coragem de dizer para Elliot que ele está fazendo a mesma cara de cachorrinho sem dono do meme. A tristeza dele termina hoje, e eu mal vejo a hora.

— Ô, Elliot! — digo num tom sério. Ele respira fundo e olha para mim. — É só uma bobeira qualquer de internet. Amanhã todo mundo já vai ter esquecido. Não precisa ficar com vergonha.

Elliot vira, se deita com o peito para cima e leva o celular junto enquanto solta mais um grunhido.

— Talvez seja melhor não fazermos essa caça ao tesouro hoje — ele comenta. — Brandon está me enchendo o saco. E Priscilla me mandou mensagem. O café está lotado por causa do festival, e eu preciso ir para lá cobrir os horários de folga dos outros.

Num salto, eu me sento na cama de Grant, pronto para falar sério.

— Elliot, você não pode ir trabalhar hoje. Todo mundo vai fazer você se sentir um lixo. As pessoas vão ficar te mostrando esses memes malditos.

Ele arregala os olhos, aterrorizado.

— Eu sei. Mas, tipo... Não tenho escolha. Estou ferrado e é isso.

— Pede uma folga pela sua saúde mental!

A risada alta de Elliot estoura os alto-falantes do celular.

— Ô, meu anjo de luz, folga de saúde mental? Onde você acha que eu trabalho? Na Pixar? É comércio de comida. Trauma psicológico já vem incluído no contrato.

Balanço a mão em sinal de "Nada a ver!" na frente da tela.

— Então finge que está gripado. Não vai trabalhar. As gorjetas serão boas hoje?

Ele revira os olhos.

— Turista não dá gorjeta. — Depois de mais um suspiro cansado, ele assente. — Mas beleza, vou mandar mensagem para ela dizendo que estou com alguns sintomas de gripe.

— Perfeito. E eu sei que Brandon te decepcionou, mas a caça ao tesouro será a maneira perfeita de dar um jeito nisso tudo.

Elliot pisca e depois sorri.

— Você acha mesmo?

— Você acreditou no meu conto de fadas e agora estou deitado na cama dele. Nós dois nascemos para acreditar.

Elliot já não tem quase motivo algum para continuar em Chicago. Não posso deixar que perder Brandon seja a última gota d'água para fazê-lo ir embora. Este meme não poderia ter surgido num momento pior, mas vou resgatar Elliot deste incêndio.

— Tá bom — diz ele, se sentando com um sorriso. — Brandon já tirou o dia de folga dos treinos, o que é um milagre, então vamos nessa. Para onde eu preciso levá-lo?

— Para lugar nenhum. Você só aparece no final da surpresa. Me encontra daqui a uma hora no festival. Inventa alguma história sobre onde você está indo e...

Com isso, Elliot se joga de cara no travesseiro.

— Vai ser uma catástrofe.

— Não vai, não!

— Como eu vou levar Brandon para lá, então? Aposto que ele vai voltar correndo para o treino.

— Ele não vai fazer isso quando Hannah ligar chamando ele para ir ao festival conversar sobre a briga de vocês dois. É o plano perfeito! Ela está o dia inteiro trabalhando na barraca dos pais, então ele não vai achar estranho ter que encontrá-la lá.

Elliot balança a cabeça.

— Brandon vai achar que eu estou escondendo alguma coisa. Ele já está superdesconfiado, daí do nada eu preciso ir a algum lugar sem dar explicações? Não posso dizer que vou para o café porque já mandei mensagem avisando que estou doente, então se ele aparecer lá e Priscilla perguntar "Elliot melhorou da gripe?", ele vai ficar tipo "Que gripe?", e daí Hannah ainda vai sugerir um encontro secreto? Aff.

Com educação, eu o silêncio.

— Para. Não pensa nisso. Deixa tudo comigo. Essa aventura é sua!

Quando Elliot desliga para tentar sair da cama, me esparramo no colchão de Grant e deixo o medo me consumir. Não consigo deixar de me sentir responsável por ter tornado meu namoro tão público e exposto como temos feito. Essa coisa de ficar postando uma foto atrás da outra como #MetaDe-Relacionamento não faz muito bem para minha ansiedade. Agora, toda vez que eu e Grant estamos em público, sinto olhares em nós — em mim. Grant adora, mas eu não consigo acreditar que essa fama toda se tornou parte da minha vida de novo; foi exatamente por causa da exposição que minha mãe cancelou nosso próprio reality show.

Agora, Elliot caiu na mesma armadilha.

— Estava falando com Elliot? — Grant pergunta, saindo do banheiro e lambendo os dentes recém-escovados.

Ele passou um tempão lá.

— Sim — respondo.

— E ele está bem?

— Não, mas vai ficar. — Me levanto para beijar a boca com hálito de menta de Grant. — Elliot está enfrentando uns problemas, então ele precisa que alguma coisa boa aconteça logo.

Grant beija minha bochecha, mas os olhos dele estão pensativos.

— Sabe... Eu acho que ele gosta mesmo de você.

— Não gosta, não — respondo, quase com culpa.

— Sinto muito por todo mundo estar rindo do seu amigo, mas aquela foto é muito triste. Parece uma coisa meio "olhando meu homem ir embora com outro", sabe? E eu conheço muito bem este tipo de olhar. Antes de te conhecer, tive tempo de aperfeiçoar.

A dor das rejeições passadas se materializa nos olhos de Grant.

Afasto os cachos da testa dele.

— Ele gostando de mim ou não — digo —, eu estou com você. E você não vai mais ser rejeitado.

Grant levanta a cabeça e sorri.

— Você é um bom amigo para ele.

Será que Elliot está a fim de mim? Fico até lisonjeado, mas acredito que não. Só acho que, mentalmente, ele está no mesmo lugar onde eu estava um mês atrás: desesperado por um toque de magia.

Bom, para Grant eu posso até ser o Príncipe Encantado, mas, para Elliot, serei a Fada Madrinha.

Capítulo 16
O FESTIVAL

Meu pai está fazendo uma transmissão ao vivo do festival Taste of Chicago, então, pelo menos, eu tenho um lugar um pouquinho menos lotado para finalizar a caça ao tesouro romântica de Elliot e Brandon. Ondas e mais ondas de gente enchem as ruas do festival, que ocupa quase um quilômetro ao redor do lago do parque. Cinquenta barracas, mais de trinta restaurantes e dezenas de food trucks servem pratos superquentes e deliciosos em troca das fichas pré-pagas.

Sabe o que mais está superquente? O sr. Sol.

Ainda é meio-dia e a temperatura já está em quase quarenta graus. Não consigo avistar um bebedouro sequer, mas todas as barracas oferecem garrafas de água e Gatorade… Para quem tem fichas, é claro.

Um ventilador de teto barulhento é a única coisa que refresca mais ou menos o ar dentro da cabine da estação de rádio. Do lado de fora, o gigantesco Chafariz Buckingham esguicha água pelo ar enquanto pessoas desesperadas espalham a água gelada no pescoço. A área ao redor do chafariz foi reservada pela rádio, o que nos dá espaço o bastante para organizar um piquenique romântico atrás da cabine.

De que adianta ser filho do Rei de Chicago se não posso usar isso para ajudar um amigo?

A "camisa de encontro" salmão de gola V de Elliot já está suada embaixo dos braços enquanto preparamos a mesa dentro da cabine. Esta será a última localização da caça ao tesouro de Brandon, e assim que ele estiver perto, vou mandar uma mensagem para Elliot abrir a tenda e mostrar o piquenique preparado: uma toalha de linho, flores recém-colhidas e sanduíches de baguete recheados com queijo Brie, frango e maçã.

Muito refrescante, muito verão, muito charmoso.

Deu um trabalhão para organizar tudo, mas o que me motiva é saber que, se o namoro de Elliot com Brandon melhorar, as chances de ele ir embora são menores.

Não vou ter que me despedir do amigo que me faz acreditar que riscos podem valer a pena, do amigo que me enxerga por trás de todas as minhas gracinhas como se tivesse visão de raio-X, da única pessoa na minha vida que não tentou espiar minha arte antes de eu me sentir pronto.

Além do mais, se Elliot ficar, vou poder vê-lo se tornando veterinário. Algo que não quero perder por nada. Isso faz todas as missões do mundo valerem a pena.

Eu e Elliot trabalhamos em silêncio, já que meu pai está transmitindo ao vivo a três metros de distância. Sentado num banquinho enquanto anima a multidão, sua voz ecoa dos alto-falantes gigantes.

— ... uma tarde pra lá de quente aqui no Taste. Estou parecendo um fricassê nessa cabine. Daqui a pouco alguém vai me servir num espeto! — Ele arregala os olhos ao ver as garrafas de sidra que estou colocando dentro de um cooler.

— Beleza, agora eu passo a bola para o DJ Gummi Worm! E, Chicago, fiquem de boa e não se esqueçam: comer, comer é o melhor para poder crescer.

A luz vermelha no microfone se apaga e a música eletrônica do DJ Gummi Worm toma conta do ambiente. A produtora do meu pai, Theresa — que de alguma forma não está pingando de suor mesmo com uma camisa polo branca —, passa uma garrafa de Gatorade para ele. Meu pai desaba feito uma marionete.

— O ar-condicionado pifou.

— Já tem alguém resolvendo isso — anuncia Theresa.
— Você está mandando bem, mas o correto é: "Aproveite a comida e curta o som", só isso.

Meu pai bebe um gole de Gatorade.

— Peraí, e o que eu disse?

— "Comer, comer é o melhor para poder crescer". Você não pode dizer isso num festival patrocinado. Essa frase já é patenteada.

Meu pai solta um grunhido, quase cuspindo a bebida.

— "Comer, comer é o melhor para poder crescer" é muito melhor.

— É por isso que patentearam.

Meu pai solta um grunhido baixinho.

— E por acaso nossos advogados também estão preocupados se eu vou passar mal e morrer nessa cabine?

Com isso, ele vai embora rapidamente e dá um assovio para mim e para Elliot antes de sair. Eu arrumo um pequeno vaso de flores antes de segui-lo. Aqui fora está mais fresco do que na cabine. Enquanto Elliot tenta se abanar para secar a camiseta gola V, eu entrego um pedaço de papel dobrado para meu pai, contendo a última pista que irá trazer Brandon para cá. Hannah já está na entrada mais distante do festival, esperando para entregar a primeira instrução para Brandon. Daqui a pouco irei me juntar a ela, e vamos acompanhar o percurso de Brandon pelo festival... Ou seja, terei que deixar Elliot com meu pai.

— Foi mal por te deixar em mais uma situação de ar-condicionado quebrado — digo a Elliot.

Rindo de nervoso, ele bebe um gole de Gatorade.

— É meu habitat natural!

Ele não para de estalar os dedos. Sua voz parece distante. Já vivi essa agonia um milhão de vezes; a ansiedade pré-encontro de Tomara Que Dê Tudo Certo.

Mas nada vai dar errado, é só deixar comigo. Abraço Elliot com força e sussurro:

— Esquece aquele meme. E o climão esquisito com Brandon também. Hoje vocês recomeçam do zero.

— Obrigado por fazer tudo isso acontecer. — Elliot puxa a gola V da camisa. — Tô me sentindo meio grudento.

— Você está um gato. — Tiro uma regata preta extra de dentro da bolsa. — Veste isso aqui. O tecido não vai te deixar suar e o encontro ficará ainda mais sexy.

— PERFEITO!

Esbaforido de gratidão, Elliot tira a camisa de gola V. Para minha surpresa, o peito dele é peludo. Um rastro fino de pelos percorre seu tronco em direção ao...

Sinto alguém olhando para mim.

Meu pai. Enquanto bebe seu Gatorade, ele me espia observando Elliot vestir a regata. As sobrancelhas dele saltam, e ele balança o dedo indicador.

Cerro os lábios.

Meu pai é especialista em Se Meter Na Vida Dos Outros. Tá, Elliot tirou a camisa na minha frente e eu encarei só um pouquinho. Mas e daí?

Um pouquinho não deixa de ser alguma coisa, Micah! Encarou, sim!

Felizmente, meu pai não comenta nada e leva Elliot de volta para a cabine.

— Sinto muito pelo meme que fizeram de você.

— Esse meme é a última coisa na minha cabeça agora, juro.

Elliot ri enquanto os dois desaparecem dentro do miniforno. Pela primeira vez desde que o meme estourou, me sinto leve outra vez.

Elliot possui um superpoder vital. Assim como meu pai, ele tem um jeito especial de fazer as pessoas se sentirem à vontade.

Chegou a minha vez de fazer Elliot se sentir à vontade também.

Por mensagem, Hannah me confirma que escapou da barraca dos pais para encontrar Brandon e que ele começou oficialmente a caça ao tesouro. Os dançarinos que sapateiam dentro do meu peito finalmente fazem uma pausa. Brandon deu mesmo um tempo nos treinos, apareceu aqui e está seguindo a brincadeira sem encher Hannah de perguntas. De acordo com ela, ele parecia quase animado.

Um milagre de verdade. Talvez, no fim das contas, os dois possam se resolver mesmo.

Meu sorriso se desfaz. Seria legal se Elliot ficasse com alguém que não exigisse tanto esforço só para se divertirem um pouco juntos, alguém que o admirasse, alguém que não medisse esforços para fazer com que ele se sinta especial, alguém que soubesse a sorte que é ter um garoto tão bom quanto Elliot.

Mas talvez este alguém ainda seja Brandon, e hoje pode ser o começo de uma mudança positiva.

Com a cautela de um espião disfarçado, corro do chafariz até a entrada do festival no Parque Millennium. Estou vestido de forma simples, com uma camiseta grande suja de tinta e shorts largos, para não ser facilmente reconhecido como o Príncipe Encantado de Chicago aqui. Não quero que Brandon me aviste na multidão e, se alguém me reconhecer, ele ficará ainda mais desconfiado.

Além do mais, me ver só irá lembrá-lo de que o namorado dele está na internet babando pela minha história de conto de fadas, e preciso me certificar de que Brandon continue do lado de Elliot.

O festival está tão lotado que levo uns bons minutos até avistar Brandon, todo gatinho com uma jaqueta larga e shorts cor-de-rosa. Ele está segurando dois pedaços de papel — um laranja e outro azul-néon — enquanto anda de um lado para o outro como uma criança que se perdeu da mãe. Ando de costas e me escondo atrás de um barril de óleo gigante que foi serrado ao meio para servir como churrasqueira. A fumaça forma uma nuvem densa e funciona bem para me esconder.

Além do mais, o cheiro de costelinha defumada é irresistível.

Pena que está quente demais para comer. Cada centímetro da minha pele já parece ter virado churrasco.

Isso significa que Brandon já desvendou duas pistas, o que é bom. Atualizo Elliot sobre o progresso de Brandon e ele responde na mesma hora com !!!!!!!!!!

Depois de passar um tempo pensando, a próxima pista o leva até a barraca do Doces Gourmet — a confeitaria dos Bergstrom. Yann está vestindo um avental rosa-chiclete por cima da camisa social de mangas arregaçadas. Ele entrega fatias de um bolo azul para a multidão que cerca a barraca — é impossível resistir. Não encontro Hannah em lugar nenhum. Talvez ela tenha ficado um tempo fora depois de fugir para conversar com Brandon. Logo, logo ela volta — não é muito a cara dela interromper a rotina dos pais por muito tempo.

Brandon fica zanzando ao redor da multidão, encarando Yann com a sobrancelha franzida e ansiosa.

Ele não quer furar a fila comprida.

Cerro os dentes.

Anda logo, Brandon, você já se meteu em conversas minhas um milhão de vezes!

Fugindo do meu esconderijo defumado, corro para trás de outra barraca — Lao She Chuan — para me aproximar. Yann, extremamente alto, avista Brandon no meio da multidão.

— Aqui atrás! — Yann grita com um sorriso.

Aliviado por ter sido chamado, Brandon encontra a mãe de Hannah, Jean, nos fundos da barraca. Uma mulher pequena com a pele marrom escura. Jean se abana com um ventilador de mão, e os olhos dela brilham ao abraçar Brandon.

Elliot e Brandon já visitaram o apartamento de Hannah um monte de vezes, então eles parecem velhos amigos da família. É estranho acreditar que Elliot já era amigo da Hannah meses antes de nos conhecermos. Lembro de como ela vivia falando dele, dizendo que a gente se daria bem e blá-blá-blá. Quem diria que hoje sou eu quem não para de elogiar Elliot o tempo todo?

Ele é muito elogiável.

Depois de um minuto de conversa, Jean entrega a próxima pista para Brandon, escrita num papel rosa-choque. Ele lê a dica, que o levará até os percussionistas ao lado do corredor das cervejas.

Obrigado!, diz Elliot por mensagem. Estamos cozinhando aqui. Seu pai tá prestes a fugir a qualquer momento.

Hehehe relaxa, respondo. Faltam só mais algumas pistas.

Elliot envia o emoji de mãozinhas rezando.

Desta vez, não sigo Brandon. Permaneço agachado atrás das panelas fumegantes do Lao She Chuan porque um casal romântico atrás da barraca está me distraindo.

Prendo a respiração para conter meu grito de surpresa.

É Hannah com seu garoto misterioso! Então foi por isso que ela sumiu. Danadinha.

Os dois estão fazendo um piquenique no banco do parque; são como uma dupla de completos opostos. Ela toda arrumada, de saia lápis com cerejas estampadas e sandálias de tira. Jackson, um garoto bonito, com o rosto brilhando sob o sol forte, está vestido como um gato de rua. O cabelo preto longo desce pelas costas. Ele calça tênis destruídos, jeans rasgados e uma regata com estampa de Mario Kart que está a um ciclo de lavagem de se dissolver por completo. Hannah, cuidadosa como sempre, come um bolinho com dois guardanapos estendidos no colo. Jackson devora um milho cozido que deixa sua bochecha toda lambuzada.

Ela aponta para um grão de milho no rosto dele. E, além de não limpar, ele dá um beijo nela.

Os dois caem na gargalhada.

Hannah Bergstrom, sempre pronta para o Instagram, está com grãos de milho e manteiga no rosto e ainda está achando graça. Eu sorrio junto com ela.

Hannah olha o celular. Num salto, ela se levanta do banco. Explica alguma coisa às pressas — provavelmente que precisa voltar para a barraca dos pais. Jackson se despede acenando e sorrindo, com toda a tranquilidade do mundo.

Ela limpa o rosto com a mão, abre um sorriso triste e depois vai embora.

Minha amiga está toda apaixonada. Pena que os pais façam com que ela viva num cronograma tão apertado. Será que ela consegue arrumar tempo para ficar de verdade com Jackson, ou os dois só compartilham essas meia horinhas apressadas? A melhor noite da minha vida foi quando corri atrás de Grant na chuva até a exposição no Instituto de Arte. Não foi planejado. Foi apenas a vida finalmente acontecendo — antes da hashtag #DesejoRealizado e esse circo todo. Ninguém sabia da minha conta secreta no Instagram. Os únicos que prestavam atenção na gente eram nós mesmos.

Já sinto saudades daquele tempo mais tranquilo com Grant.

É por isso que Hannah está mantendo Jackson em segredo. O momento é apenas deles e de mais ninguém.

Bom, Hannah merece bem mais do que esses encontros rapidinhos de meia hora. Saio agachado detrás da Sorveteria da Jeni e atravesso o corredor de barracas, que fica em paralelo ao corredor onde Hannah está. Se eu conseguir ficar uma ou duas barracas a frente, vou conseguir encontrá-la antes que ela vire à esquerda para voltar a trabalhar com os pais. Ela não pode saber que vi Jackson; esse romance continua sendo o segredo dela.

Pouco mais à frente, viro à direita, atrás da barraca do Drunken Donuts...

Eu e Hannah nos esbarramos quase que instantaneamente. O susto dela vira uma risada ao me reconhecer. Super Julia Roberts em *Uma linda mulher*. Enquanto me apoio nos joelhos para recuperar o fôlego, Hannah se acalma segurando o pingente em forma de cereja que combina perfeitamente com as cerejas da saia.

— Achei que eu estava sendo assaltada! — Ela ri.

— Bom, acho que vou acabar tendo que roubar esse colar — digo, tentando soar o mais casual possível, como se não tivesse entrado no caminho dela de propósito. — Foi mal, estou correndo que nem uma mosca tonta atrás de Brandon.

Hannah contorce o corpo de alegria.

— Vai dar tudo certo! Elliot vai se dar bem!

— Eu sei! — Depois de respirar fundo, faço minha jogada.

Vamos lá, Micah: se tudo der certo, você pode acabar ajudando dois relacionamentos hoje.

— É importante que Elliot tenha esses momentos, sabe? — comento. — Os horários de Brandon são tão regrados e, tipo, que bom para ele... Mas para Elliot não é tão bom assim. — Hannah assente como uma boa amiga, mas acho que ainda não mordeu minha isca. — Elliot é paciente. Ele esperaria uma eternidade por Brandon. Mas depois desse encontro de hoje, espero que Brandon se dê conta de todos os momentos que eles poderiam ter passado juntos, mas não passaram. Oportunidades perdidas, sabe?

— Claro — diz Hannah. O sorriso dela murcha como uma planta seca. — Você sabe muito bem como são os meus horários. Minha mente precisa ser sempre pontual, e meu corpo grudado com o dos meus pais. — Ela ri. — Meu Deus, será que eu sou o Brandon?

Nem precisei dizer. Ela é Brandon e Jackson é Elliot.

Quando percebe isso, Hannah fica em silêncio.

Ao nosso redor, a cidade finalmente parece descansar. Adultos se empanturram de sobremesa, crianças batem palmas enquanto esperam na fila do espetinho. Independentemente do que esteja rolando nas nossas vidas, estamos aqui sem preocupação, criando novas lembranças.

Seguro as mãos de Hannah e as balanço de um lado para o outro. Estamos no meio de um corredor movimentando, balançando para lá e para cá como se não tivéssemos mais nada para fazer.

— Na primeira vez que eu e Grant... Você sabe. Eu não contei para ninguém que ia passar a noite fora — digo. *Para lá. Para cá.* — Nem olhei meu celular, eu só... Me perdi com ele.

— Seu pai ficou bravo? — Hannah pergunta, com um brilho vulnerável nos olhos.

Dou uma risada.

— Ô, se ficou! — *Para lá. Para cá.* — Mas ele acabou superando.

Ela sorri.

— Já se perguntou por que a gente se preocupa tanto com a opinião dos nossos pais?

Com os dedos entrelaçados nos dela, dou de ombros.

— Não faço ideia. Mas se tem uma coisa que eu sei, é que algum dia vou me esquecer de como meu pai ficou bravo, mas nunca vou me esquecer daquela noite com Grant.

Hannah me puxa num abraço apertado.

— Nosso último ano está vindo a jato, amigo — diz ela.
— Toda hora me pego pensando em como a gente pode não ter mais tanto tempo quanto achamos.

Não encerro o abraço. Aperto mais forte. Não consigo nem pensar nisso agora, mas preciso dar só mais um cutucão em Hannah.

— Então vamos aproveitar o tempo que ainda temos ao máximo.

Hannah assente enquanto dá um passo para trás. Ela me observa muito focada.

— Falando em tempo — digo, olhando meu celular. — Preciso achar Brandon!

Perdida em um milhão de pensamentos, Hannah diz:
— Boa sorte com Elliot! — Ela dá meia-volta.

Será que vai voltar para a barraca dos pais ou para Jackson?

— Ei, a barraca dos seus pais não é por aqui? — pergunto, apontando para a direção oposta.

Hannah olha para trás — os pensamentos na mente dela parecem se encaixar um por um — e balança a cabeça.

— Não, eu... — Ela aponta para o fim do corredor, em direção ao banco onde deixou Jackson. — Não vou voltar para lá hoje.

Isso!!

Tentando ser rápido e delicado ao mesmo tempo, corro de volta para o lugar de onde vim, dou a volta no Drunken Donuts, desço o corredor e me agacho no esconderijo atrás da Sorveteria da Jeni.

Jackson não saiu do banco. O garoto magro e tranquilão continua comendo seu milho cozinho enquanto Hannah chega no lugar em que o cimento vira grama e faz algo inimaginável. Algo que eu nunca a vi fazendo em todos estes anos em que nos conhecemos.

Ela tira o sapato.

Descalça, Hannah caminha pelo gramado do parque em direção ao seu namorado secreto, Jackson, no banco. Ele arqueia as sobrancelhas ao vê-la. Ela diz algo que não consigo escutar. Depois que termina de falar, Jackson dá um tapinha no espaço vazio ao lado dele no banco, ela pega o bolinho que deixou para trás e os dois comem juntos. O sorriso volta ao rosto da minha amiga.

Do meu esconderijo, cerro os punhos e sussurro:

— Isso aí!

Um final feliz já foi, agora só falta mais um.

Para alcançar Brandon, pego um atalho. Só por garantia, vou direto para o lugar da penúltima pista, entre a Pizzaria da Connie e a Vinícola Stella Rosa. Quando Elliot e Brandon começaram a namorar, eles roubaram uma garrafa de vinho da irmã de Brandon, então Elliot escolheu essa lembrança como uma das últimas pistas.

Nosso plano romântico parece estar dando certo.

Quando me agacho atrás da barraca de pizza, Brandon se aproxima da loja de vinhos com olhos marejados e relê a pista no topo da pilha de papéis em sua mão. A pista de Elliot deve ter tocado em algum ponto nostálgico dentro dele. Brandon sussurra alguma coisa para uma senhora branca de cabelo ruivo frisado na barraca de vinhos.

Radiante, ela desaparece atrás da mesa e ressurge com um convite dourado extravagante.

— É a última — diz ela, entregando o papel.

Ele a agradece e abre o convite às pressas. Enquanto lê, se afasta da loja de vinhos… E se aproxima de mim.

Eu me encolho, mas não corro.

Ele para de andar e termina de ler. Abre um sorriso carinhoso. Nostálgico com a lembrança.

Coloco a mão no peito. Não acredito que estou me sentindo feliz desse jeito por Brandon. Mas a questão não é ele. Essa felicidade irá fazer bem para Elliot, que merece um dia especial mais do que qualquer outra pessoa no mundo.

O convite não tem nenhuma pista; simplesmente chama Brandon para um almoço no Chafariz Buckingham. Calculamos o tempo direitinho. Dá para ver o chafariz esguichando no ar logo depois dos bancos privados!

Brandon corre até lá.

— Cacete! — sussurro, pegando o celular todo atrapalhado para avisar Elliot.

Ele está chegando agora!

Nenhuma resposta. Prendo a respiração. Espero que Elliot esteja ocupado demais arrumando a mesa para responder.

Sigo mantendo uma distância discreta. Nem sonhando que vou deixar que ele me veja agora que chegamos ao fim da minha obra-prima romântica. De qualquer forma, a multidão limita meus movimentos. Quanto mais perto da hora do almoço, maior é o empurra-empurra. Desvio o olhar de duas garotas, Lauren e Sarah, que reconheço do curso de Grant; as duas vestem corpetes com fitas como se estivéssemos numa feira medieval.

Nunca vi o festival tão lotado assim. Todas as barracas têm filas gigantescas.

Hoje todo mundo vai brilhar — especialmente Elliot.

Quando chego no chafariz, a surpresa já aconteceu. Brandon está rindo com as mãos cobrindo o rosto enquanto Elliot o abraça e o leva até o piquenique elegante ao lado da tenda da emissora de rádio. Brandon sussurra um "Ai, meu Deus" quando vê meu pai aplaudindo os dois.

O casal feliz se senta para comer. Eles se beijam entre as flores.

Cerro os punhos mais uma vez.

— Deu certo — sussurro.

Mais cedo, Elliot estava mais para uma poça de suor do que uma pessoa propriamente dita. Agora está radiante. Com Brandon. Sem brigas. Sem momentos roubados. Apenas os dois saboreando uma memória especial juntos.

— Uma rosa para o Príncipe? — uma voz pergunta.

Uma rosa de caule comprido aparece balançando na minha frente antes que eu possa me virar. É uma garota asiática jovem, de cabelo escuro — muito familiar —, com um vestido azul retrô e um avental branco por cima. No cabelo, um laço azul combinando.

Ela parece... a Bela, de *A Bela e a Fera*.

Tipo, idêntica.

Aceito a rosa e sussurro um agradecimento, antes de levar o indicador até a boca e fazer *xiu*. Não quero ninguém por aqui me chamando de príncipe e tirando o foco de Elliot.

Bela mal chegou na metade do caminho até o chafariz quando outra desconhecida estende algo na minha frente: uma maçã vermelha brilhante.

— Uma maçã suculenta e doce para o Príncipe? — pergunta a estranha.

Por algum motivo, a menina jovem está fazendo voz de velha. Ela está enrolada em uma capa longa, com o rosto escondido pelo capuz.

Quando pego a maçã, a bruxa vai embora, curvada.

Sinto um nó no estômago. Tem alguma coisa rolando aqui.

— Chá para o Príncipe? — anuncia uma mulher latina alta e espalhafatosa, num vestido vermelho e preto.

Ainda bem que ela não está trazendo chá, porque não tenho como segurar mais nada.

— O que está rolando? — pergunto.

— CORTEM-LHE A CABEÇA! — ela grita, estremecendo a tiara dourada.

Girando a barra do vestido, ela caminha até o chafariz...

Onde dezenas de outras pessoas fantasiadas se reúnem e rodopiam uma ao redor da outra.

Personagens de contos de fadas. Tem de tudo: Bela. A Bruxa Má. A Rainha de Copas. Um homem com orelhas felpudas de coelho branco. Uma Fada Madrinha. E por aí vai. Deve ter mais de doze.

Seja lá o que estiver acontecendo... é tudo coreografado.

Brandon e Elliot sorriem para a performance surpresa. No meio das pessoas fantasiadas, Lauren e Sarah dançam com seus corpetes. Elas são camponesas saindo direto de um livro de histórias. Meu coração salta do peito quando me dou conta:

Já vi essas pessoas antes. Todas elas são do curso de moda de Grant.

— *Posso pedir a atenção de vocês, por gentileza?* — uma voz grave e infelizmente familiar ecoa pelos alto-falantes.

Não pode estar vindo da cabine da rádio; meu pai está no meio do anúncio dos vencedores de um sorteio.

Então, cadê ele? Cadê Grant?

— *O festival de hoje está ainda mais especial por causa de uma pessoa que dispensa apresentações. Uma pessoa que mudou minha vida. Que me ensinou a acreditar em contos de fadas.*

A linda voz do meu namorado nunca me assustou antes, mas agora me apavora.

Por favor, não deixa isso acontecer. Não me chame no meio do encontro de Elliot!

Meus planos, meus planos tão lindos!

— Isso é ideia sua? — Brandon pergunta para Elliot.

Ele continua abobado, achando que é tudo para eles. Elliot ainda parece encantado, mas o sorriso dele está enfraquecendo. Ele sabe que não fui eu que planejei isso, e com certeza sabe que eu não armaria uma surpresa dessas sem contar nada.

Com a força de um caminhão atravessando um portão, me dou conta: é a surpresa de um mês de namoro de Grant. A que ele está planejando há semanas.

Coreografia. Fantasias.

Um. Dias. Antes.

— *Esta música é para o meu namorado, meu Desejo Realizado, o Príncipe Encantado de Chicago...*

GRANT, NÃO DIZ O MEU NOME.

— *MICAH SUMMERS!*

O pesadelo começa.

A transmissão do meu pai é abafada por um trio de caixas de som trazidas por três colegas de Grant vestindo caudas de sereia. Então, a música começa: *percussão, cordas, flautas, palavras...* "Beije a Moça", de *A pequena sereia*. Inconfundível.

De trás do chafariz, Grant surge — mais lindo que nunca, o que é péssimo, porque agora não tenho mais forças para colocar um fim nesse espetáculo. Ele está vestido de Príncipe Eric, com uma camisa de seda parcialmente aberta. Grant e seus Dançarinos da Desgraça cantarolam a música, cada um olhando bem no fundo dos meus olhos.

Estou paralisado.

É atenção demais em mim.

O Velho Micah voltou com força total. Tenho oito anos de idade de novo, e a equipe de filmagem está invadindo a minha casa. Respiro fundo enquanto sinto os dedos formigarem.

Boquiabertos, meu pai e o DJ Gummi Worm enfiam a cabeça para fora da tenda. Theresa cobre o rosto com as duas mãos. De longe não dá para dizer se ela está emocionada ou horrorizada. No momento, estou apostando em horrorizada, ainda mais quando o Coelho Branco e a Bela puxam Elliot e Brandon de suas cadeiras numa tentativa de incentivar a participação do público.

Eles não têm escolha a não ser se levantar.

Mesmo cada vez mais pálido, Elliot bate palma no ritmo. Brandon fica parado ali, torcendo um guardanapo com as duas mãos como se fosse meu pescoço.

Quando Grant finalmente me alcança — e a música chega no clímax —, todos os olhos do festival estão em nós. Pessoas nos cercam enquanto comem donuts, espetinhos de carne e fatias de pizza. Todas as mãos que não estão segurando comida seguram um celular.

Fotos. Vídeos. Lives.

Nós dois somos o show.

A música termina. Grant — suado, ofegante e reluzente — diz:

— Você realizou meu desejo. Minha maldição está quebrada. É assim que eu me sinto com você. Feliz um mês de namoro.

Aquelas covinhas. Aquele cabelo cacheado e pingando de suor.

A tensão trava meu corpo numa posição rígida e assustada, do jeito como alguém deve ficar segundos antes de ser destruído por uma bomba que já sabia que estava a caminho.

O reino inteiro está olhando.

Nós nos beijamos. Temos que nos beijar.

O reino vibra com aplausos e gritos.

Por trás de Grant, Elliot e Brandon observam — meros espectadores, como sempre, do show da minha vida. Mais uma vez, a expressão de Elliot se transforma naquela do meme. A carranca de Brandon fica ainda mais feia quando nos encaramos.

Respirando fundo, ele grita:

— SUA BICH...

Capítulo 17
MÁ SORTE

Quando um aspirante a atleta olímpico chama alguém de uma palavra que precisa ser substituída por *piiii* na TV enquanto a pessoa tem um leve ataque de pânico cercado por personagens amados da Disney, dá para chamar a situação de uma reviravolta bem podre.

Ao lado do chafariz, eu, Bela e Rapunzel nos unimos por causa do susto enquanto Príncipe Eric — meu namorado —, furioso como eu nunca o vi antes, vai para cima de Brandon.

— Do que você chamou ele? — Grant berra.

Ai, meu Deus, eles vão brigar

A multidão suspira — e alguns urram e aplaudem a porradaria iminente.

Brandon bufa silenciosamente enquanto ele e Grant ficam cara a cara. Eu, meu pai e Elliot corremos até os dois, cada um com uma expressão diferente estampada no rosto: meu pai confuso; Elliot desesperado; eu aterrorizado.

Como tanta coisa pode ter dado tão errado tão rápido?

Meu único objetivo é alcançar Grant antes que a briga comece. Depois de dar um basta nisso, eu posso desmaiar em paz. Minha nuca pulsa, e sou quem está mais longe dos dois.

— Não, não, não! — eu e Elliot imploramos para nossos namorados, que só conseguem escutar a própria fúria.

Na frente da cabine da estação de rádio, DJ Gummi Worm e Theresa nos encaram, desacreditados. Os amigos estilistas de Grant se espalham enquanto a multidão do festival nos cerca num círculo cada vez menor.

Meu coração murcha feito uma uva-passa.

Há câmeras por toda parte. Celulares. Muitos celulares.

— Podem parar!

Meu pai é o único alto o suficiente para separar Grant e Brandon, dois garotos grandes que, de alguma forma, conseguiram ficar maiores nos últimos minutos, como ursos prontos para o ataque. Por enquanto, ainda estão numa competição de encarar fazendo cara feia — felizmente, nenhum ataque físico.

Eu e Elliot, os namorados bem menores, tentamos em vão estender os braços entre os dois.

— Esse é Brandon, namorado de Elliot! — digo rapidamente, como se Grant fosse mudar de temperamento num piscar de olhos e dizer "Ah! Por que você não disse antes? Foi mal, amigão!"

— Eu sei quem ele é — Grant rosna e estufa o peito com uma intensidade ameaçadora por baixo da camisa de príncipe.

— Não tem como fugir de vocês dois, tem? — Brandon pergunta, fulminante.

Elliot está boquiaberto — seu olhar voa de um lado para o outro, analisando o espaço apertado como se estivesse considerando fugir correndo.

— Brandon, está tudo bem — diz ele, agarrando os braços do namorado. Mas Brandon não aceita ser tocado por ele. Elliot parece destruído, e eu quero abraçá-lo, mas isso seria como riscar um fósforo numa refinaria de petróleo. Ele aponta para mim, ainda sem palavras. — Micah só estava ajudando...

— Micah, Micah, Micah — Brandon diz, soltando um suspiro pesado. — JÁ CHEGA.

Pronto. O meme voltou.

O que a internet inteira viu na expressão de Elliot, Brandon parece já ter visto há um bom tempo: o namorado apaixonado por outra pessoa. Eu?

Não, Elliot só está frustrado com o próprio namoro, que Brandon parece determinado a deixar acabar. Ele está com um garoto meio distante, então se sente sozinho e com um pouquinho de inveja do que Grant e eu temos, e tudo ficou ainda pior quando o Desejo Realizado se tornou algo tão público e extravagante.

E nós acabamos de fazer a coisa mais pública e extravagante de todos os tempos.

Não dá para ficar pensando nisso agora. Preciso tirar a gente desse parque antes que os vídeos começam a aparecer no TikTok — *kkkk olha essas gays barraqueiras voando uma em cima da outra kkkkkk.*

— Mais calmos agora? — meu pai pergunta, apoiando a mão com firmeza — e cuidado — no ombro de Grant.

Ele sabe que as câmeras estão apontadas para todos nós.

— Estamos calmos — diz Grant, suavizando o olhar. — Eu só estava defendendo o Micah.

Canalizando a calma latente de um negociador de sequestro, meu pai assente.

— Muito admirável, mas vamos resolver sem violência. Acho que isso não passa de um caso de má sorte. — Meu pai se vira para Brandon, que está com os olhos vermelhos e marejados. — Micah organizou um encontro surpresa para os amigos dele que, infelizmente, coincidiu com a surpresa que Grant preparou...

— Sim, claro — diz Brandon, me encarando. — Você organizou isso tudo para nós dois num dia aleatório que por coincidência é seu aniversário de namoro?

— Nosso aniversário de namoro é amanhã! — digo, colocando meu corpo de um metro e sessenta no meio desses dois de um metro e oitenta. — Não sei por que ele decidiu fazer a surpresa hoje.

— Eu não sabia que Micah estava organizando outra coisa, e hoje era o único dia em que todo mundo estava disponível — Grant responde na defensiva, jogando os braços para o alto como quem diz *Me processa!*

Brandon dá uma risada sarcástica.

— Eu não acredito em nada que sai da boca de vocês. Aposto que fizeram isso só para roubar mais atenção para vocês.

Estou no inferno. Literalmente no inferno.

Esse tanto de personagens de conto de fadas aqui e nenhum é o gênio. Eu desejaria nunca ter contado para ninguém sobre minha identidade secreta no Instagram. Desejaria que Grant e eu tivéssemos deixado nossas fotos só entre nós, como um casal normal, sem causar esse rastro de destruição com a nossa imagem pública.

Desejaria isso tudo por Elliot, principalmente. Ele está segurando a toalha de mesa do piquenique lindo e abandonado. Vou levar semanas para dar um jeito nesse prejuízo — e isso se a situação ainda tiver volta.

— Tenho que ir embora daqui — diz Brandon, saindo do parque sem nem olhar para Elliot.

A multidão abre caminho facilmente para ele. Afinal, Brandon não é a estrela deste show.

Este é o problema.

Elliot — outro que não é a estrela — exibe uma expressão triste que pode se tornar permanente se eu não tomar uma atitude rápida. Estou quase o alcançando quando seu celular vibra anunciando uma ligação. Só uma olhada para a tela já faz os ombros dele caem. Ele levanta a cabeça sem esperança, e me mostra a tela:

Café da Audrey.

Ô, meu Deus. Não pode ser.

Alguém viu Elliot aqui. As notícias já se espalharam. Ele deveria estar em casa, doente.

Aceitando seu destino triste, ele atende a chamada:

— Oi, Priscilla. — Enquanto a gerente provavelmente começa a brigar, ele junta uma energia não sei de onde para se levantar e pegar as chaves. — Sim, sim. Era eu mesmo. Estou a caminho agora. Desculpa.

Como um fantasma, Elliot desaparece do círculo, que já começou a dispersar conforme foi ficando óbvio que não haveria mais gritaria. O show acabou.

Não resta nenhuma gota de sangue em mim. Eu não poderia ter destruído a vida de Elliot de forma tão cirúrgica nem se tentasse.

Depois que todo mundo vai embora, meu pai deixa eu e Grant nos esconderermos dos celulares na privacidade da cabine sem ar-condicionado. Não quero mais ficar aqui, mas não posso ir para casa — nem para o quarto de Grant — antes de fazer duas perguntas importantes.

Grant se senta debaixo do ventilador quebrado, arrasado de tanta vergonha. Esse garoto vulnerável de olhos arregalados e cabelo cacheado espera pelo meu julgamento. Que eu o mande dar o fora, assim como todos os namorados que o desprezaram antes.

Seguro o celular com as duas mãos — é bom ter algo para segurar, a sensação me ajuda a voltar a sentir os braços... e me impede de enviar um bilhão de desculpas para Elliot (que irá recebê-las, mas não agora).

— Primeiro de tudo, a apresentação foi muito linda — digo. — Fiquei muito emocionado com todo o trabalho e dedicação que você colocou nisso.

— Você gostou?

O queixo de Grant treme, e o meu treme junto em solidariedade.

— Eu amei. Só queria poder ter aproveitado. — Grant fecha os olhos e assente, tipo, *Eu sei que mandei mal*. Passo os dedos por aqueles cachos lindos, e ele aceita meu carinho como um cachorro dengoso. — Você não fazia ideia de que eu estava planejando o encontro de Elliot hoje? — pergunto.

Com um grunhido molhado, lágrimas começam a descer pelas bochechas redondas de Grant. Sinto um anzol invisível fisgar meu coração. Como ele pode parecer tão pequeno?

— Escutei você planejando algumas coisas, mas achei que só seria daqui a alguns dias. Não foi minha intenção estragar tudo, juro.

— Mas por que hoje? — pergunto. — Por que não amanhã?

Ele encara os próprios pés.

— Eu só estava empolgado para fazer logo. Nossa manhã juntos foi tão incrível. Você quebrou minha maldição.

Grant abre os braços como uma criança e me envolve com seus ombros largos. O abraço só o faz desmoronar ainda mais. Ele tenta falar, mas as lágrimas não deixam. Faço cafuné até ele se acalmar. Sem desfazer o abraço, me estico por cima dos equipamentos de rádio e puxo a cordinha que solta a lateral da tenda. Ela cai e tampa a janela que dava vista para o chafariz enquanto meu pai fazia o programa. Precisamos de privacidade total.

Minha ansiedade desaparece diante da angústia dele. Só quero que Grant fique bem.

— Ei, o que houve? — pergunto.

— Muita coisa — diz ele, com a voz embargada. — Tudo.

— Está tudo bem. — Eu o acalmo e ele volta a chorar. — Eu estou aqui. Adoraria ouvir o que está acontecendo.

Grant tenta respirar fundo, mas os soluços de tristeza interrompem o ritmo.

— Esse desfile de encerramento do curso está me deixando louco. O prazo final é em menos de um mês. Estou perdendo a cabeça. Olheiros de faculdades de moda vão comparecer, meus professores e todos os alunos estão babando para ver o que o Príncipe Grant vai apresentar e minha modelo desistiu ontem.

— Como assim? Por quê?! — exclamo, com cuidado para soar solidário em vez de apavorado.

Grant revira os olhos furiosos e vermelhos.

— Arrumou um trabalho que paga melhor no mesmo fim de semana.

— Sinto muito. Vamos encontrar outra pessoa.

Grant me encara por um momento longo e arrastado com aquele rosto lindo, tão sincero e vulnerável.

— Eu ando distraído demais, não sabia quando você iria fazer esse negócio para Elliot. Daí cheguei aqui com um monte de gente fantasiada e já era tarde demais.

Acaricio os braços dele.

— Foi demais você ter mobilizado aquele monte de gente só para mim.

— Até parece, eles adoram se exibir. A maioria até já tinha a fantasia.

Dou uma risada e continuo fazendo carinho. Quanto mais eu faço, mais rápido nossa conexão volta.

— Sinto muito por tudo ter acabado mal. Eu só estava tentando ajudar Elliot a não se sentir tão rejeitado.

— Sinto muito também — ele sussurra. — Vou compensar para ele.

É hora de sair desse forno antes que eu desmaie aqui dentro. Conforme ajudo Grant a se levantar, não consigo parar de pensar em Elliot, que foi deixado sozinho para lidar com o abandono do namorado e a fúria da chefe. Não sei se eu ou Grant seremos capazes de fazer qualquer coisa para compensar o estrago que causamos na vida dele.

Capítulo 18
A PARCERIA

Feliz um mês de namoro para o Garoto 100, Grant, meu #DesejoRealizado. Um mês atrás o destino nos separou no

> metrô. Passei por muita coisa para te encontrar, e não vou deixar nada nos separar de novo!

Mesmo depois de tomar remédio para dormir, não me sinto melhor em relação ao show de Grant. O desastre público inundou meu sistema nervoso e me arrastou de volta para a infância, para o Velho Micah. Naquele momento, não importava o quanto o Novo Micah ajudasse as pessoas a acreditarem em finais felizes de novo — ou que tenha feito Grant acreditar que a maldição fora quebrada. Assim que todos aqueles celulares começaram a nos filmar, o Bebê Bubu voltou com tudo.

Não consigo nem olhar para o meu mural — ou melhor, para a cortina preta na frente dele. Para satisfazer a curiosidade, pego meu caderno e tento desenhar o evento. Só as melhores partes, na verdade — o esforço glorioso de Grant para me surpreender e comemorar nosso primeiro mês juntos. Um reino inteiro assistindo um alfaiate galanteador fazendo uma serenata de amor.

Depois de cinco minutos observando meu pincel passear com preguiça sobre o papel, meu medo se confirma: perdi a inspiração. Por alguma das milhares de razões apitando na minha mente, não consigo capturar aquele momento como um capítulo do nosso conto de fadas. Se ainda fôssemos um casal anônimo, talvez o sentimento fosse outro. Minha criatividade sempre fluiu melhor desse jeito.

A pergunta que não quer calar é: como eu teria me sentido com aquele show se ele não tivesse interrompido o encontro de Elliot?

Não sei se a resposta seria "amei!"

Até agora, minha postagem de aniversário de um mês não conseguiu distrair as pessoas do fiasco que foi o festival. Todos os comentários estão massacrando Grant e eu, massacrando Brandon, massacrando meu pai por não ter impedido a briga mais cedo ou implorando para que a gente conte todos os babados que aconteceram depois que as câmeras pararam de gravar.

Feliz mêsversário pra gente!

As preocupações do meu pai não se limitam apenas ao Instagram. Quando saio do quarto, com o cabelo desgrenhado e ainda meio grogue do remédio para dormir, meu pai está andando de um lado para o outro na sala em uma ligação enquanto Maggie toma café da manhã na ilha da cozinha. A ligação já está rolando há uma hora; dava para ouvir do meu quarto. A emissora de rádio acabou mesmo recebendo uma ligação por direitos autorais, mas não teve nada a ver com o bordão. Foi da Disney, pela violação bem mais óbvia ao transmitirem uma música famosa de *A pequena sereia*, do começo ao fim, sem permissão. A emissora levou o dia inteiro para convencer o Mickey de que não foram eles que tocaram a canção, e sim o namorado desastrado do filho desastrado do locutor, tocando num volume muito alto perto dos microfones.

— Obrigado pela compreensão — diz meu pai com uma risada forçada, o tipo que ele usa quando está furioso, mas não pode demonstrar. — Fico feliz de saber que seu sobrinho é fã do Instagram do meu filho. Aqui é uma emoção atrás da outra.

Meu pai arregala os olhos para mim. Sem clima para levar a culpa, não perco tempo e encho a bolsa de lanches para levar para o dormitório de Grant. Casualmente, Maggie mergulha uma tirinha de cenoura num pote de homus.

— Se eu fosse você — ela sussurra —, não discutiria com ele hoje. Só pede desculpas e mete o pé.

Uma revirada de olhos com força para destruir um planeta inteiro toma conta de mim.

— Não é minha culpa se fui surpreendido pela apresentação de Grant! Eu tentei me manter invisível por Elliot!

Maggi franze o cenho.

— E como ele está?

— Péssimo. — Mastigo uma das cenouras dela com raiva. — Hannah disse que ele e Brandon estão brigando mais do que nunca, e fotos daquela por... — Escolho os palavrões com cuidado quando meu pai está por perto. — Porcaria de música estão por toda parte, então a chefe dele descobriu que Elliot foi no festival quando avisou no trabalho que estava doente, coisa que eu o convenci a fazer, e agora ele tomou uma advertência.

Ela se encolhe e pega mais uma cenoura.

— Então você basicamente destruiu a vida dele.

— Mas não foi de propósito.

— Foi um acidente, então?

— Foi.

— Aposto que ele não te culpa. Por que você não dá uma passada no café para pedir desculpas?

— Não. — Reajusto a alça da minha bolsa para evitar o olhar julgador dela. — Alguém pode me ver lá e causar o maior auê. E Elliot vai acabar se metendo em confusão de novo. Ele precisa daquele emprego.

— Pois é, Hannah me disse. — Maggie apoia a mão na minha bolsa para que eu não me mexa. — Você acha mesmo que dar um perdido no garoto vai melhorar a semana horrorosa dele?

Talvez aqui não seja o melhor lugar para Elliot. Talvez seja bom que ele esteja focado no futuro.

Grant está focado no futuro com seu curso de moda.

A única pessoa perdida aqui sou eu. A dois quartos de distância, meu mural junta poeira atrás da cortina e minha visão artística está se desintegrando mais a cada dia que passa. Quando voltar de Grant, vou dedicar a tarde inteira ao trabalho e a organizar meu portfólio para o Instituto de Arte. Não quero fracassar no ano que vem, quando Hannah me abandonar para ser escritora em Nova York e Elliot me abandonar para ser veterinário em alguma cidade pequena...

Passo a semana seguinte inteira evitando o Café da Audrey assim como evito meus ex-crushes. Nada de me encontrar com Elliot — apenas mensagens para saber se ele está bem. Está na hora de nós dois focarmos em nossos relacionamentos. Mas é um saco. Sinto falta até das piadas dele me chamando de Riquinho Rico.

Mas teremos nosso tempo de volta assim que as coisas se acalmarem e ele estiver resolvido com Brandon. Coisa que não irá conseguir comigo por perto, já que minha presença deixa Brandon furioso e enciumado.

Eles já estão se resolvendo: uma olhadinha rápida no Instagram de Elliot me mostrou dois namorados felizes nadando juntos no lago. Eles voltaram a nadar! É uma foto bem biscoiteira. Os pelos no peito de Elliot formam um caminho escuro que desce até a sunga molhada, justa nas coxas, deixando bem visível o...

Solto meu celular na hora. O que estou fazendo? Elliot ficou tão vulnerável depois do desastre no festival, eu me sinto culpado por isso e aqui estou stalkeando o Instagram dele só porque me sinto mal.

Enfim, que bom que ele e Brandon estão reconstruindo as coisas.

No mesmo fim de semana, outra Primeira Vez empolgante acontece quando saio para um brunch com os amigos do meu namorado. Eu, Grant e os colegas de curso dele — os personagens da apresentação, só que com roupas comuns — dividimos o maior e mais gostoso pão doce da cidade.

— Eu não estava nem um pouco preparada para ver Grant com aquela camisa de Príncipe Eric! — comenta Bethany, uma garota branca muito bronzeada de sol com duas tranças no cabelo que estava por trás da capa da Bruxa Má.

Todos os presentes ao redor da mesa (gays e héteros) levantam seus cafés como se fossem canecos de cerveja para brindarem ao peitoral espetacular de Grant. Ele afunda a cabeça sobre meu ombro fingindo estar envergonhado e uma onda de risadas me faz esquecer de qualquer lembrança ruim que já tive em relação àquela apresentação. Pessoas nas mesas ao redor nos fuzilam com o olhar por causa das risadas altas, mas nenhum de nós liga.

É tudo de que eu precisava.

Só que, por trás da minha risada, há um leve eco. Um tinido vazio. Sei o que é: Elliot precisa de um brunch animado cheio de amigos muito mais do que eu. Ele adoraria. Eu devia tê-lo convidado.

Jogo os pensamentos deprimentes para longe quando uma moça jovem com sardas (usando óculos escuros num lugar fechado) se estica entre duas pessoas para chamar minha atenção:

— Então, Micah, você e Grant vão trabalhar juntos no Cavaleiro Princesa? Vocês dois poderiam atrair uma multidão para o desfile.

— Nossa, acho difícil — diz Grant, todo nervoso, rasgando um sachê de açúcar.

Enquanto o termo "multidão" ecoa de forma sombria na minha cabeça, a mulher levanta as mãos como se estivesse se desculpando. Quando olho para o restante da mesa, sinto como se de repente a atenção de todo mundo estivesse em mim. Ninguém mais bebe café. Ninguém mais come bacon.

Só uns dez pares de olhos fixos em mim e em Grant.

— Multidão? — pergunto, segurando a mão nervosa de Grant. — O desfile do fim do semestre não é, tipo, só para os alunos do Instituto?

Grant pigarreia e ajusta a postura — hora de falar sério:

— Não, hum, o que Hartman quis dizer é que o desfile do fim do semestre não é só a conclusão do nosso curso; é um evento para fazer contatos. Uma oportunidade única. O desfile será uma megaprodução aberta ao público. Nos anos anteriores, vários designers famosos já apareceram para contratar alunos, além da presença de alguns influenciadores e muitos investidores. Os alunos podem trazer artistas de fora para suas equipes. Acontece o tempo todo. Seria... seria bem legal.

Num silêncio descomunal, Grant se vira para mim com a expressão esperançosa.

— Então — eu me viro para o público atento —, vocês querem que eu use a influência que eu e Grant temos na internet para atrair mais pessoas para o desfile desse ano e levar o máximo possível de Gente Importante. — Seguro um pedaço de bacon entre os dentes como se fosse um charuto.

— É isso mesmo?

Ninguém pisca.

Grant fecha a mão ao redor da minha e um olhar inocente cobre o rosto dele.

— Se... não tiver problema... para você?

Estar com Grant já mudou tanto meu Instagram. Não gostei do que nosso Desejo Realizado fez com a minha criatividade, mas isso pode mudar as coisas. Ser parte do desfile de Grant pode ser meu ingresso para o Instituto de Arte dentro dos meus próprios termos, com meu próprio portfólio e minha visão artística.

Eu! Naquele prédio histórico, melhorando minhas habilidades de pintura e finalmente descobrindo como levar minha paixão dos Namorados Inventados para um outro nível, criando peças gigantescas e épicas.

Mastigo o bacon e respondo:

— Claro!

Mais uma vez, todos levantam suas canecas para o alto. Três vivas para o Desejo Realizado — *viva, viva, viva!* Os colegas de classe de Grant começam a conversar empolgados, ainda mais animados por eu ter concordado com uma coisa que, pelo visto, foi o motivo de terem conspirado para me fazer vir para este brunch. Essa "ideia espontânea" de Grant não tinha nada de espontânea. Sinto um gostinho amargo na ponta da língua, como se tivesse tomado café sem açúcar. De fato, não acho que a ideia seja ruim — provavelmente é o salto artístico que eu estava esperando esse tempo todo para me ajudar a entrar para o Instituto de Arte. Só queria que ele tivesse me pedido em particular, num momento só nosso, para que eu não me sentisse tão obrigado a dizer sim.

— Vamos começar com tudo, então — diz Grant, girando nossas cadeiras. — Selfie em grupo! Podemos postar no seu Instagram e anunciar a parceria grandiosa entre o Desejo Realizado e o Instituto de Arte. Marca o Instituto e o corpo docente, tá? Para já ir engajando.

Quase caio da cadeira com esse tanto de informação ao mesmo tempo. Concordo em tirar a foto e, mesmo sendo uma divulgação simples, eu preferiria que tivéssemos pensado em tudo a sós primeiro. Queria ter dado minhas ideias sobre como a divulgação do Cavaleiro Princesa poderia se encaixar com meus Namorados Inventados.

Fico arrependido tão rápido que chega a ser difícil de acreditar.

A divulgação não para. Conforme a semana continua, Grant vem com uma ideia brilhante atrás da outra para instigarmos nossos fãs sobre o Cavaleiro Princesa. Quando paramos para tomar um chocolate quente, ele tira uma foto e me pede para postar usando a hashtag #EncontroProdutivo. Quando passo no dormitório dele para almoçarmos, a primeira coisa que ele faz é ligar a luz especial. Até o caminho do elevador para meu apartamento ele consegue transformar num momento instagramável.

— Aah! Vamos marcar seu pai! — Grant tira os olhos do celular com um sorriso distraído. — Acha que ele compartilharia? Ele tem conta no TikTok? Aposto que ele faria uns vídeos hilários.

— Hum...

O jeito como consigo conter minha expressão de pavor é digno de um Oscar.

Só queria um encontro com Grant que não acabasse virando uma live!

Em meados de julho, insisto em pararmos de divulgar nosso projeto e, em vez disso, trabalhar de verdade nele. A colega de quarto de Grant está passando a reta final dos preparativos para o desfile com o namorado, então transformamos o dormitório num estúdio improvisado enquanto finalizamos o desenho do Cavaleiro Princesa. O lugar é conveniente para quando precisamos trabalhar até tarde — e também para quando queremos apertar a bunda um do outro.

Nos arrastamos pelo quarto vestindo o mesmo moletom do dia anterior, então nenhum dos dois está se sentindo muito lindo ou com os ânimos lá em cima, o que ajuda a focarmos no trabalho. Grant me chama até a mesa para olharmos o design finalizado no tablet.

O Cavaleiro Princesa reenergiza meu corpo.

De alguma forma, Grant conseguiu misturar o personagem original que havia criado com as dezenas de rascunhos colados na parede — incluindo o meu.

— Você usou meu capacete-tiara!

Levo a mão ao peito.

Grant abre um sorriso radiante, e dou um beijo na bochecha dele coberta pela barba áspera de dois dias.

— Ainda não é a versão final finalíssima — ele murmura. — Nossa divulgação está alimentando muito a expectativa das pessoas. Essa é a minha chance de me destacar. A nossa chance, quer dizer. E não podemos decepcionar. O projeto precisa ser maior. Isso aqui está só… bom. Precisamos que seja espetacular.

Passo a ponta do dedo pela borda do desenho.

— Do bom ao espetacular…

Hipnotizados, encaramos os rascunhos até que as peças do quebra-cabeça finalmente se conectem. A figura no desenho está ótima, mas ainda parece meio vazia. Queria que croquis de moda tivessem cenários para destacá-los. Algo que contextualizasse o design e desse mais camadas.

Onde está o Cavaleiro Princesa fisicamente? O que há ao seu redor? *Quem está ao seu redor?*

Um castelo? Um baile?

Dançarinos... Num castelo...

— AH! — grito, agarrando o braço de Grant. — E se o Cavaleiro Princesa for parte de uma peça maior? Uma peça que eu já comecei? — Agarro um tufo do meu cabelo. — Não acredito que estou dizendo isso, mas: meu mural!

É isto. É assim que finalmente darei um jeito de entender minha visão. Não vou deixar minha arte abandonada no escuro!

Grant arqueia as sobrancelhas, surpreso.

— Você nunca nem me deixou ver seu mural — diz ele. — E isso será visto por... todo mundo.

— Eu sei, eu sei. — Cubro as orelhas com as mãos e ando pelo quarto. É muito fora da minha zona de conforto, mas essa é a ideia. O empurrãozinho de que preciso para me tornar o Novo Micah. — Vou superar. Meu mural está inacabado porque é só um plano de fundo cheio de figuras de contos de fadas dançando, mas não tem nada no centro.

Grant se levanta como se tivesse levado um choque. Ele sorri.

— E o meu design é todo central, mas sem nada no fundo. Sem nada para compor a vibe.

— É só juntar uma coisa com a outra...

Eu engancho dois dedos.

— E elas se tornam uma só! — Grant completa. — Tipo a gente.

Grant dá um pulinho de alegria e se joga em cima de mim. O corpo dele, todo grandão, me pressiona contra a janela — com uma firmeza segura, como se eu fosse um bebê embalado — e nós nos beijamos. Estou tão feliz que ele anda deixando a barba crescer. O queixo dele me arranha muito mais do que na nossa primeira noite juntos.

Tudo parece nos eixos de novo. O universo deu um jeito.

— O Cavaleiro Princesa pode ser uma estátua viva! — diz ele, radiando criatividade. Ele anda pelo quarto com a camisa completamente desabotoada. — Será uma peça performática, não um desfile. Começamos com seu mural. Todo mundo vai achar que é só uma pintura. Uma pintura muito boa, mas ninguém sabe que o Cavaleiro Princesa ganha vida no meio. Daí... Ele salta para fora da tela!

— E o povo vai ficar de queixo caído? — pergunto, sorrindo.

— De queixo caído! — ele grita.

Eu e Grant unimos nossas mãos; nossa antiga conexão reluz. Minha ideia consertou tudo. Eu e Grant ficaremos ainda mais próximos. O projeto dele fica maior. Eu terei um portfólio pronto para o Instituto de Arte. E, o melhor de tudo, isso me força a concluir meu mural, porque precisaremos dele em...

Três semanas.

Ah. Bom. É só terminar em três semanas algo que não consegui completar em anos, e depois mostrar para a academia de artes dos meus sonhos, caso contrário irei destruir o futuro do meu namorado e o meu também.

Sem pressão.

Capítulo 19
O QUE ACREDITA

Uma sensação de derrota me acompanha pelo caminho do Instituto de Arte até o Café da Audrey. Prometi que iria evitar o café e dar espaço para Elliot, mas estou desesperado por um chai e com saudades do meu amigo. Ele sempre me encorajou tanto, e agora preciso disso mais do que nunca.

Meu mural está me esperando em casa, rindo da minha cara.

Você não é artista de verdade, Micah. Não como Grant. Você não tem visão, meu amor.

Elliot vai clarear meus pensamentos, como sempre faz.

Porém, quando chego na Audrey, ele não está no balcão. Uma colega de trabalho diz que ele está nos fundos da loja misturando xarope de mocha — e que pode demorar. Por sorte, não vim sozinho. A ideia foi de Hannah, que me convenceu com a promessa de finalmente me apresentar a Jackson, o namorado supersecreto. No fim das contas, Jackson é exatamente o tipo de pessoa que eu preciso ao meu lado: um cara hétero, tranquilão que não sabe nada sobre mim nem sobre meu trabalho. No café, Jackson está um pouquinho mais arrumado do que quando eu o vi no parque. O cabelo está preso num rabo de cavalo justo (o que parece ter sido ideia de Hannah para causar uma boa primeira impressão). As roupas dele continuam pretas e sem graça, mas estão menos rasgadas que as anteriores. Ele mistura sete sachês de açúcar num café pequeno e deixa as embalagens espalhadas pela mesa, como se precisasse criar um montinho de lixo por onde quer que passe.

Ao lado dele, Hannah, com os calcanhares cruzados, parece nervosa. Desesperada para que dê tudo certo.

O que ela não sabe é que Jackson já ganhou pontos comigo depois de ter deixado Hannah à vontade durante o festival.

— Eu curto muito ler mangás, sei lá — diz Jackson, bebendo o café num gole só. — Mas, tipo, todo mundo curte, então não é como se eu fosse especial ou qualquer coisa assim.

Estalando os dedos, Hannah se inclina sobre a mesa.

— Jackson desenha o Naruto perfeitinho nas pastas dele.

— Ah, você desenha? — pergunto.

— Mais ou menos — diz ele.

— Já foi na Rapisódia? As seleções de cores lá são as melhores.

— Que nada. Eu não sou artista. Só uso caneta Bic ou qualquer coisa que estiver dando bobeira.

Hannah se inclina mais uma vez, ainda mais ansiosa do que antes.

— O primo do Jackson é operador de câmera em sets de filmagem. Ele disse que pode conseguir uma vaga de assistente de produção para Jackson.

Jackson contém uma risada com as mãos.

— Por que você está falando disso do nada?

— Ué, mas ele não disse?

— Disse, mas o que isso tem a ver?

— Não é isso que você quer fazer da vida?

— Na real, não. Vez ou outra eles gravam um filme do Batman aqui na cidade, e eu achei que seria maneiro participar, mas... — Ele ri, mas não de Hannah. Ele balança a mão dela como se estivesse tentando acordá-la. — Você está meio esquisita hoje. Meio esquisitinha.

— Não estou nada — Hannah murmura, abaixando um pouco a guarda. Os dois sorriem um para o outro e ela volta à vida antes de se virar para mim. — Eu estava preocupada com esse encontro. Quero que você goste de Jackson. Só me diz que gosta dele e eu juro que sossego o facho.

Levanto a mão, rendido.

— Eu gosto de Jackson.

Ela estala os dedos.

— Mas de verdade ou só porque eu te pedi para falar que gosta?

— De verdade verdadeira! Vocês dois são muito fofos juntos. Ele é legal. Vamos sair juntos mais vezes, por favor!

Sorrindo, Jackson se levanta e anuncia:

— É aclamação demais! Já volto, vou mijar rapidão.

Ele beija Hannah.

— Eu amo como você nunca deixa nenhum detalhe de fora.

Quando Jackson sai em direção ao banheiro, eu seguro o braço da minha melhor amiga e dou as boas notícias:

— Ele gosta de verdade de você!

Cobrindo os olhos, ela sussurra:

— Ele não tem nenhum plano de vida. Tipo, zero. Faculdade, sonhos, objetivos, nada. Acho que ele nem vai prestar vestibular!

— Ah, então é mesmo melhor chamar o FBI.

Sorrimos um para o outro até ela soltar uma risadinha envergonhada.

— É sério. O que eu faço? Já planejei cada milímetro dos meus sonhos: três filhos (duas garotas, um garoto) antes dos trinta e quatro, assim que meu terceiro livro *best-seller* entrar na segunda tiragem. Onde ele vai se encaixar nisso tudo?

Dou um abraço apertado nela.

— Não sei. Mas, até lá, continue sendo você mesma, toda paparicada por um cara legal que gosta desse seu jeitinho.

As bochechas de Hannah ganham um brilho dourado enquanto ela suspira, toda feliz.

— É o que tem pra hoje, né.

Meu conselho de "fica de boa e vê no que vai dar" é testado imediatamente quando Hannah e Jackson se preparam para ir embora: Elliot, com o cabelo suado grudado na testa, sai da sala dos fundos segurando um tonel gigante de xarope de mocha.

Meu corpo relaxa ao vê-lo. Faz tempo demais.

Elliot coloca o recipiente no chão com um grunhido. Ao levantar a cabeça, nossos olhos se encontram. Por algum motivo, vou para trás de uma das pilastras de estilo parisiense numa tentativa patética de me esconder. Como não estamos num desenho animado, todo mundo, inclusive Elliot, percebe.

Jackson ri.

— Seus amigos são umas figuras!

Hannah toca meu ombro e sussurra:

— Ele continua sendo o mesmo Elliot de sempre. — Ela se despede acenando. — Preciso pegar o trem até Orlando Park.

Ela me encara de canto de olho ao mencionar a localização super, super suburbana.

Seja lá qual for o motivo da excursão, é por causa do Jackson, então tento manter a expressão neutra e pergunto:

— Quem mora em Orlando Park?

— Uns parças meus — diz Jackson, se espreguiçando. — Eles criaram um jogo de tabuleiro de zumbis e a queridíssima Hannah Bergstrom aqui e eu concordamos em testar antes de todo mundo.

Ela faz uma reverência para mim e para Elliot; nós dois mal conseguimos acreditar.

— Isso mesmo, meninos — diz ela. — Essa bonequinha metropolitana aqui está indo para o subúrbio jogar dados com uns Hobbits fofinhos. — Jackson sorri de orelha a orelha. Ele não liga para a descrição. Os dois se beijam. — Cada um tem seu próprio conto de fadas.

Quem diria que Hannah, a rainha dos relacionamentos, estaria usando um conselho amoroso meu?

Depois que Hannah e Jackson vão embora, Elliot entrega o xarope de mocha para a outra barista enquanto eu fico parado, recostado na pilastra que tentei usar como esconderijo.

Será que devo ir embora? Será que Elliot me quer aqui?

— Vou tirar meus trinta minutos mais cedo, beleza? — Elliot avisa à colega de trabalho, que manda ele aproveitar o descanso enquanto ela transfere o xarope para um frasco no bar. Num movimento rápido, Elliot desliza por baixo do balcão e desamarra o avental. Ele joga o cabelo suado para trás e sorri.

— Que tal um copo de chai? — É estranho vê-lo sorrindo, como se nossa última interação cara a cara não tivesse sido agonia pura. Faço que sim com a cabeça porque, de repente, é impossível formar palavras. Elliot cutuca minha barriga, forçando uma risada para fora de mim. — Chai pra lá!

Com essa piadinha boba, o peso do desastre no festival sai dos meus ombros.

Ele não está bravo comigo! E parece que o emprego está a salvo. A única coisa sem salvação é o namoro dele.

— Eu e Brandon mal nos falamos desde o festival — ele confessa enquanto bebo um copo grande de chai.

As palavras me atingem como uma facada no peito.

— Me desculpa mesmo. E Grant também sente muito.

— Eu sei. Ele me ligou antes de você chegar.

— Sério? — pergunto.

Elliot assente. Outro peso sai dos meus ombros. Eu adoraria se Grant e Elliot fossem amigos.

— Você arrumou um cara e tanto. — Elliot encara a bebida no copo, como se ela guardasse respostas místicas. — Já eu...

— Prometo que vou dar um jeito...

Com uma escuridão nos olhos, Elliot levanta o rosto.

— Já chega dessa história de dar jeito. Cansei.

Outro peso sai. Outra faca entra.

Não diz que se cansou de Chicago. Por favor, não diz que você se cansou de Chicago.

— Ele disse que só estava comigo porque não tinha nada melhor — Elliot comenta. — Que não valia a pena desistir do treinamento Olímpico por mim, nem por um dia sequer. — Ele bebe enquanto eu assimilo o choque de Brandon ser tão cruel. — Depois acabou retirando o que disse. Jogou a culpa no estresse dos treinos e na vergonha do festival, blá-blá-blá. Tô nem aí.

— Mas vocês dois foram para o lago — digo, confuso. — Eu vi no Instagram. Aquela foto superfofa de vocês nadando de novo!

Elliot dá uma risada vazia.

— Micah, você caiu no truque de Instagram mais antigo de todos. Postar uma foto de quando se era feliz para que ninguém perceba que de feliz... a gente não tinha nada.

— Merda — murmuro. É claro, eles pareciam felizes até demais naquela foto. Meu peito está em chamas. Balanço a cabeça. — Bom, Brandon está errado. Vale a pena desistir de qualquer coisa por você.

Elliot respira fundo, como se minha gentileza fosse mais dolorosa do que os insultos de Brandon. Ele esfrega os braços como quem limpa uma lousa.

— Podemos mudar de assunto? Meu relacionamento está indo ladeira abaixo e eu estou coberto de xarope. Fala de qualquer outra coisa. Por favor.

— Hum — digo enquanto penso. — Vou participar da apresentação final do Grant.

Com um sorriso malicioso, Elliot estala os dedos.

— Grant me disse. Seu mural, né? Que demais. Aposto que você se arrependeu de ter sugerido essa ideia um segundo depois. Não foi? Você só tem umas duas semanas para terminar. Está se odiando, sim ou não?

TODO O PESO SAI DO MEU CORPO.

Como Elliot consegue sempre entender tudo?

— Sim! — resmungo, e me jogo sobre a mesa todo dramático. — Me dá uma máquina do tempo. Deixa eu voltar para o passado e desprometer essa história toda.

— Relaxa. Bebe um gole. — Ele empurra o copo de chai para mais perto e eu bebo. — Me responde com sinceridade: por que aquele mural está há tanto tempo abandonado debaixo daquela cortina velha e triste?

Por que não tenho a mesma visão artística clara para o mural como tenho (ou tinha) para os Namorados Inventados?

Normalmente eu fugiria dessa pergunta, ou diria que são muitos motivos para apontar só um. Porém eu e Elliot temos sido tão honestos um com o outro — e estamos tão relaxados aqui no café com a bebida e a iluminação perfeita — que não sinto medo de ser julgado por ele.

— Porque não gosto dele — admito.

— Nossa, na lata. — Ele ri. — Por quê?

— Eu tinha catorze anos quando rascunhei a ideia. É infantil. É sobre romances de contos de fada, mas do jeito como uma criança acredita.

Elliot fica boquiaberto.

—Ah, nem vem. Vai dizer que você não acredita mais em contos de fada? Você está vivendo um!

Começo a roer as unhas numa tentativa de articular a verdade para Elliot e para mim mesmo.

— Sim, estou vivendo um conto de fadas, mas é... diferente. Não é tão oito ou oitenta assim. E a imagem perfeitinha no meu mural parece falsa demais.

Elliot leva um dedo até os lábios.

— Seus Namorados Inventados eram fantasias desenhadas a partir da realidade. Eram pessoas reais, não eram?

Num piscar de olhos, ele pega o celular e desce até as postagens mais antigas do meu Instagram — direto do túnel do tempo. Meu crush do café Intelligentsia, reimaginado como um príncipe-pássaro magnífico num reino no céu (para combinar com a tatuagem de pardal que ele tem no pulso). Depois de semanas com Grant tratando meu Instagram como nossa máquina de marketing, ouvir Elliot falando sobre a essência do que eu costumava desenhar me faz bem.

Pego o celular de Elliot e continuo descendo pelo feed.

A proximidade das nossas mãos envia uma corrente elétrica pelo meu braço.

— Eram pessoas de verdade — digo. — Era a realidade transformada em fantasia.

Elliot arrasta a cadeira para mais perto. O joelho dele fica a um centímetro do meu.

— É que você simplesmente inventou aquela gente no seu mural. Ninguém é real mesmo?

— Hum... não.

Engulo em seco, tentando não sentir os pelos da perna dele fazendo cócegas na minha.

Elliot se levanta. O horário de descanso acabou, e o meu descanso de ficar tão perto dele vai começar. Enquanto veste o avental, Elliot diz:

— Resolvido. Então... é só começar o mural do zero.

Minha risada esganiçada atravessa o delicado som de piano da cafeteria.

— Não dá!

— Por que não?

— Falta só umas semanas!

— Você desenhou Grant no metrô em dez minutos. Quando você entra no clima, o lápis vai que é uma beleza.

O ambiente começa a girar. Não faz sentido. Não dá para simplesmente jogar fora tudo o que que venho criando há anos e inventar uma coisa nova em duas semanas.

Ou será que dá?

— Deixe sua agenda livre amanhã — diz Elliot, amarrando o avental nas costas.

Não olha para a bunda dele nessa bermuda. Não olha para... Tá bom, olhei. Droga. Como ele não derruba todos os frascos de xarope quando passa? Nunca saberei.

Respiro até recuperar a calma. Passei uma longa semana sentindo um clima meio estranho com meu namorado, e Elliot é só um gatinho com quem eu me importo e que também se importa comigo.

— Tá bom, agenda livre! — digo, pegando minha bolsa. — O que vamos fazer amanhã?

— Vou te levar para passear pela cidade — diz Elliot, voltando para trás do balcão. — Leva seu caderno. Na verdade, leva dois. E muitos lápis. Você vai ficar inspirado.

— Não quero te ocupar o dia inteiro — respondo.

— Amanhã eu não trabalho — ele diz. — E tenho um namorado que estou querendo muito evitar. — Os olhos dele brilham. — Além do mais, quero que esse mural fique incrível por motivos bem egoístas.

Eu me aproximo do bar e diminuo a distância entre nós.

— Como assim?

Elliot abre os braços sujos de xarope numa pose teatral.

— Prazer, Cavaleiro Princesa.

Beleza, agora o mundo inteiro está de cabeça para baixo.

— QUÊ?

— Quando Grant ligou para se desculpar pelo festival, ele disse que a outra modelo tinha desistido. Eu tenho as medidas certas. — Ele dá um tapa na própria bunda. — Vou receber cachê e ele disse que tinha te prometido que iria compensar as coisas para mim, então... Sou sua estrela. Agora o projeto é a três!

Ô, Elliot, olha o jeito como você fala, rapaz.

Nem acredito que Grant arranjou um trabalho que não envolve lidar com clientes para Elliot. Que pode impedi-lo de ir embora da cidade! E é algo que nós três poderemos fazer juntos. Todo mundo sai ganhando! Ninguém precisa se dar mal.

Estou nas nuvens.

Capítulo 20
O MUSO DO MURAL

Na manhã seguinte, separo dois cadernos e um monte de lápis para meu dia em busca de rostos que inspirem os personagens do mural. Precisa ser a cara do Desejo Realizado e também um cenário coerente com o Cavaleiro Princesa. Enquanto o trem da manhã passa por cima de mim no viaduto, meu skate vibra com uma energia reverberante — a mesma energia que uniu eu e Grant numa colisão inesquecível.

Tudo começou no trem. O mural devia ser um trem.

Paro o skate embaixo dos trilhos. Com os dedos suados, digito o conceito no aplicativo de notas do celular: *O mural vai ser um trem comprido, com dezenas de personagens de fantasia inspirados nas pessoas de Chicago. No centro, Elliot com o vestido do Cavaleiro Princesa de Grant.*

Aperto o celular com uma alegria incontrolável. O poder desta ideia — e a chance de colaborar com os dois garotos com os quais eu mais me importo — reacendeu minha inspiração para o mural como nunca aconteceu antes. Elliot tem razão: quanto mais eu trago o espírito dos Namorados Inventados para o mural, mais a minha cara ele fica. Não importa se uso lápis ou tinta. A ideia é o que move tudo.

Temos um reino para criar.

Eu e Elliot começamos nossa busca pela realeza no — adivinha? — shopping Water Tower. Numa loja de grife, nos esgueiramos por fileiras de roupas da coleção de primavera em promoção, seguindo um vendedor que Elliot acredita "passar uma certa vibe". Enquanto Elliot afasta as roupas da arara para abrir uma fresta, só consigo prestar atenção nos dedos dele, que, para minha surpresa, são longos e elegantes para garotos baixinhos como nós. Fico ainda mais chocado com suas unhas — cortadas perfeitamente e com as cutículas feitas. Para alguém que prepara um milhão de bebidas por dia, não achei nem uma sujeirinha sequer. Impressionante.

Elliot olha para trás e sorri.

— Tá de olho nisso aqui? — ele pergunta, e mostra as garras como um gato.

Começo a rir de nervoso porque odeio quando me pegam encarando no flagra.

— Achei que trabalhar com comida fosse tipo uma sentença de morte para a manicure — sussurro. — Foi o que Hannah me disse.

— E é mesmo, se a gente não se cuidar. — Sorrindo, Elliot mostra o muque enquadrado pela regata com estampa tropical e beija as unhas. — Eu mesmo faço as minhas unhas. Posso fazer as suas qualquer dia desses, porque... — Ele olha para as minhas, e eu nem preciso olhar também para saber que estão roídas, desgastadas, tortas e com lascas de esmalte. Elliot balança a cabeça em desaprovação. — Todo esse dinheiro e a mão horrorosa assim. Que tal um pouquinho menos de iate e um pouquinho mais de estilo?

Com uma risada, dou um peteleco no ombro de Elliot.

— Está contratado. Agora, podemos voltar ao trabalho?

— Ah! — Ele sorri e me chama para mais perto. — Esse é o cara que eu comentei. Vendedor da seção masculina. Acho que ele tem cara de cocheiro ou de guarda do palácio, né?

Fico na ponta dos pés para avistar nossa presa — um jovem branco, alto e imponente, vestindo um terno de estampa bem espalhafatosa enquanto atende um cliente. Rindo, volto a me agachar.

— Já desenhei ele antes. — Elliot vira a cabeça para mim, todo confuso. — É o Namorado Inventado 71! Ele que vendeu um terno da Varvatos para o meu pai.

Elliot fica boquiaberto ao reconhecer.

— O pistoleiro do Velho Oeste!

Ele lembra de um desenho que eu fiz no Natal passado? Nem sei o que responder. É informação demais saber que Elliot acompanha meu Instagram desde antes de a gente se conhecer. Na época em que Hannah ficava o dia inteiro tipo *Ai, porque Elliot isso, Elliot aquilo, blá-blá-blá.*

Abandonamos o vendedor, porque as inspirações para o meu mural não podem se misturar com os Namorados Inventados.

— Afinal — Elliot comenta —, certeza de que têm mais pessoas interessantes nessa cidade além daqueles que você quer namorar.

Ele cutuca minha costela e eu balanço o punho.

Toda vez que ele me provoca — e eu correspondo —, sinto um aperto no estômago.

É arriscado chegar tão perto assim do flerte. Mas quem disse que amigos gays não podem flertar um pouquinho sem transformar tudo num grande climão?

Ele é gato e está vestindo uma regata bonita, que deixa bastante pele à mostra. Ficar olhando para ele só prova que minha gayzisse continua intacta. Achá-lo bonito é apenas constatar um fato, não é uma opinião e muito menos um crush.

Mesmo se não encontrarmos nenhum rosto inspirador hoje, já terá valido a pena só pelo dia tranquilo com Elliot, sem que ele precisasse se preocupar com seu namorado ou aquele emprego péssimo. Além do mais, é bom ter um dia em que eu não precise parar a cada quarteirão para registrar mais um momento instagramável com Grant.

Por sorte, não precisamos esperar muito até Elliot se inspirar de novo.

— Ela!

Ele aponta para uma mulher na frente de um empório italiano de três andares, com fachada de vidro e tijolinhos. A mulher, uma violinista de rua, usa um vestido escarlate esvoaçante e um cachecol de lã combinando. Ela toca uma música energizante como trilha sonora para a área externa do empório — animada, porém serena.

Uma instrumentista para a corte.

Minha expressão se ilumina, jogo a bolsa em cima de um banco do outro lado da rua e desenho a mulher. Consigo capturar bem o clima: uma mulher com uma capa medieval, cravejada em joias, dedilha um alaúde para os convidados do rei. Levo apenas cinco minutos.

— Isso! — Elliot aponta para o caderno com empolgação. — É exatamente isso!

Pode dar certo. Mais umas doze pessoas, e eu terei o mural completo!

Puxo Elliot para um abraço vitorioso. A pele dele, exposta pela regata, é macia e aconchegante, como um cobertor quentinho. Eu devia abraçá-lo mais vezes; é bom. Com ele ainda em meus braços, percebo que essa é a primeira vez em que deixei alguém me observar desenhando alguma coisa do zero. Não fiquei com vergonha. Na verdade, eu nem pensei direito.

Esse é o dom de Elliot — deixar as pessoas à vontade.

Ou será que é algo mais?

Só sei que, quando estou com Elliot, minha visão criativa renasce das cinzas como uma fênix!

A tarde passa num piscar de olhos enquanto atravessamos o rio em direção aos parques e avistamos uma inspiração atrás da outra. Cada rosto novo que rabisco deixa o seguinte mais fácil de encontrar: um casal idoso atravessando a ponte se torna um *Felizes até depois do para sempre*; outro casal, ajudando uma criança a limpar uma mancha de sorvete da roupa, se torna uma família de ogros do pântano; um grupo de skatistas se torna um trio de fadas punk com asas de couro.

Quando chegamos ao Millennium Park, uma carruagem literalmente em formato de abóbora passa por nós, como se fosse a própria Cinderela a caminho do baile. A abóbora enorme e cor de creme — envolvida por pisca-piscas — não tem nenhum cavalo; é movida a motor. Lá dentro, uma mãe com duas filhas dão gritinhos de alegria, tiram fotos e despertam a curiosidade de todos na rua — principalmente a minha e a de Elliot.

— Nossa! — exclamo, encarando a família com inveja enquanto elas passam. — Como eu nunca vi uma coisa dessas antes?

— Estão por toda parte! — diz Elliot. — Parece que foram inventadas especialmente para você.

— Sério! — Entrelaço os dedos e me viro para Elliot. — Vamos alugar uma. Vai ser ótimo para os desenhos.

Elliot desvia o olhar e dá uma risadinha amarga.

— Meio romântico demais, não acha? Melhor você trazer Grant aqui.

Quero revirar os olhos, mas não por causa de Elliot. A raiva é de mim mesmo. Grant adoraria um passeio romântico de carruagem numa dessas abóboras — e eu também; é algo bem a nossa cara... ou seria, se esse fosse nosso primeiro encontro, quando o mundo era só nós dois. Na época em que eu era apenas Micah e ele apenas Grant, no tempo das mãos entrelaçadas depois de fugir da chuva e compartilhar nossos maiores medos. Cercados por arte. Quando a arte era maior do que nós, ao invés de ficarmos tentando ser maiores do que a arte.

Pensar nesses momentos e no quanto nos distanciamos do que éramos me deixa com um nó na garganta.

Hoje, Grant só veria essas carruagens como mais uma maneira de divulgar o casal #DesejoRealizado.

— Eu... falei mais do que devia? — Elliot pergunta, se encolhendo.

Balanço a cabeça como quem acorda de um sonho.

— Ahn? Não. Só estava pensando na carruagem de abóbora e em como seria legal passear nela de noite, com as luzes acesas. Vou chamar Grant depois, com certeza!

Com uma expressão preocupada, ele dá um soquinho no meu braço.

— Eu queria muito ir! Não estava tentando menosprezar o passeio nem nada. Aposto que seria superdivertido, é só que... depois de virar aquele meme, sei lá. Seus fãs podem acabar nos vendo e interpretando tudo errado, sabe?

Solto um grunhido.

— Meus fãs? Não se preocupe com eles.

Dou um soquinho no ombro de Elliot e, mais uma vez, sinto a maciez agradável da pele dele. O dia inteiro acabou se tornando uma brincadeira de soquinhos entre nós dois. Me parece o jeito mais seguro de tocarmos um ao outro toda vez que sinto um desejo repentino de segurar a mão dele ou de abraçá-lo de novo.

Mas eu não estou a fim dele. Ele só é um cara muito abraçável, tipo um filhotinho de cachorro em que todo mundo quer fazer carinho. Os ombros dele deviam vir com uma placa dizendo DÊ UM SOQUINHO AQUI PARA UMA DOSE DE CALOR E MACIEZ. Além do mais, é ele quem sempre soca primeiro.

— Vamos combinar assim — diz Elliot, depois de mais um soquinho. — Se Grant não quiser passear na abóbora, ou se vocês não tiverem tempo, a gente escolhe uma noite bonita e aluga uma.

ISSO.

Elliot seria o amigo perfeito para uma voltinha de carruagem, porque, quando o passeio acontecer, eu quero estar me divertindo, não fazendo uma live. Já consigo até sentir o vento balançando meus cabelos enquanto passeamos numa noite cintilante de verão na cidade.

Nossa próxima parada para desenhar é no Crown Fountain, um chafariz no parque onde dois monólitos enormes esguicham água um de frente para o outro. Na superfície de cada monólito, há imagens digitalizadas de rostos de pessoas reais, altas como um prédio de três andares, observando, piscando e cuspindo água. Através de fontes escondidas por trás das bocas gigantes e digitais, arcos de água saem e molham o chão. Crianças correm e gritam de um lado para o outro tentando evitar os esguichos.

— Meu Deus, como eu queria ficar todo molhadinho! — Elliot resmunga, se abanando ao lado do chafariz.

— Olha a boca! — Dou uma risada.

Elliot corre, urrando em direção a um dos rostos digitais (mas só depois de as crianças se agruparam em outro — os pais podem ficar tranquilos). Rindo de felicidade, ele se posiciona embaixo do jato e sacode a cabeça como um cachorro até o cabelo ficar todo arrepiado.

Tiro uma foto do momento. Não dá para resistir.

O registro é feito com uma clareza chocante: Elliot, lindo e sozinho, todo radiante enquanto o pôr do sol atravessa as gotas de água espalhadas no ar.

Já estou desenhando Elliot antes que ele volte todo molhado.

— É refrescante! — ele grita. — Você devia tentar.

— Estou de boa. Além do mais, já comecei meu próximo desenho.

— Ah, é? De quem?

Deslizo a mão sobre o papel com traços amplos e escuros de carvão. A imagem se materializa em minutos. Elliot espia o desenho inacabado por cima do meu ombro: um enorme rosto de pedra cospe uma cachoeira. Embaixo, uma criatura marítima baixinha e abraçável — um espírito da água — dança todo molhado, como um peixe surfista mágico e homossexual.

Elliot se agacha ao meu lado e fica com a bochecha coladinha na minha para observar mais de perto. Ele está molhando minhas costas — um refresco gelado muito bem-vindo depois do nosso dia fritando sob o sol.

— Nossa, que peixão, hein? — diz ele.

— Idiota — respondo, dando um tapa na mão dele.

— Olha só o tamanhão dele! Sou eu?

Assinto, sentindo minhas bochechas ardendo. Não quero que Elliot ache que eu desenhei o corpo dele de uma maneira que ele não se enxerga, ou, tipo, de um jeito sexualizado. O corpo dele tem curvas... então eu o desenhei assim.

Mas isso não parece chateá-lo. Na verdade, ele não consegue parar de sorrir para o desenho.

— Eu pareço feliz — diz ele, sem muita emoção na voz.

— Você merece ser feliz — respondo num sussurro.

Um formigamento gostosinho se espalha pela minha nuca. Uma sensação que me faz lembrar dos meus dias de romântico incorrigível, lá no começo dos Namorados Inventados. Não tem nada a ver com Elliot; eu sempre fico formigando quando um garoto gato assim se aproxima por trás dos meus ombros — seja para ver meus desenhos ou meu celular. Quem não sentiria uma emoçãozinha ao ter uma pessoa bonita com a pele a centímetros da sua?

O clima tenso entre nós vai embora quando Elliot bate palmas para descarregar a energia. Puxando meu braço, ele pergunta:

— Para onde vamos agora? Para onde?

Para qualquer lugar, não importa. Só quero que isso aqui continue.

No gramado da colina que leva até a saída do parque, uma mãe jovem, negra de pele escura, com uma camiseta de *Núbia e as Amazonas*, se ajoelha ao lado do filho de uns seis anos de idade. Ele sussurra no ouvido dela.

— Que boa ideia! — a mãe responde. — Pede para ela!

A voz da mãe é alta e firme; alta demais para o filho, que olha ao redor para se certificar de que não tem ninguém ouvindo.

Pelo menino, eu e Elliot desviamos o olhar.

A mãe caminha com o filho até uma mulher branca mais velha, no carrinho de cachorro-quente da Sabrett. A vendedora tem um cabelo ondulado e branco perolado, bem de vovozinha mesmo. Ela veste uma camisa vermelha do Chicago Bulls. Numa combinação de nostalgia e enjoo, lembro de onde a conheço: foi ela que me vendeu o cachorro-quente para Andy McDermott.

Setecentas vidas se passaram nos dois últimos meses.

A vendedora se abana com um ventilador elétrico e se abaixa para falar com o garoto.

— Como você quer seu cachorro-quente, meu amor? Simples? Com mostarda? Completo?

O garoto infla o peito todo corajoso, como se tivesse treinado por horas para falar com adultos desconhecidos.

— Hum, sra. Sabrett...?

A mãe do garoto e a vendedora trocam um sorriso.

— É senhorita Sabrett, querido. — A vendedora dá um tapinha no logo estampado no guarda-sol do carrinho. — Não tem nenhum senhor. Ele já se mandou. Como posso te ajudar?

— Hum... Eu queria uma carruagem de abóbora da Cinderela. Onde que elas ficam?

Elliot dá um soquinho no meu braço e sussurra:

— Olha só, um mini você!

Ele levanta a mão, pressionando o dedo indicador no polegar. Retribuo o soquinho. Sinto uma leveza tomando conta do meu corpo.

Que bom para o garoto. Não é fácil ser um menino pedindo por coisas de princesa, independentemente do quão legal a tal coisa possa parecer. Eu morria de medo de falar sobre qualquer coisa relacionada a contos de fadas para qualquer pessoa fora da minha família. Se eu estivesse numa loja e visse algo relacionado a princesas, juntar coragem para perguntar sobre aquilo levava uma longa negociação dentro de mim mesmo.

Depois que a vendedora de cachorro-quente explica ao menino como chegar na locação das carruagens de abóbora, ele agradece e puxa a mãe em direção ao seu próprio conto de fadas. Uma onda de melancolia me cobre como um casaco pesado. *Boa sorte, carinha*, desejo ao garoto em silêncio. *Contos de fada existem, mas a realidade nem sempre é como a gente espera.*

Minha vida com Grant continua sendo um conto de fadas, mas, depois deste dia com Elliot, me sinto mais confuso do que nunca. Será que um príncipe dos sonhos não seria capaz de entender os sinais de que estou assustado com essa publicidade toda? Será que um príncipe dos sonhos passaria o dia inteiro com outro garoto bonito, sem nem pensar no próprio namorado direito?

Neste momento, eu nem sequer sinto saudades de Grant, o que é horrível, mas é tão bom poder rir. Parece que se passou uma eternidade desde a última vez em que eu ri tanto assim sem um momento desconfortável estragando tudo. E ser compreendido sem precisar ficar o tempo todo explicando por que eu me sinto de tal jeito, por que não quero tirar tal foto ou por que não quero um show de música e dança ao vivo.

Essa é a primeira vez que penso em Grant o dia inteiro e, imediatamente, quero dar uma de Bela Adormecida e ir dormir.

Antes de ir embora, desenho nossos novos personagens: a vendedora com uniforme do Chicago Bulls e seu cabelo prateado vira uma fada madrinha radiante, conjurando cachorros-quentes no ar em volta de uma carruagem de abóbora. Abaixo dela, um bebê rato dança com sua mãe rata.

Graças a Elliot, meu mural ficará repleto de felicidade genuína.

De volta à ponte no River North, somos atraídos pelo aroma intoxicante de pipoca de caramelo. Até mesmo o ar em volta da loja de pipocas do Garrett é doce e açucarado. A fila sai de dentro da loja e continua calçada abaixo, como se a pipoca fosse uma celebridade fazendo uma aparição rara para o público.

— Isso é armadilha de turista — resmungo.

— Algumas armadilhas até que valem a pena — Elliot responde.

A leveza da voz dele é como um soco na minha garganta. O namoro dele está por um fio, mas ele age como se não tivesse uma preocupação sequer. Se eu estivesse no lugar dele, nem o Papa me tiraria da cama.

O otimismo dele ergue um espelho em frente ao meu. Penso em todas aquelas mensagens de desconhecidos que recebi, sobre como os ajudei a acreditar em finais felizes de novo. Eles não sabem das minhas dúvidas. Meus pensamentos inseguros. Não me ouviram agora mesmo, julgando pessoas por esperarem numa fila pela melhor pipoca já feita na história da humanidade.

Quando foi que parei de ser aquele garotinho fascinado pela abóbora da Cinderela? A primeira coisa que pensei não foi *nossa! Que mágico!*, e sim *Aff, meu namorado vai querer andar nisso aqui só para dar um jeito de se promover na internet.*

— Tá bom, vou dar o braço a torcer — comento. — Quer pipoca?

Ele se vira para mim com um sorriso surpreso.

— Na verdade... Comer não seria uma má ideia. Mas tenho outra armadilha de turista em mente, se você topar.

— Vamos nessa, então! Tipo um enco... — Fecho a boca antes de deixar a palavra escapar. — Hum, vamos!

Não acredito que eu quase disse *Tipo um encontro*! O pânico com essa gafe parece um coice de cavalo, mas já perdi as contas de quantas vezes soltei um "Tchauzinho, te amo" para algum professor ou para o técnico da internet porque é assim que eu me despeço de Hannah no telefone.

Se Elliot for o amigo que eu acho que é, ele vai me zoar por quase ter dito encontro. Ele adora usar essas coisas para implicar comigo. E eu adoro também.

Mas nós paramos para comer e a piada nunca vem. Talvez ele nem tenha notado.

Se houvesse uma guerra nuclear em Chicago, pode apostar que a Pizzeria Uno permaneceria intacta em meio aos escombros. Uno é uma taverna escondida dentro de um antigo quartel de bombeiros — uma construção da época em que os conceitos de "janela" ou "muito espaço" não eram considerados na hora de criar um restaurante. Pelo lado positivo, Uno é um lugar cheio de privacidade para quando quero fugir do mundo e comer para esquecer os problemas.

— O que você achava de mim antes de a gente se conhecer? — pergunto, sentado de frente para Elliot. — Tipo, quando eu era só o outro amigo de Hannah.

— Ah — diz Elliot todo animado, bebendo um gole de Pepsi. — O grande Micah Summers. Eu achava que você devia ser um cara legal. Sabe, ela é obcecada por você. Eu sabia que só chegaria em segundo lugar, no máximo.

— Ai, nem vem! — Bato na mesa antes de servir mais duas fatias para a gente. — Ela só falou de você o semestre inteiro. Elliot e seus animais, feito uma princesa da Disney.

Elliot sorri, mordiscando um palito de dente.

— Você devia ficar tipo "Quem é essa biscate?"

— Sim.

Elliot ri tão alto que os clientes ao nosso redor viram a cabeça.

— Beleza, não precisa se preocupar. Você sempre será o protagonista na vida de Hannah. Eu sou aquele que só apareceu na terceira temporada.

Aponto meu garfo para ele.

— Ei, mas esses são sempre os melhores personagens.

—Ah, o queridinho dos fãs! — Elliot desce os dedos pelo rosto como uma cachoeira.

— Você já é o queridinho na série Desejo Realizado. E, sinceramente, eu queria aparecer bem menos nesse programa.

Elliot abana a mão.

— Relaxa. Seu mural vai ficar incrível.

Meu estômago vira do avesso depois de mais uma garfada.

— Não é isso. Só queria ter minha conta de desenhos de volta. Era um lugar seguro para onde eu podia ir quando me sentia sobrecarregado, e agora virou tudo marketing. — Ficamos em silêncio enquanto mexo os cubos de gelo no copo com o canudo. — Queria voltar a postar anonimamente. Assim que publiquei aquela foto minha com Grant, minha conta virou algo sobre... nós dois, sobre "sair na imprensa", sei lá. Faz semanas desde que postei um desenho pela última vez. Agora é tudo divulgação.

Elliot mantém o rosto neutro por educação.

— Então, se eu pudesse te transformar em anônimo de novo num passe de mágica, o que você desenharia? Mais crushes? — Ele ri.

— Não. — Também dou uma risada. — Sinceramente, hoje foi tão divertido... Quero continuar desenhando isso.

— Assim que coloco as palavras para fora, elas me parecem uma verdade profunda, mas, ao mesmo tempo, tão, tão simples. Como se eu soubesse disso desde sempre. — Pessoas. Contos de fada do dia a dia. Essa é a minha visão de verdade. Quero usar meu Instagram como um portfólio para estudar pintura no Instituto de Arte, me esforçar e melhorar na pintura, levar minha visão para uma tela maior.

— Você já disse isso para Grant?

Engulo em seco.

— Melhor esperar um pouco.

Se encolhendo, Elliot morde a ponta do canudo.

— Falando como alguém que está prestes a ficar solteiro para sempre, te recomendo dizer as coisas pequenas que você sente antes que elas se tornem grandes.

Encaramos os olhos um do outro sobre a mesa e ficamos em silêncio por um tempo.

Solteiro para sempre. Que horror. Não quero isso para nenhum de nós. Tudo o que quero é dar a volta na mesa e abraçá-lo — e meu cérebro está gritando para que eu faça isso —, porém, por algum motivo, fico congelado.

Elliot abre um sorriso — quase triste — e mastiga um cubo de gelo. Ele levanta a cabeça.

— Vou sentir saudades de Chicago. Essa pizza me faz tão bem. Muita gente reclama, diz que nem é pizza de verdade, é caçarola ou sei lá o que, como se fossem as primeiras pessoas a pensar nisso. E daí se é uma caçarola e não uma pizza? Tem molho, queijo e é quente. Seja o que for, é uma delicinha.

Amigo ou queridinho dos fãs, Elliot não é um personagem secundário: independentemente de seu papel na minha vida, ele me faz feliz. Posso contar qualquer coisa para Elliot e sei que ele irá me entender.

Não posso perdê-lo.

Por favor, universo! Deixa Elliot virar o protagonista na história de algum garoto sortudo para que este futuro astro possa ser apreciado e idolatrado — e para que eu possa parar de me preocupar com ele desaparecendo da minha vida.

Porque, agora que não posso mais contar com Brandon, o que mais será capaz de manter Elliot aqui?

Capítulo 21
OS PEQUENOS PROBLEMAS

O fim de julho chegou, e o desfile é daqui a uma semana.

Por causa do prazo cada dia mais apertado, meus encontros com Grant se tornaram almoços rápidos ou uns pegas ainda mais rápidos na cama de solteiro do dormitório antes de ele voltar para o ateliê. O Cavaleiro Princesa evoluiu da etapa de design para a de construção, então os dias em que eu e Grant nos trancávamos no quarto dele para criar e beijar ficaram no passado. Todo o trabalho acontece na oficina cavernosa do Instituto de Arte, que dividimos com mais uns dez alunos. Não é nada romântico — e nem um pouco tranquilo. Na real, quanto mais a data do desfile se aproxima, mais intenso fica o clima entre todo mundo:

Olhos concentrados nas máquinas de costura. Respirações bufantes a cada corte de tesoura.

Neste espaço, me sinto apenas um assistente de Grant, como se não contribuísse de verdade artisticamente. Lembrar daquele dia desenhando com Elliot chega a doer. Preciso ser eu mesmo, e não um personagem secundário que só serve para divulgar o desfile na minha conta famosa.

Bobinho, você tem um mural para terminar. ANDA LOGO.

Só queria poder trabalhar ao lado de Grant e sentir de novo aquela vibe colaborativa.

— Tá bom, tô indo nessa!

Beijo a orelha de Grant enquanto ele se estica sobre uma mesa medindo tamanhos diferentes de correntes.

— Boa sorte! — diz Grant, olhando para mim. — Ei, a gente não postou nada no Insta hoje. Você podia tirar uma foto da porta do ateliê e escrever alguma coisa tipo "Falta uma semana!", né? "O que vocês acham que está atrás da porta?" Sei lá, para dar uma instigada. Você é melhor que eu em criar legendas.

Meu sorriso congela.

Passei o dia inteiro querendo postar meus desenhos das pessoas de Chicago, ser criativo e verdadeiro de novo, deixar de postar apenas coisas sobre nosso Desejo Realizado, mas é claro que Grant tem mais uma divulgação em mente. Fotos que não têm nada a ver com meu ponto de vista artístico. Meu feed costumava chamar a atenção visualmente, e agora é só um amontoado de selfies e INGRESSOS À VENDA! LINK NA BIO!

Onde é que minha visão foi parar?

Eu tive um desbloqueio criativo enorme com Elliot, quando finalmente entendi o que quero fazer: transformar realidade em fantasia, mas não tenho tempo nem espaço para isso agora. Grant está tão focado no desfile que está sugando todo o oxigênio do ambiente. Ele claramente está priorizando seu ponto de vista artístico, então por que eu não luto pelo meu?

Enquanto observo Grant se movendo de um lado para o outro, sem a menor noção do que se passa pela minha cabeça, as palavras de Elliot ecoam em mim: *Diga as coisas pequenas que você sente antes que elas se tornem grandes.*

Isso foi há duas semanas. Eu não apenas falhei em dizer as pequenas coisas para Grant, como também temo que elas não sejam mais tão pequenas assim.

Porém, mais uma vez, perco a coragem e posto uma foto minha ao lado de uma maldita porta.

Jogando para longe todos os pensamentos horríveis sobre Grant e nosso Desejo Realizado, a única coisa que permito que ocupe minha mente é o mural. O tique-taque do relógio fez minha arte ganhar vida. Depois da noite de pizza com Elliot, levei meus desenhos da cidade de volta para o quarto e, basicamente, não parei de pintar por duas semanas. A sensação foi de voltar para casa.

O mural antigo e descartado está enrolado e escondido no meu armário, junto com outras coisas da minha infância. Agora que não estou mais limitado às minhas ideias originais e empoeiradas, transformo um rascunho após o outro em um reino vivo a bordo de um trem mágico: a fada madrinha conjurando cachorros-quentes, Maggie e Manda como gnomos de jardim com roupinhas combinando e Elliot como um espírito da água cheio de alegria, dançando em cachoeiras.

Elliot tinha razão: enxergar o fantástico na vida cotidiana é meu superpoder.

Para o pavor da minha mãe, tenho dormido uma média de cinco horas por noite, mas é impossível descansar agora que meu motor finalmente ligou. Meus lamentos sobre os Namorados Inventados desaparecem. Até a ansiedade de pintar está mais sob controle. As pinceladas não parecem incertas — as cores se espalham lado a lado numa harmonia espetacular. Não hesito ao escolher os tons; um instinto afiado guia minha mão. Apesar de a pintura dar muito mais trabalho do que os desenhos a lápis — cada detalhe precisa ser bem pensado antes de adicionar a tinta —, eu aceito o desafio.

Minha ex-professora de pintura nem me reconheceria!

Preciso enviar um convite do desfile para ela.

Faltando apenas alguns toques finais, envio atualizações para Elliot e Grant — mas só porque os dois fazem parte do time criativo do Cavaleiro Princesa. Dou zoom em Elliot, o espírito da água cheio de curvas, e mando uma mensagem no grupo sobre a presença dele ali. Mas me arrependo imediatamente.

Mds!!! Qual personagem sou eu?, Grant envia.

Ai, não.

Meu rosto fica pálido e o quarto começa a girar.

Como pude esquecer de colocar Grant no mural? O Garoto 100! Meu príncipe, meu namorado!

Nunca pintei tão rápido na vida. Não tenho tempo para ficar pensando muito nem me questionando. Nem sequer faço um rascunho antes. *Vapt, vupt*, começo com índigo, formando um fundo grande num espaço vazio perto da ponta direita do trem. Meus dedos trêmulos abrem latas novas de azul-royal, cinza e bronze. Em menos de quinze minutos, Grant se torna um príncipe majestoso — a Fera — dançando uma valsa com outro príncipe — eu, com detalhes meio desleixados e deixado de lado.

Por que a Fera? Bom, a ansiedade tomou conta do meu cérebro e me impediu de pensar direito, então a única ideia que tive sobre Grant foi a sensação que ele tinha de ser amaldiçoado.

Envio a foto para o grupo, junto com uma mentira sobre como demorei a responder porque parei para almoçar. Depois de quatro minutos torturantes de silêncio, Grant responde: A FERA??? Como ousa? Haha brincadeira, amei! Fiquei mto gato! Você é tão bom nisso!

Finalmente, respiro.

Preciso de uma pausa para almoçar de verdade agora. Saio para fazer uma sopa e tranco a porta do quarto. Nos três minutos que o micro-ondas leva para preparar a comida, Maggie e minha mãe já basicamente invadiram meu quarto.

— Podem parar! — ordeno, equilibrando a tigela fumegante de creme de cebola. — Eu tranquei a porta, como...?

Há uma chave na fechadura. Meus olhos vão diretamente para minha mãe. Quando fiz dezesseis anos, ela prometeu que eu poderia ter minha própria fechadura, sem que ninguém mais tivesse a chave.

Ela desvia o olhar, culpada.

— A casa é minha.

— Então você me deve outro presente de aniversário.

No dia seguinte, um domingo de tarde chuvosa, os membros do Time Desejo Realizado se encontram para a realocação oficial do meu mural, no Instituto de Arte. Grant, Elliot, Hannah e Jackson se reúnem ao redor da ilha da cozinha e comem uma tábua de petiscos que minha mãe pediu. Na porta do meu quarto, Maggie, vestindo um pijama com estampa de hambúrgueres e o cabelo recém-lavado, me encontra. Ela está segurando Lilith, esparramada toda sem jeito como uma bola peluda.

— Não posso te soltar — Maggie explica para a gata. — Tem gente carregando coisas; você vai acabar pisoteada.

Lilith me fuzila com o olhar, como se soubesse que a culpa é toda minha. Faço um carinho nela, coisa rara de conseguir, exceto quando ela está sendo segurada.

— Manda está bem? — pergunto.

A namorada de Maggie está, no momento, guardando a vaga na rua para o caminhão que vai levar meu mural até o Instituto.

Maggie se encolhe e tira uma mecha de cabelo molhado dos olhos.

— Ela tá beeeeem. Só estressada por ficar guardando vaga na rua, com medo de arrumar confusão.

— Me desculpa! — Confiro o bolso duas vezes só para garantir que peguei tudo de que preciso. — Estamos indo agora!

— Ela vai ficar bem! — Maggie me puxa para um abraço apertado com Lilith resmungando ao ser esmagada entre nós e sussurra: — Estou tão orgulhosa de você. Nunca te vi se esforçar tanto por alguma coisa.

— Obrigado! — sussurro de volta. — Mas ainda não vou te deixar ver o mural.

— Seu pirralho! — Ela se afasta do abraço e, com um último sorriso para a porta fechada, murmura: — Mas estou feliz por você mesmo assim.

Sopro um beijinho para ela e, carregando Lilith, Maggie volta para o quarto. A caminho da cozinha, não consigo parar de sorrir. Meu mural está pronto. Ele vai conhecer o mundo. E todo mundo que eu amo está aqui para me ajudar.

Enrolamos o mural como um tapete e o colocamos numa bolsa fechada. É só quando os ajudantes mais fortes — Grant e Jackson — tentam levantá-lo que me dou conta de como o mural fica pesado quando enrolado. Apesar de o Instituto ter alugado um caminhão pequeno para carregar o mural, ele ainda precisa ser levado escada abaixo. O elevador da cobertura é pequeno demais, então precisamos descer vinte andares pela saída de emergência.

A jornada para fora de casa é complicada, não apenas por causa do peso do mural, mas por causa dos comentários ácidos que as pessoas ficam fazendo para mim.

— Juro que não estou olhando! — diz minha mãe. — Quer que eu espere na lavanderia?

— Ah, quer dizer que agora eu faço parte do time? — Hannah pergunta. — Agora que tem trabalho pesado para fazer?

A única pessoa que fica de boa é Jackson, que está ganhando muitos pontos comigo ao direcionar de maneira confiante o melhor jeito de virar o mural na esquina de cada andar. Sempre que ele abre a boca, tenho vontade de mandar um joinha para Hannah.

A conexão entre os dois é linda.

As coisas que eles sussurram um para o outro quando ninguém está olhando, os toques trocados nos pulsos e nas costas. Com uma onda de nostalgia nauseante, eles me lembram do meu prólogo com Grant tomando sopa no Le Petit Potage. Quando ele ficava me tocando — não de um jeito sexual, apenas uns pequenos toques, como se fôssemos animais desconhecidos explorando um ao outro.

Esses pequenos toques não têm acontecido com tanta frequência ultimamente.

Será que a culpa é minha? Será que minha amargura sobre o Instagram está subconscientemente me impedindo?

Pequenos problemas se tornam grandes problemas, Micah.

Na escadaria de emergência, ainda faltam dezoito andares até chegarmos na rua. A jornada do mural também é complicada por causa das nossas diferenças extremas de altura. Grant e Jackson são bem altos, já eu, Hannah e Elliot, bem pequenininhos, sofremos para não deixar a bolsa tocar o chão.

Parecemos uma gangorra.

Rindo, Grant cutuca Elliot com o cotovelo.

— A altura de Brandon seria de uma ajuda e tanto agora, né?

Ao meu lado, Hannah fica tensa. A escadaria cai num silêncio profundo por um segundo arrastado, e naquele momento já sei o que Elliot vai dizer:

— Pois é, terminei com ele na terça.

Por cima do mural enrolado, vejo Grant arregalar os olhos.

— Ai, meu Deus, sinto muito!

— Elliot, sinto muito também! — grito de onde estou.

Minhas mãos estão pegajosas de suor. Não acredito que descobri essa informação quando estou a um milhão de quilômetros de Elliot e não posso abraçá-lo. Talvez ele não tenha me contado porque não queria que eu e Grant nos sentíssemos culpados por termos bombardeado o namoro dele durante a última chance de sobrevivência.

— Obrigado, gente — diz Elliot, parando no pé da escada para recuperar o fôlego. — Não quero que ninguém se sinta mal. Esse término foi uma coisa boa, que já estava para acontecer de qualquer forma, e a apresentação do mêsversário de vocês foi fofa. Qualquer pessoa tranquila teria entendido que tudo não passou de um mal-entendido hilário. E o fato do Brandon não ter percebido isso... — Ele solta o ar fazendo barulho. — Me disse tudo o que eu precisava saber.

As palavras de Elliot não são reconfortantes. Eu e Grant trocamos um olhar de culpa.

— De quem estamos falando? — Jackson pergunta.

A escadaria é tomada por uma risada de alívio. Hannah mandou muito bem ao encontrar Jackson.

O alto-astral retorna conforme nós cinco carregamos o mural pelo saguão até o caminhão, onde Manda ainda nos espera.

— Ai, meu Deus — diz ela, com seu pijama de batata frita que combina com o de hambúrguer da minha irmã. — Tipo, uns sete guardinhas de trânsito já passaram por aqui. E ninguém atendia o celular!

— Desculpa! — digo, puxando a rampa traseira do caminhão. — Foram vinte andares e uma escadaria bem estreita com essa monstruosidade aqui. Eu nunca mais vou pintar nada em casa.

Grant cumprimenta Miranda e diz:

— Obrigado! Pode ir curtir. Comer seu cereal matinal.

Com a respiração angustiada, Manda diz:

— Com todo o prazer!

Depois que ela vai embora, Grant assume o volante. Os outros ajudam a colocar meu mural na carroceria antes de se despedirem um por um. Finalmente sozinho, me junto ao meu namorado no banco do passageiro. Ele não começa a dirigir de imediato — apenas se vira para mim com uma expressão animada e a câmera do celular já aberta.

— E aí, uma selfie para dar uma provocada, avisando que estamos levando uma arte misteriosa para o Instituto?

Grant tira uma foto minha com a cara mais emburrada do mundo.

Pequenos problemas viram grandes problemas.

Diz alguma coisa, Micah!

— Eu preciso do meu Instagram de volta — digo, com a garganta seca de medo. Meu estômago vira do avesso quando Grant franze o cenho, confuso. — Achei que seria tranquilo fazer a divulgação do evento, mas... Essa conta é para a minha arte. Agora eu entendo minha visão artística. E acho que ela devia ter continuado anônima.

Grant me encara sem piscar.

— Tá bom...

— Me desculpa...

— Você se arrepende de ter contado para os outros que eu sou seu namorado?

A voz dele carrega um tom tão pesado que, por um momento, me deixa sem palavras.

— Não. Nossas fotos fazem parte da nossa vida pessoal. Eu só... não quero ficar promovendo isso de Desejo Realizado na minha conta. Preciso de um espaço artístico só meu, e...

Grant se encolhe, como se eu tivesse dado um soco no coração dele.

— Então você preferia, sim, me manter em segredo?

— Não é isso que eu estou dizendo. — Tento articular as palavras enquanto Grant aperta o volante.

— Diz logo que eu estou te sufocando, Micah. Não precisa inventar essa coisa toda de querer um espaço artístico só seu...

— Grant, você não está me escutando, e esse é o problema! — A frustração salta do meu peito. Não consigo controlar. Fisicamente incapaz de me encarar, Grant fixa o olhar no volante do caminhão. Eu respiro fundo. — Não quero que você seja um segredo. Só quero...

Mas meu cérebro está uma bagunça. Não faço a menor ideia de como concluir a frase.

— O quê? — ele pergunta.

— Quero que o Namorados Inventados seja uma coisa só minha, separada do Desejo Realizado. Tá bom?

Grant fecha os olhos para segurar as lágrimas. Com um baque surdo no peito, percebo que tudo o que ele escutou foi "quero separar Micah de Grant".

— Essa é a minha única chance — ele sussurra. — Você sempre se destacou. Eu nunca consegui. As pessoas só vão para o meu desfile idiota olhar minha fantasia idiota por causa de você.

Aí está: a verdade.

A ferida antiga por trás de todas as postagens de divulgação e selfies forçadas.

Ele acha que não é nada sem mim.

Seco as lágrimas dos olhos dele e acaricio suas bochechas. Cadê aquele garoto confiante e sorridente que eu conheci no trem carregando duas bolsas pesadas de livros sem nenhum esforço e tirando meu fôlego com suas covinhas? Eu achava que ele era tipo um astro de cinema, impecável e despreocupado. Como pode ele não confiar em si mesmo para sustentar seu próprio desfile?

Ele entrou para o Instituto de Arte antes mesmo que eu pensasse em tentar!

— Você fez algo que eu nunca consegui — digo. — Você entrou para o programa de curso de férias. E está arrasando. Essas conquistas são suas.

Grant só balança a cabeça. Se recusa a acreditar.

— Podemos continuar a divulgação — digo. Ele abre os olhos vermelhos. — Mas depois que o desfile acabar, vou voltar para os meus desenhos. Tá bom?

Bem contido, ele sorri e assente. Já eu, não consigo deixar de pensar que fui super-honesto em relação aos meus sentimentos e Grant não escutou nada do que eu disse. Minhas preocupações foram filtradas pela dor dele, pela paranoia de que eu o abandonaria assim como os outros fizeram e, no fim das contas, nós dois ficamos mal.

Capítulo 22
A GAIOLA

O céu está trovejando no caminho até o Instituto de Arte. Nuvens carregadas pairam lá em cima, mas as gotas só começam a cair quando estamos quase chegando no auditório. Dois colegas de classe de Grant guardam uma vaga para nós na calçada molhada pela chuva atrás do prédio.

Grant e Jackson levantam o mural, um em cada ponta, e o restante de nós corre para abrir a porta dos fundos. Risadinhas viram calafrios quando a chuva aperta. Me espremo contra as portas do auditório, deixando Grant e Jackson passarem para dentro com a minha arte. Encharcado, porém protegido da chuva, solto uma risada estridente na porta até me virar e...

Dar de cara com Elliot. A camiseta e o cabelo estão colados em seu corpo.

As gotas que pingam do nariz dele caem em mim; estamos próximos nesse nível.

O cheiro dele é doce e frutado...

Ele está tão assustado quanto eu pela proximidade. Felizmente, ele interrompe o transe se virando para o auditório à frente.

— Nossa.

Não consigo conter a surpresa. Nunca entrei neste auditório antes, mas estava esperando algo como uma quadra fedida de colégio. Isso aqui é uma mistura de Broadway com New York Fashion Week: uma passarela branca deslumbrante se estende sob um arco cortinado, com assentos VIPs dos dois lados e arquibancadas atrás. Deve ter capacidade para milhares de pessoas.

Elliot aponta para a passarela infinita, brilhando como cristal.

— É ali que eu vou desfilar?

Aponto para o painel gigante atrás da passarela.

— Aham. E o meu mural vai ficar bem ali.

— Vai dar certo.

Elliot dá um sorriso molhado e triunfante, e eu retribuo enquanto seguramos a mão um do outro. A confiança volta com tudo para meu coração.

Mas só por um momento.

— Tudo pronto? — pergunta uma voz grave que me faz pular de susto.

Grant espera do outro lado do salão com uma expressão vazia. A alegria de correr na chuva já passou.

— Sim! — Me separo de Elliot sem olhar para trás.

Foi sem querer, foi sem querer, foi sem querer.

Meia hora depois, Hannah e Jackson saem para jantar e a equipe Desejo Realizado começa a preparar o auditório escuro. Diretor de palco, maquiador, diretora de arte e diretora do desfile se reúnem a várias fileiras acima de Grant e eu. O diretor testa várias luzes e faz ajustes técnicos até ficar satisfeito com o tom exato de rosa para a iluminação de nossa peça.

Rosa conto-de-fadas.

Tirando a música, Grant não tem nada a dizer para a direção do desfile, afinal, é melhor deixar essas decisões na mão de profissionais. Como o diretor sabe que o Desejo Realizado já é o segmento mais divulgado do desfile inteiro, nos colocou no final para garantir que ninguém vá embora mais cedo. Outras apresentações — moda, performance e instalações de arte — foram organizadas ao longo da noite a fim de preparar o público para o grandioso final: nós.

A presença física no ensaio técnico me deixa ligado no 220.

Contos de fadas no nosso mundo. Um encontro da arte com a realidade.

Por sorte, Grant parece ter esquecido do toque acidental entre mim e Elliot. A energia produtiva do ensaio deixou um sorrisão estampado entre aquelas covinhas. Envolvo os braços no peito dele e o abraço forte.

— Me desculpa — sussurro, sem saber o motivo.

Por segurar a mão de Elliot? Por despejar minhas preocupações em cima de Grant às vésperas de um evento muito importante para ele? Seja lá qual for o motivo, desculpa é a única palavra que consigo botar para fora.

Grant solta um grunhido feliz e apoia a cabeça em cima da minha.

— Me desculpa também.

Dá para ver que o pedido é sincero. Assim que o desfile acabar, teremos nossos pequenos toques de volta.

Por fim, o grande momento chega: Elliot é chamado na passarela. Ele trocou as roupas molhadas por calças de dança e uma regata pastel — super aqueles vídeos de ginástica dos anos 1980. O coreógrafo marca os passos com Elliot — e meu doce barista se move com uma energia incrível! Ele ainda nem começou a performar, mas os movimentos já estão tão fluidos que me lembro daquela vez em que ele equilibrou todos os quatro copos de latte no Café ao mesmo tempo.

Grant não consegue fechar a boca, está maravilhado. Ninguém aqui esperava que nosso amigo arrasasse tanto assim logo de primeira.

Aquela pessoa que desistiu já nem faz diferença mais. Elliot não é apenas um substituto qualquer.

Continuo na plateia enquanto Grant se junta a Elliot e ao coreógrafo na passarela. Como a modelo anterior era dançarina profissional e Elliot não tem tanta técnica, reduziram os movimentos para algumas variações mais simples. Mesmo assim, ele surpreende todo mundo. Com tranquilidade e graça, Elliot mergulha no personagem Cavaleiro Princesa, que começa como uma criatura frágil e assustada e termina atravessando a passarela com os passos firmes de um gato selvagem.

Gentil, mas feroz. Elliot arrasa.

Ele está muito bem sem Brandon. Obedecendo seus instintos. Aproveitando cada momento. Saltando sem medo no desconhecido. Livre e desimpedido.

Ai, meu Deus. A ideia surge na minha cabeça, já completamente formada.

— Hum, Grant? — chamo do escuro.

Grant, Elliot e o coreógrafo protegem os olhos contra os holofotes e marcam os lugares no chão.

— Está tudo certo daí de trás? — Grant pergunta.

Pego um caderno e um lápis e vou correndo até a passarela. As luzes do desfile são tão fortes que semicerro os olhos quando chego lá.

— Três minutos, pessoal — diz o coreógrafo, pegando sua garrafa d'água. — Seu grupo só tem mais uma hora antes do próximo time.

Elliot e Grant se aproximam e nós fechamos o trio.

A proximidade é quase demais para mim. Um perfume forte e outro doce.

TRÊS MINUTOS, MICAH, FALA LOGO.

— Grant, você ainda não está cem por cento confiante com a saia, né? — pergunto.

Grant se mexe desconfortável ao lado de Elliot e olha para nós dois como se eu estivesse revelando seus segredos mais sombrios.

— Estou, sim. A cauda de arco-íris completa tudo.

Seguro o pulso de Grant com a mão tranquila. Pequenos toques.

— A cauda de arco-íris é ótima! Mas você disse que queria que ela fosse maior, mais extravagante, não disse? Dar um tcham? Será que dá tempo de acrescentar mais um conceito? — Elliot se encolhe e Grant fica cada vez mais vermelho. — Sua missão com o Cavaleiro Princesa não é dizer que as pessoas não precisam escolher entre a caixinha do cavaleiro ou a caixinha da princesa?

— É…

Finalmente, Grant relaxa os punhos. Intrigado, ele se aproxima.

Elliot segue nossos movimentos como se estivesse assistindo a uma partida de tênis.

— E se não houvesse nenhuma caixinha? — explico. — As caixas são armadilhas. Uma gaiola. — Abro o caderno numa página em branco. Grant e Elliot espiam por cima do meu ombro enquanto desenho uma nova saia: uma gaiola de pássaros. — A saia de gaiola seria uma continuação do corpete de armadura. Sei que pode parecer um pouquinho trabalhoso, mas...

Grant se aproxima mais ainda. Ele segura meus ombros com um sorriso estampado no rosto.

— A cauda de arco-íris fica escondida dentro da gaiola.

— Isso. — Com mais alguns rabiscos, completo a imagem. — De frente, a gaiola está fechada. Uma caixa. De costas...

— A cauda de arco-íris se arrasta para fora? — Elliot completa, querendo fazer parte da empolgação toda.

Grant leva a mão aos lábios. Dá para ver os pensamentos pelo olhar dele.

— Acha que dá tempo de fazer? — pergunto.

— Tem que dar, porque essa é a ideia!

Ele joga os braços maravilhosos ao redor de Elliot e de mim. Nenhum de nós reclama.

Finalmente somos um trio criativo!

Nossa hora reservada com o coreógrafo passa rapidinho, mas nós três estamos muito cheios de energia para nos preocuparmos com a performance. Depois que saímos do auditório, eu e Elliot seguimos Grant sob a chuva que já está se dissipando em direção ao pátio onde nossa história começou. Um cartaz anunciando o desfile de fim de curso continua preso no mural de atividades — quem diria que este desfile iria unir nós três desse jeito?

Deixamos Grant no estúdio do curso de moda quando fica claro que ele terá várias madrugadas pela frente para construir a saia de gaiola do conceito atualizado. O curso termina em seis dias! Não que Grant se importe — ele mal fala enquanto corta tiras de um material elástico para montar a gaiola.

Minha ideia acendeu uma faísca na mente dele. Um artista não consegue pensar em mais nada quando está com a mente em chamas. Assim como Elliot fez com meu mural, a inspiração chegou na hora certa.

Nós damos certo juntos.

Criativamente, pelo menos.

Não consigo me livrar da sensação chata de que confessei um medo horrível e Grant transformou tudo numa coisa sobre ele até eu retirar o que havia dito. Mas agora não tenho tempo para esse Drama Clássico Do Micah — estamos todos elétricos e sem dormir direito.

— Micah, será que você podia ir andando comigo até minha casa? — Elliot pergunta.

Antes mesmo de olhar para Elliot, olho para Grant, que já está olhando para mim. Apesar de continuar curvado sobre as tiras elásticas em cima da mesa, ele parou de trabalhar no momento em que Elliot abriu a boca.

— Por mim, de boa — diz Grant, voltando a olhar para a mesa. — Vou passar a noite inteira ocupado, não vai ser muito divertido por aqui.

Lá está o tom pesado de novo.

Elliot remexe os dedos, como se de repente estivesse envergonhado de ter pedido.

— São só alguns quarteirões daqui, mas já está tarde e eu estou de calça legging. Nunca se sabe quem pode estar por aí, se preparando para bater numa bichinha qualquer.

De canto de olho, admiro por um segundo o formato das pernas curtas e grossas de Elliot na calça apertada.

— Será um prazer — digo, e dou um beijo de despedida em Grant.

Ele retribui o beijo de um jeito mais frio que o normal. Sinto um calafrio no coração. Acabamos de ter a experiência criativa mais empolgante de todo o desfile, e Grant fica todo estranho assim do nada.

Será que vai ser sempre desse jeito?

Antes de fechar a porta do estúdio, dou uma última olhada em Grant sobre a mesa, com seus ombros largos e lindos. Nem sei por que olhei.

Algo parece diferente.

Em seguida, eu e Elliot caminhamos num silêncio confortável pela rua quase vazia em direção à pizzaria do pai dele. A noite está quente, mas com neblina. Os prédios altos e familiares se erguem pela noite, mas desaparecem em meio à névoa densa no meio do caminho, como se um feiticeiro tivesse feito as metades de cima se desintegrarem.

— Você brilhou muito hoje — digo.

— Não precisa tentar fazer com que eu me sinta bem só por causa do término — ele murmura. — Eu *estou* bem.

— Tive a ideia da gaiola quando te vi dançando.

Ele me encara com os olhos semicerrados.

— É sério. Você foi jogado no meio de uma coisa nova e difícil e simplesmente voou.

Elliot ri para si mesmo.

— Euzinho?

— Ei! — Dou um tapa em seu ombro. Ele continua de regata. Quando minha mão toca a pele fria e exposta, até esqueço o que ia dizer. — Como se sente trabalhando numa coisa que não é o Café da Audrey?

Elliot faz uma careta.

— Nem pareceu um trabalho. Não me senti eu mesmo.

— Mas você mandou muito bem!

— Não foi isso que eu quis dizer. Parecia que... eu era outra pessoa naquela passarela. Já servi tanto café no trabalho que minha memória muscular faz tudo sozinha. — Ele imita o gesto de servir as doses de *espresso* e despejar o xarope em canecas invisíveis. — Até mesmo nos meus dias de folga, na cama, minhas mãos se movem sozinhas. É esquisito. Então, quando subi no palco, fazendo outro movimento... meu corpo finalmente lembrou que eu não estava preparando café. — Ele solta o ar. — Eu estava finalmente num lugar novo.

Que bom para Elliot. Ele estava precisando dessa vitória.

Uma fatia de pizza de néon pisca na vitrine da Pizzaria do Little Parisi, lugar do qual, por algum motivo, nunca ouvi falar, mesmo não sendo tão longe da minha casa. Um andar acima do estabelecimento, um ar-condicionado salta para fora de uma janela escura. Será que é o quarto de Elliot?

— Ah, você finalmente conseguiu o ar condicionado? — pergunto.

— Não! Está quebrado. — Elliot levanta o dedo do meio em direção à janela. — O proprietário não vai mandar consertar enquanto o prédio não passar por uma reforma elétrica completa.

Estou exausto e só consigo dizer:

— Aaaaafffff.

Como sempre, Elliot só dá de ombros. Através da vitrine da pizzaria, vejo um homem de bigode grosso entregar fatias de pepperoni em pratos de papel molengos e engordurados por cima do balcão.

— Aquele é Stuart — diz Elliot. — Meu pai. Somos tão próximos que eu chamo ele pelo primeiro nome.

Elliot acena para a vitrine. Stuart — idêntico ao filho, só que com uns vinte anos a mais e de bigode — acena de volta com um sorrisão cheio de dentes.

Fofo.

Mas quando Stuart me avista atrás do letreiro de néon, o sorriso dele desaparece.

— Ops — digo.

— Ele só está ocupado — diz Elliot com uma pontada de vergonha.

— Ele não quer que você ande por aí com um garoto estranho.

— Você não é estranho! Eu já... — Elliot desvia o olhar. — Já falei de você.

Elliot, todo lindo de regata e legging, de repente parece um adulto. Adulto como um artista profissional da Broadway. Nada daquele avental que o faz parecer corcunda e pequeno. Sua postura é ereta. Sem fardo algum nas costas.

— Falou o que de mim, hein? — pergunto, sem a intenção de sussurrar, mas sussurrando mesmo assim.

Elliot me encara com os olhos arregalados e vulneráveis, como um animal encurralado. Um cervo.

Não sei o que rolou, mas estamos pertinho um do outro de novo.

Se ele me beijasse, eu estaria perto demais para impedir. Pego a mão dele. Pequenos toques. Stuart está distraído com os clientes. Ele não vai ver como estou perto do filho dele. Tão perto que chega a ser perigoso. Elliot se aproxima ainda mais — mais um centímetro e nossos lábios irão se tocar. Não é como com Grant, que precisa se abaixar para me beijar. Elliot e eu temos a mesma altura. A combinação perfeita.

Eu poderia beijá-lo sem nem pensar. Todas as células do meu corpo estão gritando por mais desse garoto. Elas exigem proximidade. A eletricidade corre pelo corpo como uma manada. Não existe um centímetro de mim que não esteja desperto e implorando para que eu chegue mais perto.

Beijar Elliot seria fácil como deslizar as mãos pelas páginas do meu caderno quando elas já sabem o que quero desenhar antes mesmo que meu cérebro saiba.

Meu cérebro com certeza está mais lento do que as minhas mãos agora.

Minhas mãos dizem *Toque nele. Beije ele. Você quer isso mais do que qualquer coisa, e ele também.* Mas meu cérebro, sempre atrasado, diz ALERTA! *Alerta! Não! Peraí!*

Elliot parece tão forte e lindo sob a luz do poste.

Eu cuidaria tão bem dele. E ele também cuidaria bem de mim.

Preciso beijá-lo...

O universo está nos aproximando. Resistir ao universo seria como tentar impedir uma avalanche...

As coisas não podem acontecer assim! Não existe nenhum conto de fadas sobre traição!

— Conseguiu? — uma voz sussurra do outro lado da rua. — Conseguiu?

Como dois coelhos assustados, eu e Elliot nos viramos em direção à voz. No escuro, atrás de um carro estacionado, dois adolescentes nos observam. Mesmo com os rostos escondidos sob capuzes, um detalhe não passa despercebido: estão apontando os celulares para nós.

— Andalogovambora! — um deles grita, e os dois saem correndo...

Levando fotos de Elliot e de mim.

Capítulo 23
A PARTIDA DO ESCUDEIRO

A internet é como um cassino. Vez ou outra, quem tiver sorte pode ganhar um prêmio grande. Alguns poucos ainda mais sortudos conseguem até mudar de vida. Mas, na maioria das vezes, ela só destrói a vida das pessoas.

Hoje estou assim, com a vida destruída.

Uma foto minha e de Elliot — a centímetros de nos beijarmos — caiu no Instagram e no TikTok como um meteoro. Como pude ser tão idiota e descontrolado? Estávamos no meio da rua. Mesmo antes do Desejo Realizado, todo mundo nessa cidade conhecia meu nome e meu rosto; depois do Desejo Realizado, acompanhar minha vida e registrar cada deslize virou algo lucrativo.

E, bom, o que rolou foi um deslize, um deslize capturado.

Onde eu estava com a cabeça ao ficar tão perto assim de Elliot? Grant estava me enchendo o saco com todo o alpinismo social e ignorando meus medos quando coloquei tudo para fora. Já Elliot passou o último mês animado com a arte que estávamos criando, conversando comigo sobre coisas empolgantes e, acima de tudo, me *escutando*. Talvez eu ficasse mais confortável em compartilhar detalhes do meu relacionamento na internet se Grant fosse mais receptivo a tudo o que essa atenção me causa. Desde o momento em que começamos a nos conhecer, Elliot cobria os olhos quando eu estava trabalhando, sempre perguntava se eu estava bem e sabia que a questão não era o que os outros podem fazer pelo Desejo Realizado, mas sim o que nós podemos fazer pelos outros.

Trazer fantasia para a realidade. Lembrar as pessoas de que surpresas agradáveis sempre serão possíveis.

Eu e Elliot pensamos do mesmo jeito.

Sob o brilho elétrico da pizzaria do pai dele, Elliot parecia... Sei lá, eu só queria ficar mais perto dele. Acho que eu queria beijá-lo — e que ele queria me beijar também —, mas somos apenas duas vítimas da solidão. Elliot está se recuperando da negligência de Brandon, o término não foi fácil para ele, e Grant sempre mudava de assunto quando eu começava a falar da minha arte. Além do mais, eu estou cansado de tanto trabalhar e não dormir direito para concluir o mural, então não dá para confiar nos meus impulsos de jeito nenhum.

Só que agora existem provas fotográficas do meu último impulso, e eu estou há horas numa chamada de vídeo com Grant tentando explicar o que diabos se passou pela minha cabeça. Nós dois ainda estamos na cama — eu no meu quarto, Grant no dormitório. Os olhos dele estão vermelhos de tanto chorar, o cabelo cacheado está embaraçado e ele está sussurrando para não acordar a colega de quarto.

Sussurrando por horas. É impressionante.

— Se você quiser, pode terminar comigo, Micah — ele chia. — Eu te imploro, por favor, só espera até o desfile acabar, porque eu não tenho mais um pingo de força no meu corpo.

— Eu não quero terminar, Grant!

Por algum motivo, também estou sussurrando, mesmo sozinho aqui. É que parecia educado acompanhar o sussurro dele.

Pela chamada de vídeo, Grant segura a cabeça como se tentasse arrancar seus pensamentos conturbados.

— Essa maldição em mim...

— Não existe essa coisa de maldição.

— Então você acredita em felizes para sempre, acha normal o universo unir duas pessoas, mas, se eu digo que sou amaldiçoado, aí estou inventando coisa?

Suspiro com a manga da camisa na boca. Estou perdendo as forças. Essa discussão não é mais sobre nada; é só ele tagarelando sobre como sempre soube que essa tal maldição iria nos separar.

Talvez ele tenha razão.

Não sobre a maldição, mas e se essa coisa toda de conto de fadas for só um jeito ridículo de levar minha vida? Grant é o Garoto 100. Minha Cinderela. Dois meses depois, estamos brigando numa chamada de vídeo por causa de maldições e eu quase beijei outro garoto.

Isso é o que eu chamo de final feliz!

O que sei é que, do outro lado da linha, há um garoto de verdade que se importa comigo, e eu o estou perdendo.

— Eu *juro* que aquela foto não é o que parece — digo. — As pessoas ficaram entediadas de ver a gente sendo feliz, aí tiveram que inventar essa merda só para verem o circo pegando fogo. Eu não quero beijar Elliot.

Ainda assim, as únicas palavras rodopiando na minha cabeça são *beijar Elliot*.

Beijar Elliot.

— Não importa — ele diz. — Naquela foto, parece que você quer beijar, sim. Todo mundo acha que sou um fracassado prestes a levar um pé na bunda e que meu desfile vai ser uma decepção. — Ele pressiona a testa. — Faculdades de moda enviaram olheiros, e...

Meus lábios começam a tremer. Apesar de Grant ter acabado de transformar a conversa em algo sobre a opinião dos outros a respeito do desfile em vez do que eu realmente estou sentindo, odeio vê-lo tão assustado.

Este desfile é o sonho dele, e eu sei como tudo parece definitivo quando nossos sonhos estão em risco.

Preciso colocar um basta nisso. A internet não decide o que a minha vida é ou deixa de ser.

Depois de encerrar a chamada, abro o Instagram e publico uma foto de três garotos criativos juntos — Eu, Elliot e Grant nos bastidores do Instituto de Arte, rindo enquanto trabalhamos no Cavaleiro Princesa. Uma das minhas fotos recentes favoritas. Uma daquelas para guardar até a gente ficar velhinho.

E ela terá um propósito importante.

Vou mandar a real.

Na legenda, esclareço as coisas:

> Olá, fãs do #DesejoRealizado! Vamos conversar. Aqui estamos eu e Grant trabalhando no nosso projeto que será revelado domingo, no Instituto de Arte. Vocês também devem reconhecer a outra pessoa na foto. É Elliot, um dos meus melhores amigos e uma pessoa chave na história do nosso Desejo Realizado. Foi ele quem atravessou a cidade para me ajudar a encontrar Grant quando ele ainda era apenas o Garoto 100. Somos só amigos. A foto que está rodando pela internet mostra apenas dois amigos juntos. Nada além disso. E quem quer que tenha nos fotografado, só está tentando causar.

Respiro fundo e releio o que escrevi.

Não é o bastante. Preciso ser claro. Sem deixar margem para equívocos. Ou Grant nunca irá acreditar em mim. Continuo digitando:

> Elliot é um amigo incrível, mas eu não tenho NENHUM sentimento romântico por ele. É uma pena que dois garotos gays não possam ser amigos sem que as pessoas fiquem achando que eles se pegam em segredo. Cresçam. Tchau.

Encerro com um emoji de paz e envio para o mundo. Se meu Instagram se tornou uma máquina de publicidade, vamos usar isso direito.

Jogo o celular na cama — só para tirar a mentira de perto de mim. Pego meu *Caderninho de Primeiras Vezes* e escrevo a verdade: *Primeira vez que eu quase beijei outra pessoa*: 31 de julho de 2022 e *Primeira vez que eu menti para meus fãs*: 1º de agosto de 2022.

Depois de colocar os pingos nos Is, jogo o *Caderninho de Primeiras Vezes* do outro lado do quarto. Ele cai no cesto de roupa suja e eu afundo o rosto nas mãos. Estou furioso comigo mesmo.

Não estou cansado de trabalhar, ou sem dormir direito, ou "só puto com Grant". Eu gosto de Elliot. Eu queria beijar Elliot ontem; e quero beijar Elliot agora. Quero beijá-lo pelo que conheço dele, e não por um conto de fadas a seu respeito — como fiz com Grant. Elliot me escuta, me conhece, me apoia e é divertido de estar junto. Mas Elliot está no meio de um término complicado, talvez vá embora da cidade e, provavelmente, nem gosta de mim do mesmo jeito. Ele é uma pessoa tão boa, faz todo mundo se sentir precioso, assim como faz comigo.

Droga. Que merda foi essa que eu acabei de fazer?

"Não tenho NENHUM sentimento pelo Elliot."

A maior mentira da minha vida.

Conforme a segunda vira terça, quarta e quinta, fica óbvio que Elliot — como sempre — é o primeiro a se magoar. O primeiro que eu magoei. Ele não me mandou mensagem. Nem responde as que enviei. Eu mereço. Não só por isso, mas meu post no Instagram só colocou mais lenha na fogueira. Aprendi que o que está acontecendo com Elliot é chamado de efeito Streisand: diga à internet para ignorar uma história, e a internet só vai falar mais ainda e validar aquela história.

Pode me chamar de Barbra, porque meu post está Streisand-ando EM TODA PARTE.

Os mesmos blogs que cobriram meu namoro com o maior carinho no mês passado agora escrevem artigos tendenciosos sobre como sou apenas mais uma subcelebridade iludida e privilegiada. Estão escrevendo perfis sobre quem é Elliot, fazendo com que ele pareça um pilantra interesseiro que está tentando aplicar um golpe no "Império dos Summers", seja lá o que isso for. E o pior de tudo é que o post nem chegou a diminuir o medo de Grant. Sites de notícias *queer* não param de publicar matérias fúnebres sobre o meu relacionamento:

DESEJO NÃO REALIZADO

O FIM DO CONTO DE FADAS: A ANATOMIA DE UM EX-CASAL DE QUERIDINHOS

MICAH SUMMERS: O MAU EXEMPLO

É difícil não levar esse último para o lado pessoal. Aparentemente, sou um traidor nojento, propagando estereótipos gays cruéis e dando um péssimo exemplo para a população *queer* mais jovem que quer ser como eu e Grant quando crescerem.

Eu e Grant... Desde a postagem, ele não para de me tratar com frieza. Isto quando se dá ao trabalho de responder minhas mensagens.

E, por último, mas não menos importante, Elliot sumiu da vida de todo mundo.

— Ele também não me responde — diz Hannah. — Desde ontem de manhã.

Na cozinha tropical da família Bergstrom, Hannah Maggie e eu estamos sentados ao redor da ilha, cada um enrolado numa canga com nossas roupas de banho molhadas. Nem mesmo um mergulho na piscina do prédio animou meu humor. Está todo mundo emburrado. Hannah está preocupada com Elliot e Maggie está preocupada comigo — ou, pelo menos, respeitosamente se ajustando ao clima sombrio do ambiente. Só que ela parece a mais carrancuda de todas: enquanto eu e Hannah usamos roupas de banho rosa-choque, Maggie veste o maiô de Wandinha Adams que comprou de brincadeira, mas acabou amando de verdade.

Se ao menos eu pudesse ser um maiô esquisito na vida de Elliot.

No momento, acho difícil até mesmo imaginar a possibilidade.

Hannah acaricia o nariz molhado de Red Velvet enquanto comemos o bolo de côco que a mãe dela preparou. A sobremesa não ajuda em nada a preencher o vazio no meu peito.

Mesmo assim, devoro sem nem pensar.

Maggie parte uma fatia só de bolo, sem cobertura, como uma serial killer.

— Gostaria de falar em nome de Elliot, como alguém que também sempre odiou redes sociais — diz ela, segurando uma outra toalha de praia sobre os ombros para que a água do maiô não respingue no chão. — Elliot está sendo tratado como "a amante" pela internet, e só de ler os comentários (que não têm nada a ver comigo) já fico com vontade de me esconder debaixo das cobertas e tirar o Wi-Fi da tomada. Então deem um tempo para ele.

— Eu não li os comentários — digo, todo triste, enquanto raspo a cobertura que Maggie rejeitou.

Maggie faz mais uma cara de eca, o que não gosto nem um pouco.

— Digamos que se eu estivesse no lugar de Elliot lendo os comentários, não ficaria morrendo de vontade de atender suas ligações.

Bato o garfo sobre o balcão da cozinha, assustando a lulu da Pomerânia.

— Mas a culpa não foi minha! Eu odeio tudo isso tanto quanto Elliot.

Quantas vezes vou precisar explicar que só quero que meu namoro com Grant seja como antes, que minha amizade com Elliot seja como antes e que eu possa fazer artes novas com os dois?

— Humm — Hannah murmura, pensando com o garfo na boca.

Red Velvet se contorce no colo dela, tentando lamber a cobertura preciosa do bolo.

— Que foi? — pergunto. Hannah apoia o garfo no prato e ajusta a touca de silicone que contorna perfeitamente sua cabeça. Ela não precisa ajustar nada. Só está evitando falar alguma coisa. — Que foi?

— Conta você para ele — Hannah diz para Maggie, que desvia o olhar para o próprio prato. — Você é melhor nessas coisas.

— Que coisas? — Maggie pergunta. — Ser uma estraga-prazeres?

— Mandar a real.

Hannah beija a cabeça de Red Velvet e evita meu olhar desesperado.

Meu estômago vira do avesso. A última coisa de que preciso depois desse inferno de semana é alguém "mandando a real". Só que não querer ouvir o que Maggie tem a dizer nunca a impediu antes:

— Você machucou Elliot, Micah. Foi burrice da sua parte não perceber que aquele post não serviu para nada além de machucar Elliot.

— Mas eu não... — começo a dizer.

— E você só escreveu aquilo para deixar Grant feliz. Um motivo nobre, só que inútil.

Não rebato. As paredes dentro do meu cérebro parecem estar se espremendo. Ela tem razão.

— É claro que eu queria deixar Grant feliz — digo. — Ele é meu namorado, e naquela foto parece que eu estou quase beijando outro cara.

— Mas Grant não consegue ser feliz agora, Micah — diz Hannah, agarrando a coitada da Red Velvet. — Ele tem muita coisa para resolver ainda. Só se importa com o que a internet acha dele, e isso não leva ninguém a lugar nenhum. Mesmo depois de você destruir a reputação de Elliot por causa dele, Grant continua te dando gelo.

A cobertura deixa um gosto amargo na minha língua. Preciso de água.

— Mas eu só queria explicar que... — digo, com a voz fraca.

— Explicar o quê? — Maggie pergunta. — Que Elliot não significa nada pra você? Isso é verdade, pelo menos?

Minha irmã parece estar usando uma visão de raio-x em mim. O choque da humilhação me atinge como se, de repente, minha sunga tivesse desaparecido.

Como ela sabe que gosto dele? Está tão óbvio assim? Todo mundo sabe? Será que Elliot sabe e ficou com pena de me dispensar antes?

Maggie desenrola a toalha dos ombros e termina de secar o cabelo.

— Ele acabou de perder Brandon — diz ela. — E em vez de deixar a poeira abaixar, você mandou todos os seus fãs na direção dele. Sei lá como você se sente de verdade, mas, no fim das contas, só vai servir para deixar Elliot na merda.

Mandou a real mesmo.

Eu marquei Elliot naquele post horrível. Reafirmei um namoro que nem sei se ainda quero, mas isso não importa, porque não vai rolar nada com Elliot de qualquer forma! Ele vai embora da cidade — bonzinho demais até mesmo para me rejeitar — e meu namoro com Grant vai esfriar até eu voltar ao meu ponto de partida: desenhando amores não correspondidos. Com um medo assustador, me dou conta de que vou acabar desenhando Elliot para sempre, mesmo depois que ele já tiver começado uma vida nova como veterinário numa cidade pequena — com um marido de cidade pequena que não será eu.

Não posso perder Elliot.

— Como eu conserto as coisas? — pergunto, na esperança de que Hannah, Maggie ou o universo me respondam de imediato com um plano fácil de executar.

A esta altura, aceito conselhos até de Red Velvet.

Mastigamos em silêncio até Maggie voltar a falar.

— Primeiro, você precisa admitir que seu namoro com Grant pode não estar dando certo.

Cerro os punhos para me segurar.

— Mas você e a Manda sempre brigam!

Embora eu já tenha assumido para mim mesmo, é estranho confessar para os outros. Admitir que falhei.

Suspirando, Maggie enrola a toalha colorida na cabeça, num contraste gritante com o maiô escuro que a deixa parecida com uma criança da Revolução Industrial de terno. A imagem é tão bizarra que quase me anima.

— Eu e Manda já estamos juntas tem um bom tempo, e resolvemos nossas brigas em uma hora — diz ela com calma. — A gente não continua punindo uma a outra. Você e Grant estão juntos há um mês e pouco. Nessa altura tudo ainda deveria parecer mágico.

O bolo acabou. Meus ombros permanecem caídos.

Hannah se estica por cima da ilha para apertar minha mão.

— Foi mal — diz ela. — Mas Maggie tem razão. Eu e Jackson...

— TÁ BOM, JÁ ENTENDI!

Puxo a mão e dou um salto da banqueta. Red Velvet pula dos braços de Hannah e volta correndo para a segurança de sua casinha. Estou de pé e com o peito pulsando de raiva enquanto Maggie e Hannah me observam. Não posso mais ficar aqui sentado e deixar essas duas garotas com seus namoros perfeitos ficarem me dando lição de moral sobre como eu me tornei um namorado horrível.

Esperei tempo demais para tirar essas palavras lá do fundo mais sombrio da minha mente:

— Fico muito feliz que vocês duas tenham tantos conselhos para mim. — Me viro para Hannah. — Feliz pelo seu namoro novo incrível que deu certo, mesmo que o meu não tenha dado. Muito feliz que Jackson seja esse cara incrível. Você merece...

— Mereço mesmo. — Hannah se levanta. Ela olha para mim, nervosa, mas controlada. — E você também merece, mas acabou se apaixonando por outra pessoa, por alguém que é melhor para você!

Eu me jogo de volta no banco, murcho feito um balão vazio, e finalmente admito a verdade.

—Aff. Com Grant eu me vejo sendo grandioso. Mas com Elliot... — A causa perdida me faz suspirar. — Eu me vejo sendo bom. Mais gentil. Mais forte. Minha arte é melhor quando estou com ele. Nós dois enxergamos o mundo do mesmo jeito. — Meu coração bate a mil por hora. Sim, ficar com Elliot seria ótimo, mas nunca vai acontecer, então confessar tudo isso foi apenas perda de tempo. — Agora o que eu faço para resolver essa merda?

Maggie segura minha mão e Hannah se aproxima de mim com uma expressão desolada, mas eu me afasto. Saio correndo do apartamento de Hannah e entro no elevador, mas essas paredes espelhadas idiotas continuam refletindo esse rosto de mentiroso, traidor e péssimo amigo que eu tenho para onde quer que eu olhe.

Por sorte, meu apartamento está vazio e ninguém vai me perturbar com perguntas, então corro até meu quarto. Esperando por mim em cima da cama, encontro duas caixas de papelão idênticas. Minha mãe deve ter buscado as encomendas no caixa postal e determinou que essas não eram presentes de fãs doidos.

Quando abro a primeira caixa, meu estômago vira do avesso.

O universo não parou de brincar com a minha cara.

É um ventilador.

O ventilador industrial que comprei para Elliot. Um para mim, para me ajudar a secar o mural, e outro para Elliot, para ajudá-lo a aguentar o verão da cidade.

Ainda é verão. E ainda posso me desculpar com Elliot por aquele post.

A questão não é o que eu preciso, mas sim o que ele precisa — e, agora, ele precisa de um amigo.

O Uber até o Café da Audrey está demorando uma eternidade. Cada respirada pesa um trilhão de toneladas, ou será que é só essa caixa enorme e esquisita no meu colo?

Então me dou conta de que essa será minha primeira vez vendo Elliot desde... desde tudo.

Quando chego no café, o sol já se afundou por trás dos prédios. As luzinhas amareladas do pátio já estão acesas. O som do piano tocando jazz ecoa pelas portas abertas. Mas a parte mais linda da cena é o garoto com a cintura apoiada na máquina de *espresso*.

Elliot.

Ele está no lado dos clientes, com roupas comuns e o avental de trabalho dobrado sobre o braço.

Pela primeira vez em uma semana, meu rosto exausto abre um sorriso. E o melhor de tudo, quando cutuco o ombro dele, ele sorri de volta. Antes de me dizer qualquer coisa, Elliot pede para que sua colega de trabalho prepare um chai para mim. A nostalgia deste momento esmaga meu coração, como se de alguma forma eu tivesse conseguido voltar no tempo antes de ter estragado tudo só usando minha força de vontade.

— Um para viagem — a colega de Elliot diz enquanto lhe entrega meu chai.

— Valeu, Ani — murmura Elliot, enquanto toma um golinho de seu próprio café.

— Estou com as mãos ocupadas — digo, apontando para o ventilador com um sorrisão suado.

— Percebi!

Elliot abre outro sorriso (um pouco menor) e aponta para as poltronas ao lado da lareira apagada. O melhor lugar! A pequena mesa onde deciframos a charada da jaqueta de Grant.

Bons tempos.

— Isso aí é o ventilador que você disse que tinha cancelado? — ele pergunta.

— Eu esqueci de cancelar! — Com cuidado, ponho a caixa no chão. — Chegou hoje e eu precisava vir aqui te entregar. Espero que goste.

— Obrigado.

Elliot não olha para o ventilador de novo. Ele não está sendo exatamente frio, apenas... cauteloso. Como se tivesse acabado de sair de uma cirurgia e cada movimento precisasse ser feito com cuidado para não arrebentar os pontos.

— A gente te procurou por toda parte — digo.

— Estou aqui.

Elliot dá uma risada vazia.

— Está tudo bem? — pergunto. — Me desculpa por aquela postagem. Eu achei que iria ajudar em alguma coisa.

Elliot nem pisca.

— Relaxa! Eu mal tenho entrado no Instagram. Como está Grant?

— Hum. Vamos mudar de assunto.

— Tá bom.

Ele ri, quase com amargura.

— Elliot, eu queria te perguntar uma coisa.

Finalmente a expressão dele se ilumina.

Pergunta, Micah! Pergunta se ele queria te beijar naquela noite!

Não posso. Não agora. Elliot precisa de apoio, não de pressão, e eu ainda não decidi o que vou fazer em relação a Grant.

Amarelando, pigarreio e procuro outro assunto.

— Hum, com tudo o que rolou, eu entendo se a resposta for não. Mas você... ainda vai participar do desfile de Grant?

Como um balão estourando, a expressão de Elliot murcha. Ele termina o café com dois goles.

— Micah — diz ele. — Micah, Micah. Sim, eu vou participar.

Meu corpo inteiro expira.

— Que ótimo. Porque eu amei criar isso tudo com você, e...

— Ainda não acabei — ele rosna. Elliot literalmente rosna. Me enrijeço enquanto ele me encara com olhos sérios e magoados. — Micah, você me colocou numa situação ruim com seus fãs e, ainda por cima, tive que ler na internet, não pessoalmente, na internet, o que eu significo para você: nada. Na verdade, pior do que nada: que sou seu ratinho ajudante. Daí você vem aqui com esse presente de consolação que eu já falei que me deixava envergonhado, pronto para resolver todos os meus problemas, diz que precisa perguntar algo importante e aí a pergunta é sobre seu desfile?

Eu congelo como se Elliot fosse um carro correndo em minha direção.

— Me... Me desculpa.

Ele pisca, e seus olhos suavizam. Magoado, será?

Sinto uma fisgada empolgante — embora desconfortável — no peito. Será que Elliot queria que eu perguntasse sobre o beijo? Será que ele está decepcionado por eu não ter perguntado? Será que ele... também quer o que eu quero?

Porém, com uma piscada, os doces olhos dele ficam severos. O clima esfria.

— Desculpa pelo quê? — ele pergunta, num tom de voz tão grave que eu nem sabia ser possível. — Desculpa por dizer aos seus fãs como eu não significo nada pra você? Desculpa por ter falado a verdade?

Merda. Talvez ele goste de mim também.

Sem fôlego, tento interferir, mas ele se levanta, esbarra na cadeira e faz barulho. Olho para trás para conferir se aquela gerente horrorosa está aqui, vendo Elliot causando.

— Estou cansado de ser sua segunda opção — diz Elliot, passando a mão pelo cabelo embaraçado. — Eu era a segunda opção de Brandon e isso acabou comigo, você sabe que acabou.

Perdi todo controle do meu corpo. Fico sentado, imóvel, como um robô desmontado.

Caramba. Eu só queria gritar que ele não é minha segunda opção, que eu o quero como meu número um, mas me parece errado interrompê-lo agora. Meu cérebro não me deixa falar.

Por que eu simplesmente não digo a verdade? Ou será que já estraguei tudo num nível em que nem faz mais diferença?

Elliot joga o avental no chão. Eu estremeço.

— Quando a gente quase se beijou, foi incrível porque eu soube que não era só eu que me sentia daquele jeito — ele diz. — Eu estava preparado para gostar de você em segredo para sempre, mas aí você se aproximou. E eu soube que não era coisa da minha cabeça.

Ele cobre o rosto. Por mais que eu queira, não o abraço. Ele gosta de mim. Eu gosto dele.

POR QUE SÓ ESTAMOS DESCOBRINDO AGORA? O UNIVERSO ODEIA A GENTE, É ISSO?

— Eu estava deprimido demais para sair da cama ou para pegar o celular — ele confessa. — Deprimido demais para trabalhar. Nem liguei avisando; eu simplesmente sumi. Você disse que me ligou? Que mandou mensagem? Você sabe onde eu moro. Eu não saí da cama até hoje de manhã. Você podia ter me encontrado a hora que quisesses.

— Me desculpa — sussurro. — Só... por favor. Não quero que você arrume problema no trabalho, então...

Gesticulo a mão para que ele se sente. Se Elliot arrumar confusão e perder o emprego, aí acabou. Ele vai embora de Chicago, e mesmo se eu conseguir consertar as coisas entre nós, não vai adiantar de nada. Nós perderemos nossa chance.

Mas Elliot não se senta. Ele só ri.

— Você está me ouvindo? Eu sumi do trabalho. Minha gerente me demitiu.

Como se alguém tivesse me ligado na tomada, levanto da poltrona num salto.

— Não! Cadê ela? Eu posso explicar o que aconteceu.

— Explicar o quê? Que eu estou obcecado pelo namorado de outro cara e, e, e... — Elliot perde a linha de raciocínio e agarra os cabelos com as duas mãos.

— Elliot, e se eu não fosse...? — *O namorado de outro cara? E se eu não fosse o namorado de outro cara?* DIZ LOGO. — Queria nunca ter feito aquela postagem!

Tento pegar as mãos dele, mas Elliot se afasta. É dez vezes pior do que a porta do trem se fechando entre mim e Grant.

— Fala isso pros seus fãs — diz Elliot. — Fala isso para Grant. Só não vem dizer para mim a não ser que você vá tomar alguma atitude, porque isso aqui — ele aponta para nós dois — está acabando comigo. — Elliot joga o copo no lixo, mas deixa o avental no chão. — Só vim aqui buscar meu último pagamento. Te vejo no desfile.

Não digo mais nada. Tudo o que eu poderia dizer só pioraria as coisas.

Com raiva, Elliot pega a caixa do ventilador.

— Só vou levar isso porque ainda moro no inferno.

E assim ele sai do Café da Audrey — do nosso lugar — pela última vez.

Este foi nosso último chai.

Ele não trabalha mais aqui.

Capítulo 24
O BAILE

Na manhã do desfile de fim de curso, Grant decide parar de me tratar esquisito e faz uma chamada de vídeo comigo para comemorarmos nosso sucesso, como se a vida de ninguém estivesse destruída. Ao contrário dele, que já está de banho tomado e barbeado, mal saí das cobertas. Faz dois dias que não saio daqui. Quarenta e oito horas desde que briguei com Elliot e Hannah. O chão do quarto está coberto pelos fantasmas das comidas passadas: garrafas de Pepsi, pacotes de pipoca de caramelo, caixas de pizza, copos da Audrey — tudo o que eu costumava compartilhar com Elliot.

Como se consumir qualquer um desses alimentos fosse trazê-lo de volta para minha vida num passe de mágica.

Há lenços de papel espalhados por toda parte. Assisti a um filme da Disney atrás do outro.

Não sinto mais nada.

O garoto deslumbrado que eu costumava ser já era. O garoto traumatizado que me tornei me dá nojo.

Tirando isso, meu quarto está vazio. Meu material de arte está no estúdio de Grant. O mural já foi enviado para o Instituto de Arte. A parede onde ele costumava ficar pendurado continua vazia e intocada: assim como minha vida foi extirpada da arte.

Nem me dei ao trabalho de preenchê-la com fotos ou lembranças felizes.

Quando estava pintando Elliot e Grant no mural, fui percebendo algo aos poucos, uma coisa que só fez sentido depois que tudo explodiu: eu os tratei muito mal. A cada pincelada, eu sentia isso. Eu estava brincando com os dois, como se fossem cores de tinta. Meros enfeites no mural da minha vida.

Não pessoas reais que eu poderia magoar.

Brinquei com namorados inventados por tanto tempo que nunca cheguei a cogitar como um namorado real exigiria responsabilidades reais. Riscos reais. Quando se fica com alguém, é preciso se abrir para a possibilidade de acabar magoando essa pessoa com a mesma intensidade que a amamos. E eu aprendi isso tarde demais.

— Vai se vestir! — Grant cantarola pela chamada de vídeo, lindo e sem camisa, mas não consigo aproveitar o momento.

Ele está pulando na cama, animado como pinto no lixo. Queria tanto voltar para a cama dele, me sentir daquele jeito como me senti na nossa primeira noite juntos: assustado, porém certo de que estava seguro ao lado dele.

Grant está tão feliz. Mas eu não.

— Vou me vestir daqui a pouco — respondo. — Ainda temos bastante tempo.

— Uhul! — Grant faz um brinde perto da câmera com sua caneca de café. — Sei que você vai ficar lindo como sempre, mas acabamos de descobrir que vai rolar um tapete vermelho!

Meu Deus. Mais momentos instagramáveis. E eu aqui me sentindo um demônio.

— Eles sempre fazem tapete vermelho para esse desfile de fim de curso?

— Geralmente todo mundo vem bem-vestido, mas este ano estão elevando um pouco as coisas por causa do trabalhão que tivemos divulgando o evento! — Enquanto Grant comemora de novo, eu solto um "uhul!" forçado. Ele se encolhe. — Você disse que não se importaria de fazer mais um post de divulgação para o desfile, não disse?

Assinto sem nem perceber. Pelo menos ele se lembrou de alguma coisa daquela conversa.

— Sim. Eu vou... vou arrumar alguma coisa para postar.

Aliviado, ele sorri. As covinhas ficam todas à mostra.

— Perfeito. Aliás, se não tiver problema, você pode por favor, por favorzinho, pedir para seu pai compartilhar só para dar aquela divulgada final?

Antes desse momento, eu não conseguia imaginar uma coisa que eu quisesse fazer menos do que mais uma postagem sem sentido do tipo Acredite Na Magia Do Amor. Mas depois de conversar com Grant, percebi que há algo pior: pedir para meu pai compartilhar também.

Grant se despede mandando beijo para a câmera, mas desliga antes que eu junte energia para retribuir. Sem vontade de viver, reposto uma foto antiga — eu e Grant na galeria imersiva — e reescrevo a legenda para divulgar o desfile de hoje, me certificando de que marquei todas as pessoas certas, e depois envio a postagem para meu pai sem explicar mais nada.

Ele que deduza o que fazer.

Uma hora depois, abro a porta do quarto para embarcar na minha jornada mais heroica em dias: buscar mais suco de laranja. Assim que piso no corredor, escuto uma risada vindo de outro cômodo. Como um caçador no meio da selva, me rastejo sem fazer barulho pela porta aberta do quarto de Maggie para não ser percebido.

Lá dentro, Manda está deitada na cama da minha irmã, com a cabeça no travesseiro ao lado de Maggie, que está sentada de pernas cruzadas, brincando com o cabelo da namorada. Elas assistem a uma série de comédia — *Parks and Recreation* — e riem das mesmas piadas.

Em sincronia. Em paz. Felizes.

Como um Gollum infeliz e rejeitado, eu as observo com a mais profunda das invejas.

Com uma tristeza que carregarei para sempre.

Eu achava que sabia de tudo. Sempre que tinha a oportunidade, eu zombava de Maggie e de Manda e de suas noites sem graça vendo Netflix. Mas elas não estão entediadas. Estão felizes.

E eu estou podre.

Eu venderia meu pulmão esquerdo só para ter uma noite sem graça assim com Elliot, enquanto nós dois rimos e eu mexo no cabelo dele.

Sinto um aperto no peito. Pensei em Elliot, não em Grant. É com ele que quero estar. Mas terminar com Grant? Como? Impossível. Será que continuaríamos sendo amigos? Como? Ele se sentiria tão traído. Maldição tripla.

Eu prometi que ele não estava amaldiçoado. Eu *prometi*. Será que eu estava mentindo? Porque, na época, eu acreditava. Meus sentimentos por ele eram diferentes. Como posso querer ficar com uma pessoa e, ainda assim, me sentir péssimo por perder aquela com quem estou agora?

De volta ao meu quarto, o sol vai se pondo como se estivesse em velocidade acelerada, mas eu continuo na cama sentindo pena de mim mesmo. Vez ou outra alguém bate na porta, pessoas querendo me alimentar, perguntar detalhes do desfile ou confirmar se continuo vivo.

— Estou bem — digo, com metade do rosto afundado no travesseiro. — Só pensando no que vou vestir.

Meia hora depois, há outra batida, mas agora nenhuma voz. A porta se abre sozinha. O garoto alto que entra — por incrível que pareça — é Jackson, com roupa de gala e tudo; um terno preto brilhante, gravata *bolo tie* e o cabelo preso em um coque no topo. Alguém (ou ele mesmo) aplicou uma sombra deslumbrante em seus olhos.

— Desculpa invadir — diz Jackson. — Hannah disse que ela faz isso o tempo todo e não tem problema.

Ainda com meu pijama deprimente, puxo o cobertor até o queixo.

— Sim, sem problemas.

— Hum, me mandaram vir te buscar. Te ajudar a se vestir para a grande noite. — Ele dá uma voltinha, todo chique. — Mas não esquece: você precisa ficar melhor do que isso aqui.

Solto uma risada fraca, a primeira em séculos. Como numa montanha-russa, tudo o que sobe tem que descer: Hannah mandou o namorado vir me buscar, em vez de vir ela mesma.

— Ela não quer me ver?

Jackson passa o dedo indicador pelo pescoço.

— Ela não sabia se você iria querer falar com ela. A noite é sua. Tem muita coisa rolando. Ela não quis te perturbar.

— Ela sempre pode me perturbar — digo, com o coração acelerando. — Diz isso para ela? Tipo, ela tem passe livre pelo resto da vida para me perturbar, me provocar, me dizer quando estou sendo um babaca.

Jackson coloca as mãos nos bolsos da calça sofisticada.

— Esse passe livre serve para mim também?
— Ah. Claro.

Eu não esperava que todo mundo tivesse uma opinião sobre as minhas escolhas de vida, mas por que não? Pegue suas pedras e pode começar a atirar!

Jackson solta um barulho longo e esquisito antes de dizer:
— Você precisa pegar leve, tipo, começando agora.

Eu me encolho como se ele tivesse cuspido em mim. Pegar leve? Com o quê...?

— Pelo que Hannah me disse — ele continua — e pelo que tenho visto, você é um bom amigo. Esperto. Carinhoso. Compreensível. Grant é superdivertido e artístico. Elliot é o melhor cara do mundo. Mas vocês três... Sabe, vocês se meteram num acidente de carro. Ninguém errou, então... só peguem os contatos da seguradora de cada um. E pé na estrada.

Ninguém errou? Nós três merecemos amor, só, talvez, de outras pessoas.

Será que é simples assim?

— Metáfora ruim? — ele pergunta, semicerrando os olhos.
— Não! — respondo. — É só que... eu me sinto muito mal, e Elliot está furioso comigo. E eu tenho um monte de sentimentos horríveis sobre Grant, mas também tenho alguns sentimentos bons... — Encaro a expressão de Jackson, implorando. — Só queria que todo mundo ficasse bem.

Mais direto do que nunca, Jackson simplesmente assente.
— Se veste, vai no desfile e faz tudo ficar bem.

A honestidade de Jackson me arranca um sorriso.

Ele tem razão. Aconteça o que acontecer, meus dois garotos precisam de mim esta noite.

Com um esforço enorme, jogos as cobertas para o lado. Jackson desce as escadas e eu combino de encontrar ele e

Hannah na rua. Me visto com o look que separei semanas atrás: uma jaqueta militar preta com franja prateada nos ombros e uma camisa de gola alta e rígida que engole meu pescoço inteiro. Uma primorosa corrente prata longa balança sobre meu peito. O espelho reflete o príncipe que eu esperava ser, mas talvez nunca serei.

Finge só por mais uma noite, Micah.

Meu sapato social com ponta fina de aço ecoa pela casa vazia enquanto saio do prédio para encontrar Hannah, tão deslumbrante quanto Jackson. Os dois são o casal mais lindo que Chicago já viu desde os anos 1920. Foi-se o tempo de Hannah toda fofa de saia lápis. Em vez disso, ela está com um vestido tubinho cintilante preto e branco, que termina numa cachoeira de franjas por cima dos joelhos. Ela veste um chapéu de pluma prateado e o mesmo olho esfumado que, obviamente, fez em Jackson, só que o dela é prateado como pó de estrelas.

— Sei nem o que dizer — digo. — Você tirou todas as minhas palavras.

Hannah joga um beijinho para mim.

— Essa gola alta, Micah!

Jackson faz uma reverência grandiosa e meio nerd.

— Vossa Majestade.

Com este elogio, a vontade de voltar correndo para a cama toma conta de mim.

— Por favor — murmuro. — No momento, estou me sentindo tão popular quanto a Família Real.

Rindo, Hannah puxa um fio solto no meu ombro.

— Você ainda tem que fazer muita besteira antes de chegar nesse nível, meu bem.

Enquanto me olha nos olhos, ela sorri até eu sorrir também. Ao mesmo tempo, nós dois pedimos desculpas.

— Você não precisa se desculpar!

Agarro a corrente no meu peito.

Ela me abraça. E, antes de se afastar, dá uma piscadinha para mim.

— Chega de falar de mim. Vamos apoiar Grant. Vamos ver Elliot sendo lindo. Vamos comemorar que aquele mural finalmente saiu do seu quarto.

Com a cabeça pesada feito concreto, eu assinto. Ela tem razão. Nós três podemos estar de coração partido, mas essa noite continua sendo importante, um momento definitivo para Elliot, Grant e para mim.

Pelo menos ainda temos isso.

Pegamos um Uber até o Millennium Park e vamos andando pelo resto do caminho até o Instituto de Arte. Os arredores do desfile estarão parecendo um zoológico de gente; não vai dar para chegar muito perto de carro. O entardecer arroxeado no céu pinta nossa caminhada de verão pela Avenida Michigan, com o lago e o parque se estendendo à esquerda. Enquanto Jackson lidera o caminho na frente, eu me viro para Hannah.

— Você está linda.

Ela segura minha mão.

— Estou tão feliz.

— Jackson é um cara incrível mesmo.

— Ele é um esquisitão tão fofo.

Caminhamos em silêncio, ouvindo apenas o *tec-tec* do salto de Hannah e a água do lago batendo na barragem. Ela se apoia sobre meu ombro e o peso no meu peito finalmente se alivia... Daí fica três vezes mais pesado quando o Instituto de Arte surge na esquina. Por instinto, aperto a mão de Hannah.

— Que foi? — ela pergunta.

A verdade sai de mim com força, mas eu a contenho num sussurro.

— Quando entrei aqui pela primeira vez, foi na minha busca pelo Garoto 100, e... Elliot estava comigo. Nós estávamos juntos quando encontramos Grant aqui. Elliot ainda gostava de mim. E Grant ficou feliz em me ver. E eu nunca mais vou vê-los felizes daquele jeito de novo.

— Shiuuuu — Hannah sussurra, acariciando minhas bochechas.

— Hannah... Preciso dar um jeito na minha cabeça. Elliot me ajudou a ver que minha arte é boa em encontrar contos de fadas em pessoas do dia a dia, só que esses garotos não são personagens. Nada nessa história toda terminou com final feliz. — Pauso para recuperar o fôlego, mas Hannah não me interrompe. Ela me observa, totalmente focada. — Eu estraguei tudo porque — deixo uma risada exausta escapar — vivia com medo de estragar tudo. Acho que preciso começar a dizer o que estou sentindo e ver o que acontece.

Hannah dá uma risada delicada e segura minha mão.

— Isso eu gostaria de ver.

No Instituto de Arte, um tapete vermelho se estende sobre a escadaria de mármore da frente. Refletores poderosos iluminam uma fila de carros em direção ao palácio. É uma das coisas mais elegantes e sofisticadas que já vi. Todas aquelas divulgações do Desejo Realizado valeram a pena — Grant estava certo quanto a isso, afinal. Entrevistas no tapete vermelho começam no momento em que sou engolido por um mar de pessoas com entradas VIP. Na hora, duas pessoas da equipe do Instituto me puxam da multidão, sussurrando:

— Estamos atrasados. Grant vai te encontrar.

Em um instante, sou separado de Hannah e Jackson por uma força tão poderosa quanto a maré: publicidade. Por um corredor infinito e iluminado, professores e colegas de classe de Grant aparecem com suas roupas de gala. Todos os estilistas e grifes importantes parecem estar representados aqui, porque todo mundo está impecável.

Apesar do nó em meu estômago, sou empurrado adiante por um funcionário do Instituto seguido de outro.

Empurrado para onde? Não faço a menor ideia. Presumo que uma hora ou outra alguém vai me levar para onde preciso estar ou, pelo menos, me deixar morrer no chão, pisoteado até virar mingau.

Então, uma voz familiar e reconfortante atravessa o ar.

Eu os avisto. Meu coração vibra como se eu tivesse encontrado uma boia salva-vidas enquanto me afogava.

Meus pais.

Minha mãe veste um terno preto chique, e meu pai se exibe num terno preto e branco com estampa floral e costura intencionalmente visível. Eles foram cercados por uma onda de entrevistadores.

— Não sou um cara das artes. — Meu pai ri. — Quando me falaram "Pablo Picasso", pensei que fosse o meio-campo do Sox.

Minha mãe bate nele com a bolsa.

— Que bobeira, Jeremy!

Meu pai acena, envergonhado.

— Tá bom, tá bom. Essa não foi tão boa assim.

O oceano de jornalistas ao redor vibra. Eles adoram tudo o que meus pais fazem, sempre adoraram. Os dois sabem como lidar com as câmeras quando juntos, como uma dupla de humoristas. Todo mundo ama... Até mesmo eu, devo admitir. Aqui, no fundo do poço, me traz um conforto inexplicável poder observar os dois dando um show e me sentir uma criança de novo.

Meus pais são um casal poderoso que sabe como fazer a imprensa trabalhar para eles, e não o contrário, como fiz com Grant. Ele merece alguém capaz de subir num palco e rir ao lado dele.

— Brincadeiras à parte — meu pai continua —, não poderíamos estar mais orgulhosos de Micah. Não sei de onde ele herdou isso; eu sou um atleta bobão, ela é uma cabeçuda...

— Ei! — Minha mãe bate nele de novo, mas depois dá de ombros. — Mas é verdade.

A imprensa não se aguenta e cai na risada — e eu também.

— Mas ele é um garoto incrível — meu pai diz. — Tem uma alma sensível... E supertímida. — Como se sentisse minha presença, os olhos de meu pai vão dos jornalistas até mim. — E é por isso que ele está se escondendo ali esse tempo todo. Micah, o cara da vez, vem aqui!

Celebrando, meu pai acena. Minha mãe aplaude. As câmeras se viram.

Atrás de mim, um par de mãos me empurra para a frente. Meu pai me puxa para um abraço de lado.

— Vê se pode! Você me fazendo vir até aqui para falar de arte.

Nas sombras atrás do mar de jornalistas e seus microfones, Maggie e Manda esperam com seus vestidos pretos que — olhando de perto — tem bordados de bolhas de champanhe douradas. Meu coração fica quentinho. Mesmo de roupa formal, Manda encontrou um jeito de imprimir comida na estampa das duas. Aceno, chamando as duas, mas Maggie cruza os braços sobre o peito formando um X. *Nem pensar.*

Nós, irmãos Summers, não herdamos o gene publicitário dos nossos pais.

— Micah, esse é seu primeiro projeto ao vivo — uma voz chama em meio às luzes. — Você e Grant serão o próximo casal Summers?

— Vixe! — Minha mãe exclama e bate uma única palma.

A palma dela parte meu coração ao meio. Não tenho como saber, mas acho que acabei de me encolher na frente das câmeras. Todo mundo deve ter visto.

Não posso decepcionar Grant de novo. Não na noite especial dele.

— Vai depender da noite de hoje — digo, tentando imitar os olhos brilhantes do meu pai. — Mas estou empolgado para que vocês vejam o que Grant criou. Estamos trabalhando com um modelo incrível. O nome dele é Elli...

Mas uma onda de gritos engole o nome de Elliot.

Grant se materializou ao meu lado, uns trinta centímetros mais alto com suas botas de couro e cano alto que envolvem as panturrilhas grossas.

— Oi, amor — sussurra antes de beijar minha testa.

Ele sorri para as câmeras ensandecidas que, a esta altura, já formam um círculo tão apertado ao nosso redor que até mesmo meu pai, o rei, saiu de cena.

Grant está lindo de doer, vestido como um homem chique renascentista. Seu peitoral preenche uma jaqueta de veludo azul com uma camisa cheia de babados por baixo. Uma única fita também azul amarra os cachos daquele cabelo escuro como a meia-noite.

Imito a postura de "Ai, para!" da minha mãe enquanto Grant responde uma pergunta atrás da outra com um carisma tranquilo e muito bom humor. Ele nasceu para isso.

Como pode alguém tão expansivo como ele pensar que não seria nada sem mim?

Enquanto eu e Grant entramos nos corredores subterrâneos dos camarins do Instituto de Arte, ele para na minha frente. Sua máscara caiu um pouquinho — ele está começando a ficar nervoso.

— Está tudo bem? — pergunta. — Hoje de manhã, quando a gente se falou, você parecia… diferente.

Minta, Micah. Alimente a confiança dele. Não faça isso ser sobre você. Não é justo com Grant.

— Só tenho dormido pouco — respondo. — Mas estou ótimo. Todo mundo vai pirar com o desfile. — Dou um soquinho no peito de Grant, o que arranca um sorriso dele. — O Cavaleiro Princesa finalmente chegou.

Grant dá um beijo de príncipe na minha mão.

— E nós o fizemos juntos.

No fim das contas, para quem vê de fora, interpretamos o papel direitinho.

Nos camarins, a confiança do tapete vermelho de todos já caiu como pele morta. Lá fora era só sorrisos e piadinhas, mas aqui, longe da imprensa, há uma ansiedade coletiva monstruosa que consome todo mundo. Alunos e suas equipes seguram alfinetes com os dentes enquanto fazem ajustes de última hora nas roupas. Modelos se seguram nas araras enquanto são esfaqueados por alfinetadas inesperadas.

Meu estômago sente um formigamento estranho. Queria poder fazer uns ajustes de última hora frenéticos assim no meu mural, mas ele já está posicionado no palco, enquanto o auditório se enche com as pessoas que mais me amam na vida e também com os artistas mais julgadores da face da terra.

Não dá para voltar atrás agora, Micah.

Quando chegamos no nosso camarim, o figurino de Cavaleiro Princesa está imponente no manequim, ao lado de um trio de penteadeiras. No fim da fileira de espelhos, esperando sozinho, está Elliot. Ele sorri.

Finalmente volto a respirar.

Elliot puxa dois copos para viagem da Audrey e os entrega para nós.

— Gelado americano para Grant. Chai para Micah.

Não consigo parar de sorrir.

— Elliot…

Mas me seguro antes de dizer "você veio!". Porque foi isso que me arrumou problema com Elliot para começo de conversa; presumir que ele furaria com as pessoas, como se já tivesse falhado com um amigo alguma vez na vida. Como se isso não fosse exatamente o que vivem fazendo com ele.

Num piscar de olhos, o sol desaparece. Olhando para baixo, Elliot passa por mim. Meu sorriso morre. Me viro para Grant, que já me encara. Ele ficou mordido.

Sinto um nó no estômago.

Grant viu tudo: minha felicidade genuína ao ver Elliot, o jeito distante como Elliot me tratou e como aquilo arrancou o sorriso do meu rosto. Ele já fez as contas na cabeça.

— Onde você precisa de mim, chefe? — Elliot pergunta.

— Hum… Vamos te maquiar primeiro. — Grant, voltando à realidade, procura nas penteadeiras por alguém que não está encontrando.

— Ah, a Kris está bem atrás de você. — Elliot aponta.

Uma garota de cabelo verde pede licença enquanto entra no camarim com seu próprio copo da Audrey.

— Pronto para ficar lindo, Elliot? — ela pergunta. — Mais lindo ainda?

Kris e Elliot riem enquanto se posicionam nos espelhos, deixando Grant e eu tristes e com cara de quem comeu e não gostou, na porta.

O silêncio entre nós fica mais pesado, e o tempo se arrasta. Meu verão com Elliot passa na minha mente como as páginas de um livro.

Elliot dançando no chafariz enquanto o namoro dele acabava.

Elliot ensaiando na passarela com passos lindos e graciosos, livre e destemido.

Elliot estava livre naquele palco porque havia feito aquilo que eu não fui capaz de fazer — terminar um relacionamento que já não fazia bem nem para ele nem para Brandon.

Do outro lado do término, esperando por mim e por Grant, está essa liberdade para nós dois. E não estou ajudando em nada ao ficar agindo todo esquisito enquanto prolongo essa situação.

Puxo a manga de veludo de Grant e pergunto:

— Ei. Podemos conversar em algum outro lugar?

Grant encara o Cavaleiro Princesa com um olhar vazio antes de sussurrar:

— Aham.

O corredor de camarins leva a um lance de escadas. Assim que chegamos nos bastidores do palco, eu e Grant caminhamos por uma cortina de cordas e alavancas como dois homens condenados. Há alguns assistentes de palco correndo de um lado para o outro, mas, tirando isso, estamos sozinhos. Grant, tão lindo com sua roupa de príncipe, paira acima de mim. Antes que eu possa falar, ele envolve meu rosto com as mãos fortes e delicadas e beija meus lábios. Meu corpo fica rígido. Meus lábios assustados não o beijam de volta.

É rápido e agonizante.

— Nossa — diz ele. — Sei que eu sou seu primeiro namorado, Micah, mas... você já beijou alguém que deixou de te amar?

Uma lágrima escorre pela minha bochecha. Não dá. É pior do que qualquer filme de terror.

— Não — murmuro.

— É o sentimento mais vazio do mundo. — A voz grave dele está embargada. — Não recomendo para ninguém.

Num sopro profundo de coragem, digo:

— A gente precisa terminar.

Por mais que nós dois já estivéssemos esperando, Grant parece que foi revirado do avesso.

Fico nervoso, não posso deixar que ele pense que nunca me importei com a gente. Fico na ponta dos pés, agarro o rosto de Grant e o beijo.

Ele tinha razão.

É realmente o sentimento mais vazio do mundo.

— Me desculpa — digo. — Me desculpa de verdade. Podemos continuar sendo amigos?

— Não — Grant responde.

Eu me encolho como se ele tivesse me furado com uma agulha. Não importa o que aconteça entre nós, mesmo que estejamos desmoronando, eu ainda amo Grant. Essa parte não era fantasia.

— Eu não quero deixar de te ver para sempre — digo. — Estar com você, trabalhar junto, me apaixonar... Tudo isso me transformou. Não quero deixar de te ver crescendo. Eu ainda acredito em você...

— *Micah*. — O peito cheio de babados de Grant sobe e desce numa respiração profunda e barulhenta. — Larga mão de mim. Eu nunca fui seu príncipe.

— Foi, sim! — insisto, mexendo as mãos a esmo.

Como posso fazê-lo acreditar?

— Não fui. Mas você foi o meu.

Deixo escapar um gemido de dor. Respirando fundo mais uma vez, Grant se perde no labirinto de cordas e vai, aos poucos, se tornando uma silhueta no escuro.

— Por favor... — começo a falar e a sombra de Grant para.

— Micah — diz ele. — Vai indo na frente e eu te encontro no camarim. Ainda temos um show para fazer.

Eu me sinto pelado nos bastidores.

Sem amigos. Sem namorado. Sem Elliot. Sem arte. Sem caderno. Nenhum som além do clamor dos convidados, prontos para verem o que tenho a mostrar.

Será que foi um plano do universo juntar eu e Grant num encontro tão fofo como aquele no trem só para acabarmos aqui, sem glamour nenhum, numa pilha de nervos debaixo do Instituto de Arte?

A gola da camisa está me sufocando. Não consigo respirar.

Abro o fecho com os dedos e engulo lufadas gigantes de ar.

Por favor, imploro para o universo. *Por favor, não deixe Grant ficar mal. Ajude ele a encontrar alguém logo. Alguém que o ame de verdade. Não deixe ele ficar sozinho.*

Solto o ar todo de uma vez e, finalmente, minhas mãos param de tremer. Já se passaram bem mais de três minutos. É hora do show.

Dando um passo dolorido atrás do outro, me junto aos vivos no corredor dos camarins. Cada pessoa que passa por mim — assistentes de palco, operadores de luz, diretores, cabeleireiros e maquiadores — bebe num copo do Café da Audrey. Seus nomes foram escritos nos copos com uma caligrafia bonita — a letra de Elliot.

Ele trouxe café para todo mundo.

Meu cérebro não consegue compreender esse nível de bondade.

Sempre que levava chai para mim, eu acreditava ser algo especial que ele fazia pelos amigos, mas é muito mais do que isso. Esse é o jeito de Elliot: ele cuida das pessoas.

E dos cachorros de abrigos.

E de príncipes mequetrefes em busca de uma visão artística.

Pela porta do camarim, vejo Elliot sendo maquiado. Ele começa a crescer dentro de mim como uma planta teimosa brotando no meio do concreto. Estou assustado. Exausto. Me sinto um lixo. Mas olhar para Elliot faz todos esses sentimentos horríveis desaparecerem, como se nem sequer tivessem surgido.

Eu seria o príncipe mais sortudo do universo se ao menos ele olhasse de volta para mim.

Menos de uma hora depois, estou de novo no escuro com Grant. Só que desta vez não é um escuro hipotético em relação ao nosso futuro juntos. Eu e ele estamos sentados lado a lado na área VIP na lateral da passarela, o espaço reservado para estilistas e olheiros de alto escalão. Os lugares foram reservados para nós dois, mas, mesmo se tivéssemos escolha, eu e Grant não nos sentaríamos separados. A história da noite de hoje não é o que acontecerá com o Desejo Realizado; será o triunfo criativo meu, dele e de Elliot.

A tensão entre nós dois no camarim se foi. Tudo entre nós dois se foi.

Isso aqui, este momento em que estamos sentados juntos, é o mais perto que ele irá querer ficar de mim de novo pelo resto da vida. A grandeza desse fato mexe demais com a minha cabeça. Por que não fiz isso antes, quando eu e ele poderíamos ter tempo para processar e superar as mágoas?

Mentalmente, me transporto de volta para o meu quarto, encontro meu *Caderninho de Primeiras Vezes* e escrevo *Primeiro término*: 6 de agosto de 2022.

Por fim, as luzes do auditório se apagam — uma bênção — e o tumulto na minha cabeça finalmente se aquieta.

O Desejo Realizado é o último desfile da noite, mas tudo o que vem antes contém momentos criativos de cair o queixo. Estampas ousadas, misturas geniais de música e luz e performances feitas por artistas cativantes. Todos aplaudimos e celebramos. Grant aplaude de pé todas as peças, e eu o acompanho.

Nestes momentos passageiros, esquecemos de nosso romance amaldiçoado e simplesmente aproveitamos essa magia que só acontece quando pessoas criativas assistem a outras pessoas criativas atingirem seus verdadeiros potenciais.

O estímulo nas minhas veias é inegável.

Eu quero mais. Quero ser parte deste mundo.

Finalmente chega nossa vez. As luzes se apagam. O ar crepita. Uma música leve de piano enche o ambiente, soando como chuva batendo na janela.

Grant enrijece ao meu lado e eu mordo os lábios de nervoso.

No escuro, um barulho estala e um tecido se desenrola. Uma luz rosa-clara ilumina o palco e a plateia respira em sincronia. Meu mural envolve o fundo do palco — um trem da linha L cheio da vibração de um reino de fantasia. Fadas, príncipes, princesas, reis, rainhas, bobos da corte, dragões, sereias e ratos. A cidade que todos chamamos de nossa, só que reimaginada como um lugar onde a magia pode acontecer.

As luzes do chão fazem meu mural brilhar com uma tridimensionalidade que eu jamais conseguiria sonhar.

Elliot está no centro, parado e colado contra a tela. Como parte do desenho em si. O rosto dele está pintado como o de uma rainha-pássaro elegante, com texturas de penas vermelhas e azuis ao redor de uma máscara de zorro preta com asas.

Uma divindade de outro reino.

Grant literalmente fez mágica com sua máquina de costura — aquela saia de gaiola parece pesar duas toneladas, mas ele a construiu com leveza, para que os movimentos de Elliot fossem o mais fluidos possível.

Grant é um artista inacreditável. Mesmo se eu não o conhecesse, diria que esta peça é sem dúvidas a melhor do desfile inteiro.

A música de piano muda, se unindo a uma orquestra de cordas — como um bistrô em Paris, a seleção de músicas feita por Grant é primorosa. Com a troca de música, o Cavaleiro Princesa emerge da pintura. Quando o mural ganha vida, a plateia aplaude com emoção. Elliot desliza pela passarela com o cuidado e a fragilidade de um animal descobrindo um novo mundo.

Nós conseguimos.

O design de Grant. A minha ilustração. A performance de Elliot. Trabalhamos em harmonia um com o outro de um jeito como nunca fizemos em nossas próprias vidas.

Esse pensamento pressiona meu coração com força: eu poderia estar fazendo arte desse jeito desde sempre, mas tinha tanto medo das pessoas enxergarem as imperfeições que desistia. Elliot me encorajou e criou um ambiente onde eu pudesse prosperar.

Observar Elliot se movendo como um cisne provoca uma sensação quase inédita; alguém que eu achava que já conhecia por completo, mas só conhecia a superfície. Ainda há um oceano inteiro de Elliot para explorar.

Por favor. Não deixe minha história com Elliot acabar.

O animal frágil no palco não é mais cauteloso. Ele ganha velocidade, corre até o fim da passarela e gira ao se mover. Gira. Gira de novo. A cada giro, uma nova cor, até que a cauda de arco-íris se liberte da gaiola. O tecido esvoaçante se desenrola pelo ar e rodopia ao redor de Elliot como uma dançarina de fitas, como uma feiticeira comandando a luz.

No auditório, os flashes de todas as câmeras disparam de uma só vez.

Elliot conseguiu. Ele é uma estrela.

E eu o amo.

Não é uma descoberta nova. Já o amo há um bom tempo. Desde a nossa primeira aventura. A presença dele por si só já evoca o melhor nas pessoas. Seu calor neutraliza todos os meus medos — e eu tenho muitos. Quero fazer o mesmo por ele. Para isso, não posso ter medo. Nós podemos ser maravilhosos juntos.

Elliot faz sua pose final e as luzes se apagam. O público vibra.

Quando as luzes retornam lentamente, a área VIP e as arquibancadas já estão aplaudindo de pé. Centenas — milhares — de pessoas aplaudindo. Grant aplaude junto, como o cavalheiro que é, para as outras peças de seus colegas, mas ele não percebe algo que eu percebo: todas as pessoas de pé estão olhando para ele.

Não para nós, nem para mim. Para ele. Grant Rossi, o estilista do Cavaleiro Princesa.

— É você! — digo, balançando o braço dele. Aquele braço lindo que nunca mais poderei agarrar, mas pelo melhor motivo do mundo. Ele se assusta com o meu toque. Não está bravo, só confuso. Nos entreolhamos, provavelmente pela última vez. Eu assinto. — É para você.

A expressão dele se ilumina como o sol nascente.

— Eu?

Ele se vira para o público, maravilhado.

Pessoas em vestidos e ternos de alfaiataria o cercam com aplausos, assovios, gritos de "bravo!" e "ARRASOU!".

— Levanta e aceita — sussurro, cutucando a costela dele.

Grant levanta num salto e os aplausos se intensificam. Ele nem consegue sorrir, é muita informação ao mesmo tempo. Ele é capaz. Sempre foi.

Mas existe outra pessoa que precisa ser lembrada de como é incrível. Tenho que encontrar Elliot agora.

Corro em direção à escada dos bastidores, esbarrando em pessoas da plateia enquanto meus joelhos voam. Não quero perder nem um segundo sequer. Chega de brincadeiras, de câmeras e daquela coisa toda de Desejo Realizado; só preciso dele.

As luzes ficam mais fortes quando chego na metade do caminho até as escadas.

Consigo ter um vislumbre de Elliot através das cortinas esvoaçantes. Ele recolhe a cauda e desce as escadas até o camarim.

— Micah, ótimo trabalho! — uma voz grita do corredor.

Eu passo voando. Em seguida, um grupo de pessoas bem-vestidas salta na minha frente e bloqueia a passagem. Seja lá quem forem, estendem as mãos com sorrisos nos rostos. Mais estranhos se juntam ao redor e meu caminho em direção a Elliot se fecha.

Sou soterrado de perguntas e elogios.

— Obrigado, obrigado — murmuro, mas isso não diminui a empolgação deles.

Com um empurrão final, consigo abrir um espacinho na parede humana para passar. Começo a correr até o fundo do palco, atravessando o labirinto de cordas onde meu primeiro namoro morreu, e salto pelas escadas em direção aos camarins.

— Elliot! — grito, entrando com tudo no nosso camarim.

Kris fecha sua caixa de maquiagem e olha para mim, ofegante e com o rosto vermelho. Elliot não está aqui, mas a fantasia do Cavaleiro Princesa já está no manequim. A cauda de arco-íris foi apoiada na penteadeira.

Assustada, Kris diz:

— Foi mal. Ele já foi.

Capítulo 25
A BUSCA PELO ESCUDEIRO

O rugido das pessoas celebrando um desfile de sucesso parece oco e a quilômetros de distância na escadaria do Instituto de Arte. Do lado de fora, a cidade está escura e vazia. Carros passam correndo pela Avenida Michigan. Onde quer que Elliot esteja, já deve ser bem longe daqui.

Meu estômago revira do avesso, e uma onda de empolgação dá forças ao meu corpo enquanto toco no nome dele na agenda. Cai direto na caixa postal. *Por favor, Elliot, me liga.*

Mando mensagem:

Elliot, ainda tá aqui?

Preciso muito conversar com você. Me desculpa por tudo.

Eu terminei com Grant.

Cada mensagem leva um tempo antes de mostrar aquele sinal horrível: um único tique. Enviada, porém não recebida, como se tivesse morrido no meio do caminho. Parece que, talvez, se minhas mensagens fossem um pouquinho melhores, mais significativas, mais empolgantes, mais arrependidas

— se eu me esforçasse mais —, elas teriam ficado com o segundo risquinho. E azul. A cor da conexão.

Mas, assim como eu, elas nadaram, nadaram e morreram na praia.

Minha conexão com Elliot foi interrompida.

O celular dele ficou sem bateria. *Não, Elliot jamais sairia de casa tão despreparado.*

Ele deve estar numa área sem sinal. *Não, ele está na mesma área que eu, e aqui está cheio de sinal.*

Ele desligou o celular. *Sim, é isso! Ele quer que eu o deixe em paz.*

Em paz.

Só consigo pensar que ele quer que eu o deixe sozinho. Aquela expressão magoada no Café da Audrey volta à minha mente — Elliot queria que eu dissesse que o amava. Ele falou que queria ouvir, mas só depois de eu ter resolvido tudo com Grant e estar pronto para tomar uma atitude.

Sem medo. Sem incertezas.

É hora de finalmente dizer o que sinto. O resto é com ele.

Meu corpo fica indo para lá e para cá, e sinto um enjoo como se estivesse no mar. Minha história com Elliot não começou como um conto de fadas clássico, mas, mesmo assim, agora se tornou um: o príncipe que finalmente percebe quem é o verdadeiro dono de seu coração, só que... tarde demais. O clássico com Apaixonados Perdidos sempre tem este momento antes de o príncipe embarcar numa última missão perigosa em busca do amor. É o que estou vivendo agora.

Você se preparou para isso a vida inteira, Micah. Vai atrás dele.

Com meu sapato de ponta de aço, corro pela cidade e não paro até chegar no letreiro néon de uma fatia de pizza. A porta da Pizzaria do Little Parisi está aberta com um tijolo a segurando no lugar, provavelmente para atrair clientes com o cheiro de queijo derretido. Ou, mais provável, para deixar o ar fresco entrar. Um ar-condicionado de parede em cima da porta carrega uma placa de papelão colada com fita adesiva dizendo NÃO LIGAR.

A terra esquecida pelo ar-condicionado. Sem dúvidas, é a casa de Elliot mesmo.

O ar é abafado dentro da pizzaria, tanto que, assim que entro, protejo o rosto por instinto. Stuart, pai de Elliot — com seu bigodão de desenho animado — está suando enquanto entrega fatias de pizza em pratos de papel por cima do balcão. Uma leva de clientes infelizes sai correndo do lugar assim que pega a comida.

Já esbaforido por causa da corrida, tiro a jaqueta e desabotoo a gola da camisa enquanto espero na fila, atrás dos últimos clientes: um pai com um filho pequeno e chorão. O pai se abana inutilmente enquanto faz o pedido.

Stuart pisca com os cílios suados enquanto o ouve, mas é difícil se concentrar — ele fica olhando para mim toda hora.

Algo na expressão de Stuart me deixa nervoso.

É como se ele soubesse o porquê de eu estar aqui... E não tivesse boas notícias.

Depois que o homem vai embora, equilibrando um prato em cima do outro enquanto puxa o filho chorão pela porta, o pai de Elliot solta um suspiro barulhento. Ele revira uma caixa de isopor no chão — com o que restou de sólido dentro de um mar de gelo derretido — e puxa uma garrafa de Pepsi pingando.

— Sr. Summers, se você não for pedir nada, se importa se eu beber um gole e me sentar um pouco?

— Sem problemas, à vontade — digo.

Ele vira a garrafa de uma vez, um gole atrás do outro, e finalmente se senta em uma das mesas. Com raiva, aponta para a cadeira à sua frente. Sei de cara que o melhor é obedecer sem questionar.

— Sim, você não veio até aqui pedir pizza. Você é bom demais para esse lugar.

— Sr. Tremaine, eu...

— Que tal me deixar falar um pouquinho? Tenho algumas coisas para te dizer.

O olhar exausto dele me silencia. Nenhuma réplica ou provocação sai dos meus lábios. A culpa toma conta do meu cérebro, chiando e fritando como bacon na panela. Tantos rostos amigáveis — Elliot, Grant, Stuart — olharam para mim esta noite se sentindo magoados, traídos e tristes. Um espelho invertido das interações que eu costumava ter.

— Elliot fala muito de você — diz Stuart. — Sabia? Ele vivia triste, mas aí te conheceu, começou a viver aventuras do seu lado e foi como se tivessem devolvido meu filho.

Seus olhos ficam marejados. Ele morde o lábio para se conter.

— Eu amo ele — boto para fora.

A expressão de Stuart se ilumina.

— Você disse isso para Elliot?

— Eu, hum... só percebi isso hoje.

O corpo inteiro de Stuart murcha.

— Não consegui ir assistir à apresentação dele. Como foi?

Na minha mente, a performance de Elliot se desdobra como uma luz dourada.

— Ele foi uma estrela.

Stuart sorri, sem forças.

— Então você veio até aqui atrás dele?

Assinto.

— Preciso encontrá-lo. Preciso dizer como me sinto. O senhor sabe onde ele está?

O meu peito e o dele sobem e descem sob o peso deste calor horrível. Não é à toa que Elliot tenha ficado de saco cheio deste lugar. Eu e Stuart nos encaramos sem piscar. Nós dois amamos Elliot — a ausência dele preenche cada molécula daqui —, mas não gosto da expressão de derrota no rosto de Stuart.

— Elliot precisa de uma mudança — admite. — Ele ama os animais, ajudar os animais. Então, ele vai voltar para a casa da minha irmã em River Valley para terminar o ensino médio lá. Ela tem uma fazenda de cavalos e ovelhas. Sempre foi bom para ele.

Não resta uma gota de água no meu corpo. Meus lábios viraram poeira.

Elliot... se foi.

— Quando? — pergunto com a voz esganiçada.

— Hoje, no trem da meia-noite saindo da estação LaSalle. Ele só quis ficar o bastante para fazer o desfile. — Stuart não consegue mais me olhar nos olhos. — Ele acabou de ir. Já nos despedimos.

Meia-noite. Hoje. Em pouco mais de uma hora.

Quando o relógio bater meia-noite, a magia irá acabar.

Agora é hora de ser corajoso. A missão final ainda não acabou — pelo contrário, isso é a prova do destino de que eu e Elliot estamos vivendo um conto de fadas inquebrável e inabalável. Eu irei encontrá-lo antes da meia-noite.

Ele vai ficar.

— Onde é River Valley? — pergunto.

— Muito, muito longe — diz Stuart, secando a testa com um guardanapo.

Um grupo de garotos entra na pizzaria, rindo alto enquanto um deles quica uma bola de basquete. Assim que atravessam a porta, gritam:

— NOOOOOOSSA! Que quente!

— Bem-vindos, cavalheiros — Stuart os recebe, e volta para trás do balcão.

Enquanto os garotos decidem quais sabores vão querer, sinto os segundos escorregando das minhas mãos. Só tenho até meia-noite. Será que Elliot ainda quer me ver? Será que posso convencê-lo a ficar?

Preciso tentar.

Coragem, Micah!

Quando estou prestes a sair para o ar fresco, o último jogador de basquete da fila estala os dedos como se tivesse acabado de se lembrar de algo importante.

— Ei! É o Príncipe de Chicago!

Os amigos dele dão meia-volta, apontando com empolgação.

— Olha! — um deles exclama. — O Rei está aqui também!

Levanto a cabeça, olho para fora e quase tenho um ataque cardíaco.

Na frente da pizzaria, há uma limusine preta estacionada na calçada. Recostado no carro, está meu pai, ainda de terno, mas com o colarinho desabotoado. Ao lado dele, minha mãe, Maggie, Manda, Hannah e Jackson. Todos esperando por mim.

Quase explodo de tanto amor que sinto por eles.

— Micah, você saiu correndo antes que a gente pudesse te parabenizar — diz meu pai com um sorriso. — Eu até diria que foi falta de educação, mas Maggie e Hannah nos contaram que tinha alguma coisa acontecendo com você. Elas imaginaram que você poderia estar aqui.

Minha aventura para encontrar Elliot acaba de ganhar um time de escudeiros.

Capítulo 26
O CONSELHO DO REI

Dentro da limusine, está tocando a playlist do meu pai, cheia de Smashing Pumpkins e Earth, Wind and Fire, enquanto luzes estroboscópicas piscam. O carro costuma ser espaçoso, mas no momento está lotado com a minha família inteira, além de Manda, Hannah e Jackson — todas as pessoas de quem mais gosto nesse mundo.

Bom, quase todas.

Grant continua no Instituto de Arte, de coração partido, mas, com sorte, sendo muito elogiado por sua peça espetacular. Elliot provavelmente está na estação de trem LaSalle, prestes a deixar minha vida para sempre. Mas se conseguirmos encontrá-lo primeiro — e eu abrir o coração —, há uma chance de que isso não aconteça.

Antes que eu possa contar para todo mundo que não estou bem e que temos pouquíssimo tempo, me dou conta de que nem é preciso. Minha mãe troca olhares preocupados com Maggie e Hannah: elas sabem que há algo errado. A expectativa era passarmos a noite inteira celebrando pelo meu mural, mas — e nem acredito que vou dizer isso — estou com zero paciência para comemorar agora que preciso correr contra o relógio mais assustador de todos os tempos.

— O que houve? — minha mãe pergunta, acariciando minha mão.

Todos os rostos na limusine se voltam para mim, e eu respiro esbaforido.

— Você terminou com Grant? — Maggie pergunta. Só tenho forças para assentir. Enquanto meus pais soltam um grunhido triste, Maggie aperta a mão de Manda e as duas sorriem para mim, como mães orgulhosas. — Fico feliz.

Quero agradecê-la, mas é capaz de eu começar a chorar, e há muita coisa em risco esta noite.

Jackson passa o braço ao redor de Hannah. Minha melhor amiga não falou nada desde que chegou. Ela parece assustada. Trocamos um olhar sobre os bancos paralelos enquanto luzes rosa-choque dançam sobre nossos rostos emburrados.

Ela sabe.

— Quando Elliot te contou que ia embora? — pergunto.

A limusine fica em silêncio.

— Depois que eu saí do desfile — responde ela, descontando o nervosismo num guardanapo. — Ele mandou um e-mail. Bem longo. Deve ter programado para enviar assim que o evento terminasse.

— Quando já fosse tarde demais para impedi-lo.

Ela assente, e Jackson a aperta com ainda mais força. Fecho os olhos e tento recuperar o fôlego.

Ele não quer ser impedido.

Eu nem ganhei um e-mail de despedida. Elliot provavelmente não tem mais nada a dizer para mim.

NÃO IMPORTA, MICAH. VOCÊ PRECISA ENCONTRÁ-LO E DIZER O QUE SENTE.

A mão grande e amorosa de alguém repousa na minha nuca. Abro os olhos e encontro o rosto amedrontado de meu pai, mas, inclinado para a frente e com o foco e a energia que o levaram a ganhar uma medalha olímpica, ele já está preparado.

— Alguma coisa aconteceu, meu filho — diz ele. — Pode mandar.

Como se tivesse recebido permissão, eu boto tudo para fora:

— Eu estava namorando o garoto errado, e o garoto certo, Elliot, está indo embora de Chicago para sempre, hoje, daqui a uma hora, a não ser que eu consiga encontrá-lo.

Sem parar nem por um segundo para que alguém possa interromper, faço um resumão corrido dessa noite infernal: o término com Grant, meus sentimentos por Elliot, a forma como arruinei tudo e a partida iminente de Elliot das nossas vidas. Falo tão rápido que a emoção só chega na minha voz no final, quando uma cacofonia pesada escapa da minha boca:

— Eu magoei a pessoa que amo e fiz ele achar que eu não sentia nada. Se ele for embora, eu nunca vou ser capaz de consertar essa bagunça.

A verdade que passei a noite inteira evitando.

A possibilidade horrível de perder Elliot hoje. Nunca poderei dizer o que sinto. Nunca vou ter a chance de ficar com ele de verdade.

Meu pai não diz nada. Não está derrotado como o pai de Elliot. Nem preocupado como minha mãe.

Está calmo. Pensativo.

— Primeiro de tudo, vem cá — diz ele, se arrastando no banco de couro para me abraçar apertado. Minha mãe joga os braços por cima de nós dois. Depois Hannah. E, em pouco tempo, seis pares de braços me envolvem no abraço mais incrível do mundo. Meu pai é o primeiro a interromper o gesto, seguido pelos outros, que vão retomando seus lugares, deixando apenas Hannah, que me dá um último apertão. Ela precisava disso quase tanto quanto eu. Meu pai acaricia minha bochecha molhada e diz:

— Para o terror de todo mundo, vou transformar isso aqui numa coisa de esportes, mas vai fazer sentido, tá bom?

A festa na limusine fica tensa, mas todo mundo assente ao mesmo tempo.

— Tá bom — concordo.

Meu pai não desfaz o contato visual comigo enquanto explica:

— A vida é cheia de momentos de jogo e momentos fora de jogo. Você está num momento de jogo agora. Na pista de gelo, dentro do jogo, todo o resto desaparece, casa coisinha acontecendo na sua vida. Só existe você. O relógio. E o jogo. A gente fica com a cabeça no jogo.

— Certo.

— Eu perdi sua avó dias antes do melhor jogo da minha vida. Escolhi jogar porque, naquele espaço, ela não havia partido. Naquele lugar, eu nem sequer conhecia minha mãe. Eu ia para outra realidade. Está entendendo?

— Sim.

O mundo ganha foco ao meu redor. As palavras de meu pai funcionam como mágica. Estou com a cabeça no jogo. Embora o restante da minha família me observe a centímetros de distância, restam apenas eu e ele.

— Encontrar Elliot é o seu jogo, e você tem uma hora — meu pai continua. — Toda vez que cometi um erro no gelo, eu estava com pressa. Não estava respirando direito. Não estava presente. Você precisa encontrá-lo antes da meia-noite. Não só isso, você precisa dar um jeito na situação com ele também. — Meu pai faz uma pausa para respirar rápido, com calma, como se estivesse tomando um gole de ar. Eu o imito. A respiração curta e profunda ilumina minha cabeça. — Você não tem tempo para erro. Então, respira. Foco no objetivo.

A risada de Elliot enche minha mente.

E provavelmente meu coração também.

Eu consigo. Sem medo, sem medo, sem medo.

— Então, esse Elliot... — Meu pai recosta no banco. — Quer dizer então que ele é O Cara?

Eu pigarreio.

— Se ele ainda me quiser... ele é O Cara.

Hannah olha para mim e, com os olhos brilhando, dá um sorriso.

Meu pai ri.

— Você zombou de mim quando achei que Elliot era seu namorado, mas isso só mostra que eu sempre soube! — Eu e Maggie grunhimos, mas meu pai só bate palma, satisfeito por estar certo mais uma vez. — Agora, eu comprei essa limusine de festa para a família... Mas a festa não pode começar porque a família não está completa.

A família não está completa.

Elliot. Ele é tão parte da família quanto Hannah ou qualquer outra pessoa.

E isso é o que eu mais quero.

— Micah, o jogo é seu — diz meu pai, dando um tapa no meu joelho. — O que quer que a gente faça?

Meu coração e meus pulmões pegam fogo. Minha barrinha de energia se enche por completo.

Estou de cabeça no jogo.

Independentemente do que eu faça, precisa significar alguma coisa para Elliot.

Elliot dança no meio do chafariz, como um espírito mágico da água.

Algo pessoal. Algo que seja a nossa cara. Algo que eu consiga arrumar em menos de uma hora.

"Olha só, um mini você", Elliot sussurra, rindo do garotinho no Millennium Park.

Eu sei o que fazer!

— Micah? — meu pai pergunta, trazendo meu foco de volta para o carro. — Vamos para a estação? Como podemos ajudar?

Sorrindo de orelha a orelha, eu digo:

— Só existe uma pessoa que pode me ajudar.

Capítulo 27
O REINO AJUDA

O parque. De volta onde tudo começou, onde não consegui chamar Andy McDermott para sair — onde pedi pela primeira vez que o universo me ajudasse a encontrar o Garoto 100. Menos de um minuto depois, Hannah mandou uma mensagem me chamando para o Café da Audrey. Ela disse que Elliot estava preparando um chai latte que faria eu me sentir melhor. "Nossa, mas que Príncipe Encantado, hein?", ele disse. A primeira de muitas vezes que Elliot me encheu de coragem e arrancou a ansiedade das minhas veias.

Agora, aqui estou eu, na frente do parque, com minha família e amigos na limusine atrás de mim, encarando a única pessoa na cidade inteira que pode me ajudar a reconquistar Elliot: a vendedora de cachorro-quente.

— Que tipo de cachorro-quente você vai querer, meu bem? — pergunta a mulher com o cabelo cacheado preso debaixo do boné do Chicago Bulls.

A fada madrinha no meu mural que, com sorte, se tornará minha fada madrinha de verdade. Ao lado dela, um homem de uns trinta anos usando o mesmo boné do Bulls cruza os braços e me observa com a expressão séria. Nunca o vi nesse carrinho antes, mas acredito que esteja aqui só para garantir a segurança da vendedora, já que, a esta hora da noite, o Millennium Park fica um breu e, com exceção de algumas pessoas a caminho da estação de trem, praticamente vazio.

— Ela perguntou o que você vai querer, amigão — o homem rosna.

Minhas costas enrijecem com o tom de voz. Passei tempo demais encarando, mas ainda não faço a menor ideia de como começar esta pergunta maluca.

Estalando a língua, a vendedora semicerra os olhos para o homem.

— Não liga para o meu filho. Eu só pedi para me proteger, não para assustar todos os meus clientes! — Eles se encaram por um tempo antes de a vendedora se voltar para mim, toda fofa. — Nossa, que chique você! Aquela limusine ali é sua?

Atrás de mim, minha família espera dentro do carro sofisticado, junto com Stuart, que fechou a loja uma hora mais cedo para vir com a gente.

Olho o celular. São 11h11.

Faz um pedido, Micah.

— Desculpa, não tenho tempo para comer — digo.

— Então vaza — diz o homem, ainda mais carrancudo. — E leva o trenzinho da alegria com você.

A vendedora lança outro olhar emburrado para o filho, e eu me aproximo.

— Preciso da sua ajuda. Algumas semanas atrás, vi você dizendo para um garotinho onde encontrar aqueles carros de abóbora da Cinderela que ficam dando voltas aqui no parque. Não dá tempo para explicar, mas é de extrema importância que eu consiga alugar uma daquelas abóboras hoje, tipo, agora. — A vendedora e o filho piscam em silêncio. — Por favor. Uma pessoa muito importante para mim vai embora da cidade para sempre à meia-noite. Essa abóbora teve um significado importante para nós dois durante um momento péssimo das nossas vidas. E se eu conseguir uma dessas para ir buscá-lo antes da meia-noite... talvez ele fique aqui.

Meu coração bate furiosamente.

Com um fôlego final, como se fosse minha última chance, acrescento:

— É amor verdadeiro.

A expressão de susto da vendedora se suaviza e suas bochechas começam a ficar coradas aos poucos.

— Eu adoraria ajudar, mas as pessoas que trabalham nas carruagens já foram embora. — Antes que eu tenha um ataque cardíaco ao ver meu plano dando errado antes mesmo de começar, a vendedora puxa a aba do boné para baixo. — A não ser que... — Ela tira um chaveiro pesado de dentro do bolso da jaqueta. Perco o ar. Com uma risada astuta, ela se vira para o filho. — Fica de olho no carrinho!

— Mãe, não — diz ele, puxando o chaveiro.

— Damian! — Ela e o filho começam a discutir em grego enquanto brigam pela chave. Sem conseguir alcançar a altura do filho, ela se vira para mim, implorando. — Nós que trabalhamos aqui no parque trocamos chaves reservas uns com os outros em casos de emergência. A gente se ajuda. — Furiosa, ela se estica em direção às chaves de novo. — E eu sempre quis dirigir uma daquelas abóboras!

— Você nem conhece esse garoto!

Cerro os dentes. A carruagem está tão perto, tão possível, mas, com todo esse bate-boca, vou me atrasar. Depois de um minuto desses dois pulando de um lado para o outro com suas roupas do Bulls, a vendedora finalmente pega o chaveiro da mão do filho, e o molho de chaves cai na calçada.

Levo a mão ao peito e quase desmaio quando a vendedora mergulha no chão e as pega. Com isso, deixa o filho cuidando do carrinho de cachorro-quente e me leva em direção ao último passo da minha Missão Final.

Já passou da hora de perguntar o nome desta mulher mágica.

— Margaret Kastellanos! — diz ela, abrindo o portão da garagem de carruagens depois de desativar o alarme.

É um pequeno estábulo atrás do parque que, aparentemente, foi transformado num galpão depois que a população se revoltou contra carruagens puxadas a cavalo. Com um clique satisfatório, as lâmpadas no teto se acendem uma a uma e iluminam a abóbora no meio do recinto. A carruagem é mais ou menos um esqueleto feito de vigas no formato de uma abóbora, enrolada em pisca-piscas que ainda não estão acesos. Como se estivesse dormindo desde que eu e Elliot a vimos, esperando para que eu finalmente aparecesse.

Margaret não perde tempo e sobe no banco do motorista que fica fora da esfera e começa a mexer nos controles. Meus dedos se fecham ao redor das barras geladas de ferro. Paro uma última vez antes de perguntar:

— Tem certeza de que não tem problema a gente pegar?

— Já mandei mensagem para a dona da carruagem! — O motor da abóbora ganha vida. — Nossa, ela ficou morrendo de inveja quando contei quem eu estava ajudando. Quis até sair da cama e vir correndo para cá de pijamas só para te levar. Eu disse que não dava tempo. — Margaret dá uma risada maldosa enquanto liga o último botão e as milhares de luzinhas envolvendo a abóbora ganham vida, enchendo o galpão com um brilho branco e intenso. Ela recosta no banco. — Bom, sobe logo! O tempo está passando.

Meu celular diz que são 23h29. Sinto uma fisgada no peito.

Eu me acomodo no banco de trás e Margaret pisa no acelerador.

Voamos na velocidade de um kart tunado, provavelmente mais lentos que um carro, mas o vento que atravessa a carruagem aberta faz com que eu me sinta no ar. A abóbora não desacelera quando passamos pelo carrinho de cachorro-quente nem pela limusine, de onde todos acenam e gritam. Hannah é quem faz mais barulho, pulando no lugar ao lado dos meus pais, Maggie, Manda e Jackson. Minha melhor amiga grita de alegria e grava o momento no celular.

Num piscar de olhos, eles desaparecem, e Margaret se mistura ao fluxo do trânsito da Avenida Michigan. É difícil acompanhar, mas Margaret não tira o pé do acelerador. Carros nos ultrapassam dos dois lados, uns com raiva, mas a maioria vibrando por nós pela janela. Eles não me conhecem, nem sabem por que estou acelerando com tudo dentro de uma abóbora em direção à estação de trem, mas não importa o que pensem, somos como um farol brilhante de felicidade digna de contos de fadas.

Luto contra a necessidade de fechar os olhos. Minha empolgação e ansiedade estão travando uma batalha épica dentro do meu estômago.

23h36. O trem de Elliot já começou o embarque. Mas nós vamos conseguir.

Envio mais uma mensagem para ele: Por favor, não vai embora. Estou indo para a estação agora!

Uma tentativa desesperada..., mas que dá certo. A mensagem é enviada e recebida.

Ele ligou o celular! Mordo o lábio. Ainda não visualizou, mas pelo menos está recebendo as mensagens.

Através das árvores, os rostos digitalizados da Crown Fountain continuam cuspindo noite adentro. Segurando na estrutura de ferro para não cair no meio da rua, me inclino para a frente. Quero ver Elliot dançando naquele chafariz de novo. Vou dançar junto da próxima vez. Eu devia ter me juntado a ele. Mas fiquei com medo. Sempre com medo.

Por favor, por favor, por favor, me deixe vê-lo mais uma vez.

À nossa esquerda, o Instituto de Arte aparece e some. As luzes diminuíram e a rua não está mais lotada com aquele circo midiático, mas o tapete vermelho continua lá enquanto a equipe de limpeza se apressa para removê-lo. Meu peito dói. É como se estivessem removendo as ruínas do Desejo Realizado.

Algum dia num futuro próximo, quando eu estiver lá sob as minhas condições, com meu próprio trabalho, pensar no Instituto de Arte não será tão dolorido. Ainda assim, sei que nunca me esquecerei de Grant ou do que ele despertou criativamente em mim.

Margaret vira na avenida em direção à estação. O trem de Elliot parte em vinte e um minutos. As memórias inundam minha mente, ameaçando me afogar. Memórias de todos os meus dias perfeitos com ele — Shirley das Docas, chai, pizza, pipoca. *"Isso é armadilha de turista"*, eu disse. *"Algumas armadilhas até que valem a pena"*, Elliot rebateu.

Eu devia ter falado tudo naquele momento. Podia tê-lo impedido ali mesmo.

Chega de medo.

"O medo é uma armadilha", Elliot me disse na nossa primeira aventura. Eu estava nervoso para conhecer Grant, sem saber o que dizer para ele, o que ele acharia de mim ou se nós dois daríamos certo. Repito o conselho para me proteger do mesmo nervosismo que sinto agora em relação a Elliot.

Confiro o mapa. Estamos a alguns quarteirões de distância.

Talvez ele até nos veja chegando na rua.

Meu coração vai explodir dentro do peito a qualquer momento, mas uso meus poderes psíquicos para fazê-lo se comportar até encontrarmos Elliot.

À distância, a estação de trem aparece. Dezoito minutos. É isso.

Eu acredito.

Capítulo 28
A BADALADA DA MEIA-NOITE

23h44. Não é tarde demais.

Não espero a carruagem parar completamente antes de saltar na calçada. Meu sapato de bico de aço aterrissa com um tremor seco que sobe até as minhas costas, mas nada pode me segurar.

— Obrigado, Margaret! — grito, correndo aos tropeços. — Preciso ir atrás dele, mas eu volto já!

— Te espero aqui — ela grita. — VAI! VAI!

Os corredores de mármore marrom-avermelhado da Estação de Trem LaSalle Street ecoam os sons distantes de passos solitários. Quem for pegar um trem a essa hora da noite é bem provável que vá embarcar sozinho.

Como Elliot.

Elliot, você está sozinho aqui, mas eu prometo: chega de noites solitárias para você. Para nós dois!

Durante o dia, os corredores são sempre lotados até demais. Um mar de gente correndo para pegar um trem ou saindo de um para chegar ao trabalho. A Bolsa de Valores de Chicago fica no prédio ao lado da estação, e estes trens sempre exalam um ar de gente abastada, grandiosa e cheia de grana. Os corretores vindos do subúrbio simplesmente precisam chegar a tempo, ou o tecido financeiro da sociedade irá se desfazer!

Mas não esta noite.

Ouço passos, mas não vejo quase ninguém.

Não há pressa, só eu.

Meus pulmões parecem ter passado por um ralador de queijo. Uma queimação ardida me impede de respirar direito enquanto paro para procurar Elliot. Enquanto analiso o ambiente, meus sapatos fazem barulho no chão. Um zelador magro tira os olhos do esfregão e me encara. Olho para o chão. Deixei uma marca escura no piso, num lugar onde ele acabou de limpar.

— Desculpa.

Ofegante, dou uma volta ao redor da área limpa.

Estou aqui!!!!, envio para Elliot. Mais uma vez, a mensagem é recebida, mas não visualizada. Não há ninguém digitando do outro lado.

Não deixo os pensamentos ruins me controlarem.

Elliot está aqui.

Corro pelo restante do saguão até as plataformas. Meus pulmões ainda estão se recuperando — uma respiração dolorida após a outra —, então me mantenho numa corridinha leve, apesar do meu cérebro ficar gritando VAI, VAI, VAI, AGORA, AGORA, AGORA.

A plataforma tem algumas partes cobertas, mas, fora isso, é exposta aos elementos da natureza. Uma música retrô distante toca em alto-falantes escondidos. O vento da noite quente faz "Black Velvet", de Alannah Myles, vagar oniricamente pelo ar. Uma daquelas músicas de final de *Drag Race*, para dublar como se a vida dependesse disso — é assim que me sinto agora. Fileiras de vagões prateados esperam como balas prestes a serem disparadas — prontas para mandarem Elliot para longe daqui para sempre. Um relógio digital marca 23h48 num painel de próximas partidas. Há apenas alguns passageiros espalhados, mas nenhum deles é Elliot.

Desolado, fico esperando que algum deles se vire e — *surpresa* — revele meu lindo barista dançarino. Mas nunca é ele, e a sensação é de que Donkey Kong está espremendo meu coração.

Corro, bufando mais esquisito a cada segundo, por toda a extensão de trens da meia-noite. Os primeiros vagões abertos estão vazios. Nenhum funcionário. Nem mesmo muitos passageiros visíveis. Pelo lado de fora, pressiono o rosto contra uma das janelas — que se dane os germes — para analisar as feições de quem já está deitado nos bancos, pronto para um longo cochilo. Ele não está ali, pelo pouco que consigo ver através do brilho do meu próprio reflexo. Nunca vou encontrá-lo desse jeito. Preciso falar com algum funcionário.

Finalmente, aparece um na porta mais distante — um senhor vestindo um colete marrom refinado com um pé dentro do trem e outro na plataforma. Ele segura a maçaneta na porta e deixa o corpo balançar gentilmente. Um homem muito entediado e sem nada para fazer.

Perfeito!

— O senhor viu alguém assim entrando nesse trem? — pergunto, abrindo a galeria de fotos do meu celular.

— Hummmm? — o atendente pergunta, acordando de seu limbo de sono.

Mostro a ele a foto que tirei de Elliot correndo no chafariz.

— Esse garoto, Elliot, comprou uma passagem para este trem. Você o viu? Ele está aqui?

Prendo o ar enquanto o homem se aproxima para olhar mais de perto. Ele balança a cabeça. Rindo, diz:

— Não tem ninguém novo assim nesse trem. Sinto muito.

Não sei explicar se estou irritado ou aliviado por ele não ter visto Elliot.

O trem é este aqui. Onde mais ele poderia estar?

— Obrigado pela ajuda — digo ao atendente, e é o que repito de novo e de novo, cada vez mais perto de entrar em pânico, para cada novo atendente que encontro enquanto corro de porta em porta, até mesmo em outros trens. Ninguém viu Elliot.

Ele ainda não chegou.

Restam oito minutos. Talvez esteja atrasado.

Mas Elliot nunca se atrasou nem me deixou esperando.

Ignoro este fato irrefutável. Ele está fazendo uma mudança grande. Imprevistos acontecem quando se muda de cidade. Pessoas se atrasam. Deixam coisas para trás.

Tipo eu. Eu fui deixado para trás.

Espero por ele. Sento num banco, controlo a respiração, confiro o celular exatamente cem vezes esperando por uma mensagem que nunca chega. Elliot e eu no Café da Audrey é tudo o que eu queria agora. Eu faria qualquer coisa, venderia qualquer coisa, para voltar no tempo até aquela mesinha na Audrey quando Elliot ainda me achava a pessoa mais legal do mundo.

Isso nunca vai voltar. Como pude deixar esse sonho escapar? Eu já tinha tudo o que queria.

23h58.
Ninguém passou pelas portas.
Nenhuma mensagem de Elliot.
Mordo o lábio inferior com tanta força que quase arranco um pedaço e me forço a tentar uma última vez.

Com a cabeça ainda rodopiando por Elliot, envio uma mensagem com os dedos tremendo:

Elliot, estou na estação prestes a ver seu trem indo embora. Quero muito que você não esteja dentro dele. Mas, se estiver, queria mais do que tudo poder te dar um final feliz. Mesmo que não seja comigo. Você será o melhor veterinário da história, mesmo se eu não estiver por perto para ver tudo acontecer.

Respiro fundo, agoniado, e termino a mensagem:

Um mundo tão devastado quanto o nosso merece um pouquinho mais de sonhos. E ninguém merece tanto quanto você.

23h59.
Envio.
Com uma última chamada para os passageiros, o trem parte.

Capítulo 29
O FIM

A meia-noite chega e vai embora. Com ela, se vão minhas esperanças, meus sonhos, minha fé na magia e — o mais importante — minha paciência comigo mesmo.

Coloca isso na cabeça, Micah. Você não precisava ter perdido Elliot, mas perdeu — para sempre — porque é um ratinho tímido e assustado. Você enfrentou seus dragões tarde demais. Se entendesse mesmo de contos de fada, se lembraria de que a magia termina com o tempo. O relógio comanda tudo.

A carruagem vira abóbora.

A última pétala da rosa da Fera cai.

O pôr do sol dá fim ao desejo de Ariel.

Cheguei tarde demais. A maldição da solidão agora é permanente.

Só há mais um trem na estação. Nada além dos trilhos e alguns funcionários. O vazio se estende para todos os lados. Elliot deve ter embarcado mais cedo, ou então ninguém reparou nele neste trem que acabou de sair. Ou ele está em outro lugar dessa cidade e simplesmente perdeu a paciência para me responder. Esta é a versão que eu mais odeio, porque é a que me parece mais real.

— Micah? — uma voz reconfortante me chama. Me viro para Margaret, com seu boné do Chicago Bulls, os cachos grisalhos e o sorriso mais gentil que já vi. Ela toca meu ombro. — O trem foi embora. O que você está fazendo aqui neste banco, sozinho?

— Eu... — As palavras me engasgam. As lágrimas saem na sílaba seguinte. — Não consigo levantar.

— Não consegue?

— Não consigo me mexer.

Balanço a cabeça. Minhas pernas parecem estar afundadas no cimento. Se recusam a reagir. Se eu me levantar, terei que ir embora. E se eu for embora, terei que contar para todo mundo que falhei.

— Claro que consegue levantar — Margaret insiste.

Balanço a cabeça com mais força.

— Não consigo levantar deste banco.

— Sem choro. — Ela me puxa num abraço com cheiro de White Diamonds, da Liz Taylor, o perfume favorito da minha avó. Quando ela bate nas minhas costas, me afundo mais ainda. — Sem choro. Vamos levantar.

Ficar de pé é um pesadelo, mas faço mesmo assim. Margaret ajuda a tornar o gesto pelo menos um por cento possível. A confiança carinhosa, porém firme dela, me faz obedecer suas ordens. Perdido como estou agora, chega a ser reconfortante. Me arrasto pelos corredores da Estação LaSalle com minha fada madrinha alegre.

— Foi muita gentileza sua me ajudar — digo, depois de pigarrear.

— Imagina!

Ela faz um gesto de "deixa para lá" com as mãos de manicure vermelho-sangue e outra onda de White Diamonds encontra minhas narinas. Enquanto descemos pela escada rolante até o lado de fora, a luz onipresente da carruagem de abóbora ilumina a rua lá embaixo.

Ai, meu Deus. Nossa jornada de volta será bem menos triunfante dentro desta coisa.

Atenção, Chicago! Com vocês, o garoto devastado em sua carruagem deslumbrante!

Quando a escada rolante nos cospe na rua, a limusine da família já está estacionada com todo mundo esperando. Sinto um soco no estômago por cada pessoa querida que vai me ouvir falando de Elliot. Mas, quando me viro para a carruagem de abóbora, percebo que não vou ter que contar coisa nenhuma.

Porque Elliot já está aqui.

Esperando por mim, com um pé no degrau da carruagem, calça de linho branco e uma camisa de botão combinando, enrolada até os cotovelos... está o garoto que eu estava procurando. Um garoto que brilha como o sol, cercado pelas luzes cintilantes da carruagem. A imagem é tão perfeita, tão romântica, que estou com medo de chorar feio aqui na frente de todo mundo que conhecemos e estragar o momento.

— Elliot — digo, soltando mais ar do que som.

O oxigênio volta para meus pulmões tão rápido que fica mais difícil respirar agora do que quando achei que o havia perdido.

Eu me aproximo com cautela, como se a rua fosse feita de vidro. Meus dedos se entrelaçam com os dele — e o olhar de Elliot não foge do meu. Sob as luzes da carruagem, um brilho molhado toma conta de seus olhos. Essa situação é tão emocionalmente arriscada para ele quanto para mim.

— Sinto muito — digo.

— Eu sei — Elliot responde, não exatamente sorrindo, mas não exatamente chateado.

— Terminei com Grant.

— Eu sei.

Mais neutralidade. O terror sobe pelo meu peito como guerreiros escalando os muros de um castelo.

Como ele está se sentindo? Será que está feliz em me ver? Se eu não der um passo, nunca saberei ao certo. E, desta vez, o primeiro passo é meu.

Ele não está aqui para ouvir pedidos de desculpa nem para discutir meu término. Seja lá o que o fez sair daquele trem, acho que Elliot está aqui atrás de uma coisa apenas: seu momento de conto de fadas.

— Até agora eu estava com muito medo de fazer isso — digo, acariciando a mão dele com meu polegar num ritmo constante. Ele nem pisca. Me observa com cuidado, como se ainda não confiasse que sou capaz de dizer a verdade. Mas vou provar que sou. — Antes de te conhecer, eu desenhei noventa e nove namorados, mas nunca encontrei o cara certo. Pedi para que o universo me enviasse o Garoto 100, aquele pelo qual eu iria me apaixonar. Achei que fosse Grant, mas me enganei. Quando fiz esse pedido, três meses atrás, o garoto que encontrei logo em seguida… foi você. Você foi meu Garoto 100.

Elliot morde o lábio inferior. Ele está desesperado para manter a expressão neutra, talvez para segurar a raiva, talvez para ver o que mais eu tenho a dizer. Mas seus olhos brilhantes, cintilando como as estrelas sob as luzes da carruagem, me dizem tudo.

Diz logo, Micah. Finalmente.

— O garoto com as mãos perfeitas — digo, e dou um beijo nas costas da mão dele. Elliot solta um gritinho. — Eu te amo, Elliot. E cada momento que passo com você faz eu me apaixonar ainda mais. E se não for tarde demais para perguntar, você pode, por favor, ficar aqui e namorar comigo?

Sem palavras, os lábios dele tremem. A alguns passos de distância, Margaret nos observa toda animada. Só Hannah chegou tão perto quanto ela; nossa melhor está cobrindo a boca com as mãos. O restante das pessoas sabe muito bem que é melhor manter uma certa distância.

Sem conseguir respirar, observo Elliot.

Lentamente, os lábios dele formam um sorriso.

— Eu também te amo — diz ele.

O ar volta aos meus pulmões, mas, desta vez, é meu coração que para. Ele me ama. Ele também me ama!

Elliot ajeita o cabelo bagunçado de um jeito fofo, que nunca, nunca parece arrumado, não importa o que ele faça.

— Quando me mudei para Chicago no ano passado — diz ele —, não imaginava que iria me apaixonar. Na real, eu pensei que nada iria acontecer comigo. Nunca. Daí comecei a seguir uma conta de desenhos superlegal no Instagram, sobre contos de fada, que falava sobre acreditar que a gente merece ser amado, mesmo quando o amor parece ser algo tão distante. — Ele sorri. — Daí eu conheci o artista. E você me deu um verão intenso. Você foi a melhor parte e a pior também. — Ele ri, mas a minha risada é bem mais alta. — Mesmo enquanto me desapaixonava pelo Brandon, eu me sentia feliz e seguro... porque estava com você.

— Eu também! — grito, quase tremendo de empolgação.

— Eu também me sentia assim.

— Mas — diz ele, cerrando o maxilar. — Eu te amo, mas... preciso que você faça uma coisa.

— Eu faço literalmente qualquer coisa.

— É inegociável.

— Eu salto de um avião gritando seu nome. Eu abraço a lua...

Sorrindo, Elliot levanta os dedos com as unhas perfeitamente feitas e pressiona o indicador nos meus lábios para que eu pare de falar.

— Eu nunca vou interferir nas suas redes sociais, mas preciso que você peça aos seus fãs para me deixarem em paz.

— Considere feito — digo entre os dedos dele, segurando uma risada de alívio.

Ele abaixa a mão e semicerra os olhos.

— Diga a eles que você estava errado.

Levanto a mão em um juramento solene.

— Muito errado.

Ele dá um passo e fica a menos de dois centímetros de mim. Molha os lábios e eu molho os meus.

— Diga a eles que você me ama.

Mais silencioso que um sussurro, digo:

— Eu te amo.

Sem alardes, depois de tanta espera, beijo Elliot. A luz da carruagem nos envolve. Não vejo nada — não sinto nada — exceto Elliot pertinho de mim. Ele tem gosto de chai quente com leite de aveia. Em meio à noite escura, atrás das luzes brilhantes, minha família, antigos amigos e novos amigos aplaudem e comemoram.

O reino celebra.

Não cheguei tarde demais. Esse tempo todo, eu merecia esse amor.

Elliot pressiona a testa contra a minha e encaramos um ao outro por um bom tempo; nossa Grande Missão enfim completa.

— Como? — pergunto, respirando fundo. — O que te fez sair do trem? Minhas mensagens?

— Bom — diz ele, mordendo o lábio de novo. Quero me jogar em mais um beijo, mas a curiosidade está me matando.
— Eu estava no trem. Prometi a mim mesmo que ia deixar o celular desligado, mas fiquei agoniado. Recebi suas mensagens, mas ainda estava bravo. Desculpa.

— Não! Eu é que tenho que pedir desculpa!

— Daí eu recebi um vídeo de Hannah.

Elliot tira o celular do bolso e dá play em um vídeo embaçado. De cara, reconheço os braços trêmulos de Hannah gravando Margaret e eu atravessando a Avenida Michigan na carruagem de abóbora. O vídeo dá zoom em mim e, assim que saímos de vista, mostra os passageiros da limusine um de cada vez, até a câmera voltar a filmar Hannah. Ela chega bem pertinho, com olhos esfumados enchendo o enquadramento, e sussurra:

— Estamos indo te buscar! Por favor. Por favor, desce do trem, meu amor.

O vídeo acaba.

Quando levanto o olhar, Hannah se aproximou da gente. Segurando a bolsa contra o peito, ela nos observa com cautela, se perguntando se tudo bem ser parte deste momento.

— Bom — diz ela, dando de ombros. — Era importante demais para deixar tudo nas suas mãos, Micah.

Sem perder nem mais um momento, eu e Elliot puxamos Hannah para o abraço mais incrível das nossas vidas. Ela seca uma lágrima com um gesto que remove metade de sua maquiagem antes de voltar para Jackson, ao lado de Maggie, Manda e da limusine.

Elliot ajeita minha franja molhada de suor. O toque — a intimidade — é algo que venho precisando há tanto tempo, que quase não consigo aguentar. Meu sistema parece sobrecarregado.

— Mas e a faculdade de veterinária? — pergunto com cuidado, sem acreditar de verdade que ele voltou de vez, ou melhor, sem acreditar que algo tão maravilhoso aconteceu comigo.

Elliot ri.

— Sabe, quando eu liguei meu celular de novo, também encontrei um e-mail bem interessante de Grant para mim.

O tempo congela. Ai, meu Deus, não.

— O que ele disse?

— Era um e-mail encaminhado... De alguém me oferecendo um emprego? Um estilista, Geoff alguma coisa... Eu estava tão estressado tentando sair do trem a tempo que nem li direito, mas ele viu o desfile de Grant e quer que eu seja o rosto da próxima campanha dele. O nome é, tipo, "Moda Para o Povo". Sei lá, preciso ler de novo, mas o pagamento é bom. Melhor que o do café. E os horários? Nem se fala! Consigo terminar meu último semestre de aulas na cidade enquanto guardo dinheiro para a faculdade.

Elliot, um top model! É *exatamente* o que ele merece. E Grant realmente ajudou Elliot. Onde quer que ele esteja agora, espero que se sinta como um rei.

Agarro Elliot pelos ombros, com uma energia que parece ser capaz de nos fazer voar, e grito:

— Que incrível!

Quando seguro as bochechas surpreendentemente ásperas dele, Elliot relaxa e me olha nos olhos.

— Minha vida é uma bagunça — diz ele, sério. — Trabalho muito. Sou emocionado pra caramba. Não sou um cara doce e perfeitinho, se é isso que você acha que irá encontrar em mim.

— O que eu quero é o Elliot — digo. — Com tudo o que vier junto.

Ele sorri e olha para a carruagem brilhante.

— Você conseguiu a abóbora.

— Eu te prometi um passeio quando...

— Quando decidisse parar de infernizar minha vida?

— Eu ia dizer "caísse na real e te chamasse para sair", mas, sim, mesma coisa. — Ele me beija, e minha cabeça vibra como se tivesse sido atingida por bolhinhas de champanhe. Mais uma vez, seguro as mãos de Elliot. — Elliot, você me daria a honra de se juntar a mim nesta carruagem de abóbora num passeio vitorioso para concluirmos nossa aventura mágica?

Agora é a vez dele de levar minha mão aos lábios. Um príncipe e seu príncipe.

— Nossa aventura não acabou — diz ele. — Está apenas começando.

Estou nas nuvens. Apenas começando.

Subo no banco da carruagem e estendo a mão para Elliot. Ele deixa suas malas de rodinha com Hannah e Maggie antes de voltar correndo para aceitar meu convite. Apoiados um no outro, a carruagem brilha ainda mais do que eu me lembrava. Margaret corre para o banco de motorista, a carruagem dourada ganha vida e segue pela estrada, com nossa família e amigos vibrando e acenando. Como dois Cinderelos, acenamos de volta através da janela traseira e os observamos ficando pequenininhos na rua escura.

— Eu amo isso aqui! — Margaret grita do banco da frente. — Vamos rodar a cidade inteira! Ainda temos uma hora até eu ter que devolver!

Não é bem aquela coisa de *carruagem virando abóbora à meia-noite*, mas, como este é um conto de fadas gay, até que faz sentido atrasar um pouquinho.

Desta vez, podemos escrever nosso próprio conto de fadas. Com nossa própria magia.

Eu encontrei meu príncipe, e ele me encontrou.

EPÍLOGO

As coisas vão mudar por aqui — de agora em diante, esta conta não será mais só sobre mim e meu romance. Enquanto eu criava o mural para o desfile, descobri meu amor por todos os tipos de pessoas neste reino maravilhoso chamado Chicago. Contos de fada não são apenas sobre romance, mas também sobre encontrarmos fantasia no nosso dia a dia.

Essa é minha arte. Minha missão. Minha aventura.

Em vez de namorados inventados, irei desenhar pequenos momentos mágicos que são parte essencial dos nossos relacionamentos e das nossas vidas.

Qual é a sua história de amor? O que você mais ama nesta cidade? Ou em você mesmo? É essa história que quero contar. Me envie os pequenos momentos que você gostaria de ver aqui e, quem sabe no ano que vem, posso acabar te desenhando (vou me esforçar ao máximo para desenhar todo mundo). Mas, até lá, vou continuar mostrando alguns Finais Felizes da minha própria vida.

Dando um oizinho para três filhotes na clínica veterinária.

É oficial! Graças ao namorado dela, Jackson, minha melhor amiga Hannah virou gamer.

Deixando Elliot dar uma olhadinha no meu próximo projeto para o Instituto de Arte (em troca de chai).

Boas festas! Minha irmã ganhou uma aliança. Que nojo. (brincadeira, amo vocês, irmã e futura cunhada!)

Um final de conto de fadas que nunca chega ao fim.

AGRADECIMENTOS

Escrever sobre Micah e seus namorados foi um desafio. Essa é uma história de alegria que escrevi em um dos momentos mais turbulentos da minha vida e do mundo. Era o primeiro ano da pandemia de COVID. Durante a eleição de Joe Biden e os protestos que vieram em seguida. Eu havia sido demitido, e encontrar um novo emprego estava se provando ser quase impossível. E, junto disso tudo, eu e meu marido percebemos que não éramos felizes onde morávamos e (mais uma vez) precisaríamos nos mudar para outro lugar. Em alguns momentos, escrever a felicidade de Micah e Elliot me parecia uma mentira. Escrever Grant era mais fácil — porque eu também sentia que estava forçando o sorriso para me livrar de uma maldição.

Mas aí a coisa mais engraçada aconteceu.

Micah me salvou. Pouco a pouco, a alegria dele sobreviveu à ventania e entrou na minha vida.

Um mundo tão devastado quanto o nosso merece um pouquinho mais de sonhos!

No fim das contas, era exatamente o que eu precisava escrever durante tempos tão difíceis. E, por isso, preciso agradecer algumas pessoas. Kelsey Murphy, minha editora, sempre soube o tom certo a se usar e acertou em cheio nessa mistura de John Hughes com Amélie que eu estava tentando criar. James Akinaka e todo o time da Penguin Teen torceram desde o comecinho! A capa fenomenal, que até parece capa de disco, existe graças à designer Kaitlin Yang e à artista Anne Pomel, que também criou as ilustrações incríveis ao longo do livro, trazendo o @InstaLovesInChicago à vida! Para Kate Brauning e Lynn Weingarten, da Dovetail, obrigado por estes personagens maravilhosos — e por me escolherem para escrevê-los. Obrigado também à Chelsea Eberly, por garantir que Micah fosse parar na melhor editora possível! Eric Smith, obrigado por insistir naquela ligação muito importante em que você me convenceu de que eu tinha o que era preciso para escrever uma comédia romântica. Por fim, obrigado, Michael Bourret, por seu olhar afiado.

    Sou grato à minha família, que — apesar de ter me criado no interior — me levava para Chicago com frequência e incentivava meu amor pela arte, teatro, cultura e culinária. Um garoto *queer* precisa se sentir chique vez ou outra, ou então morre de fome. Estes pequenos atos me ajudaram a seguir em frente durante momentos difíceis! Uma curiosidade: meus pais ficaram noivos no Instituto de Arte, então, quando chegou a hora de escolher o lugar ideal para as grandes aventuras românticas de Micah, nem pensei duas vezes.

    Apesar de eu já ter morado perto de Chicago, isso foi há muito tempo, então, para escrever minha carta de amor à cidade, precisei de ajuda para situar Micah. Para isso, contei com velhos amigos como Paul Anderson e novos amigos como Simeon Tsanev.

Ser escritor pode se tornar bem solitário. Por sorte, tenho os melhores amigos escritores que existem, que me apoiaram emocional e criativamente durante a escrita de Micah. Ryan La Sala, Robby Weber, Robbie Couch, Sophie Gonzales, Phil Stamper, Caleb Roehrig, Kosoko Jackson, Kevin Savoie, Damian Alexander, Tom Ryan, Alex London, Lev Rosen e Julian Winters me ajudaram muito (principalmente Julian, que foi gentil o bastante para anular o processo contra mim quando mudei o nome de Micah Winters para Summers). Mas dois melhores amigos escritores mantiveram a chama acesa quando ela estava perigando de apagar: David Nino, que foi vital na hora de transformar Elliot na estrela que ele é hoje e sempre atendia minhas ligações (querendo ou não); e Terry Benton-Walker, meu gêmeo, que me ajudou com... tudo? Com a vida? Já estou devendo um barco para retribuir tudo o que ele fez por mim.

Por último, mas nunca menos importante, meu marido, Michael — companheiro em tudo e a inspiração por trás de vários momentos de Micah com Elliot. A cena em que Elliot imediatamente se dá bem com a gata emburrada da família de Micah? Michael é assim. Como Elliot, Michael sabe fazer as pessoas se sentirem à vontade e, durante o processo de escrita desse livro, ele precisou fazer hora extra para dar conta. Obrigado por, mais uma vez, ficar ao meu lado durante outro livro. Vamos de novo!

Este livro, composto na fonte Fairfield,
foi impresso em papel Polen natural 70g/m² na gráfica Eskenazi.
São Paulo, Brasil, janeiro de 2023.